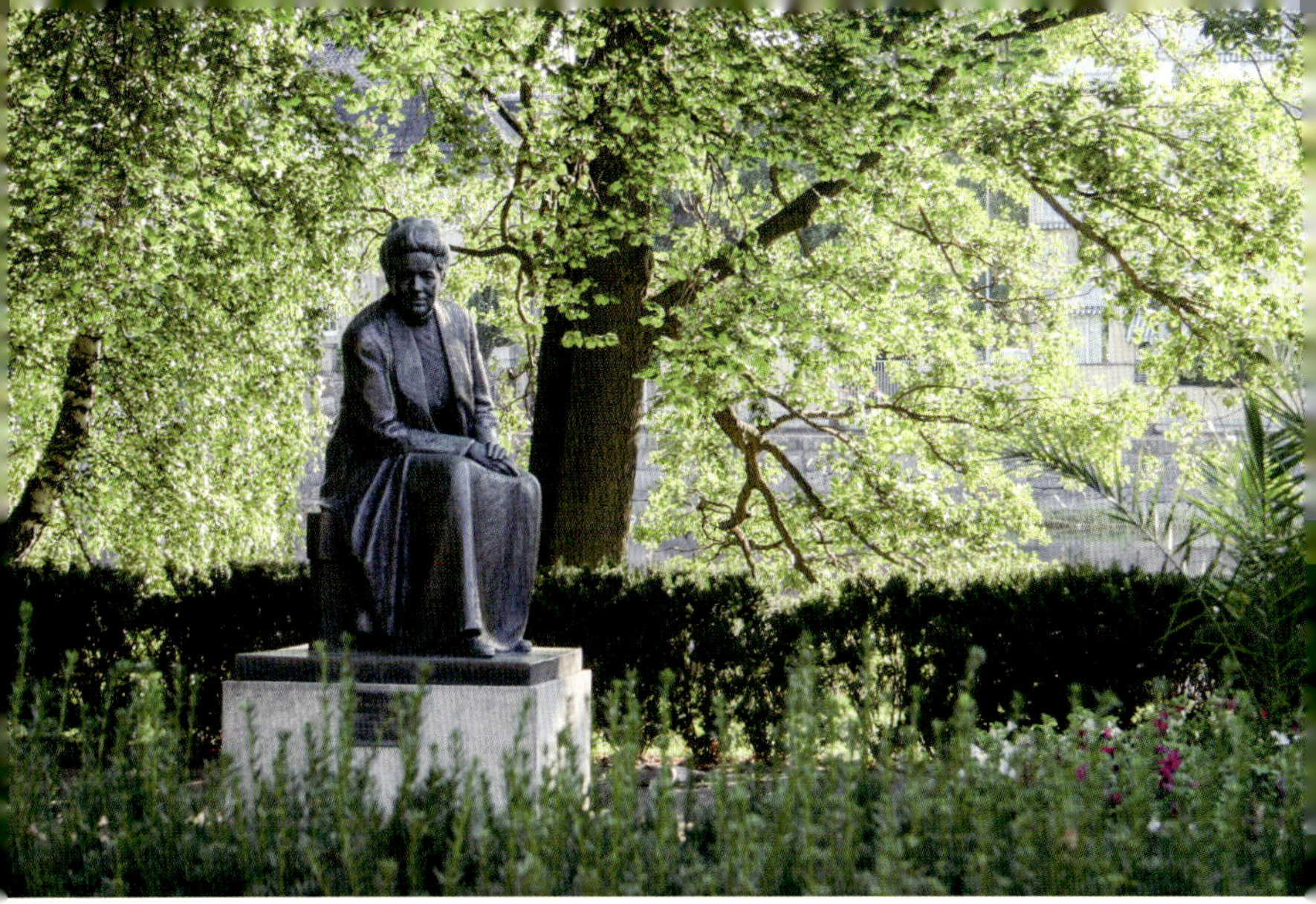

『ニルスのふしぎな旅』と日本人

スウェーデンの地理読本は何を伝えてきたのか

村山朝子
murayama tomoko

新評論

原作者はスウェーデン人で初めてノーベル文学賞を受賞したセルマ・ラーゲルレーヴ
（写真はカールスタッド中心部の公園に立つ銅像）

1

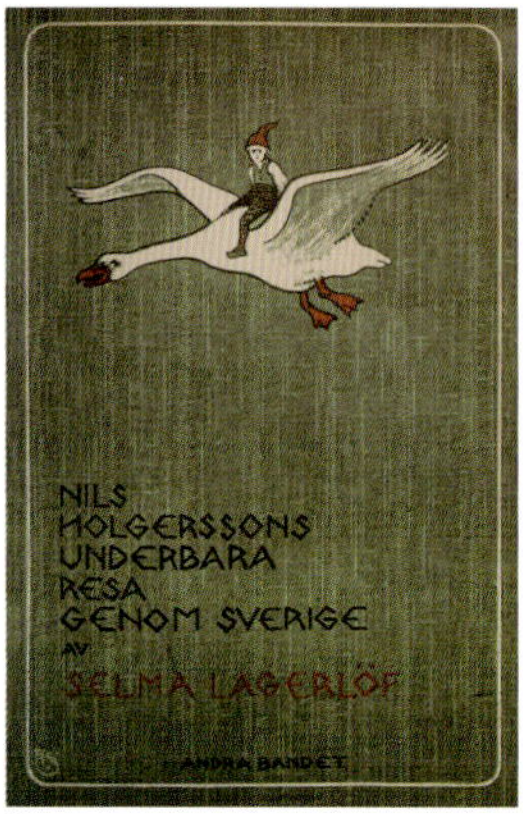

2

3

1. 原書第１巻（1906年）表紙
2. 原書第２巻（1907年）表紙
3. 原書第１巻（1906年）口絵
4. 実写映画をもとにスウェーデンで発行された写真絵本（1962年）
5. モールバッカにあるラーゲルレーヴの邸宅（ヴェルムランド）。
   現在は記念館になっている。

4

5

香川鉄蔵による訳書の数々

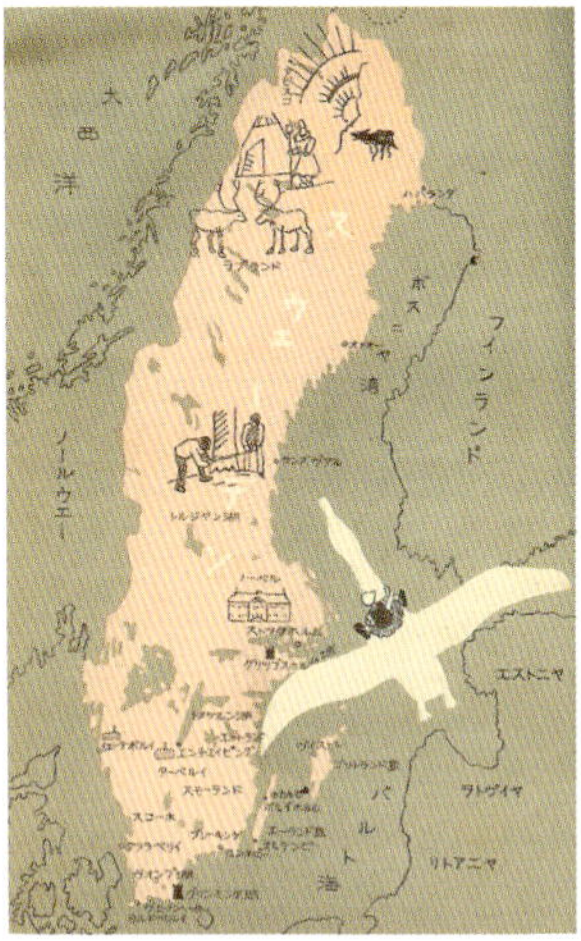

8

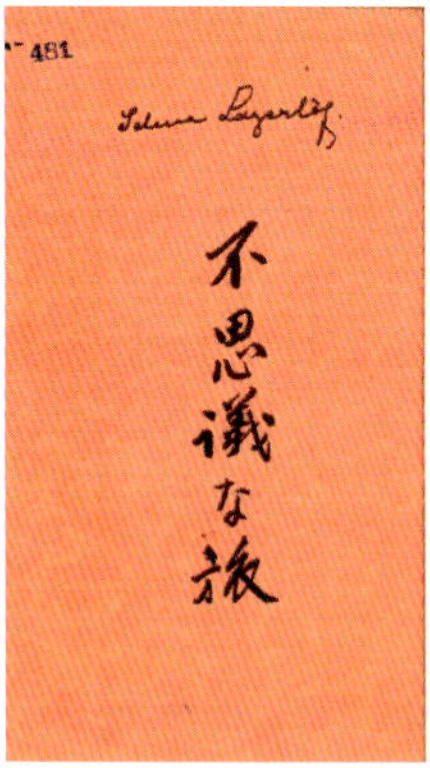

7

6

6. 初邦訳『飛行一寸法師』表紙（1918年）
7. 私家版『不思議な旅』表紙（1934年、妻・八重子が発行者）
8.『ニールスの不思議な旅』（1949年）口絵（表紙・挿絵は島村三七雄）

10

9

9.『ニールスの不思議な旅』（1949年、山室静との共訳）表紙
10.『ニールスの不思議な旅』続編（1949年、山室静・佐々木基一との共訳）表紙
11. 初完訳『ニルスのふしぎな旅』（1982年、長男・香川節との共訳）表紙

11

12

12. 首都ストックホルム旧市街上空を遊覧飛行する気球。
13. ヨックモックやキルナへの玄関口、ボーデン付近（ノルボッテン）

13

14

15

16

14. 原作者ラーゲルレーヴの故郷、のどかなモールバッカ(ヴェルムランド)。
15. ニルスの故郷、西ヴェンメンヘーイの村(スコーネ)。教会の屋根が見える。
16. 「平和の森」と呼ばれるコールモルデンの森 (エステルヨートランド)。手つかずの自然が残されている。

雑誌〈幼年倶楽部〉に連載された「ニルスノバウケン」（千葉省三・作、河目悌二・画）と関連記事

17

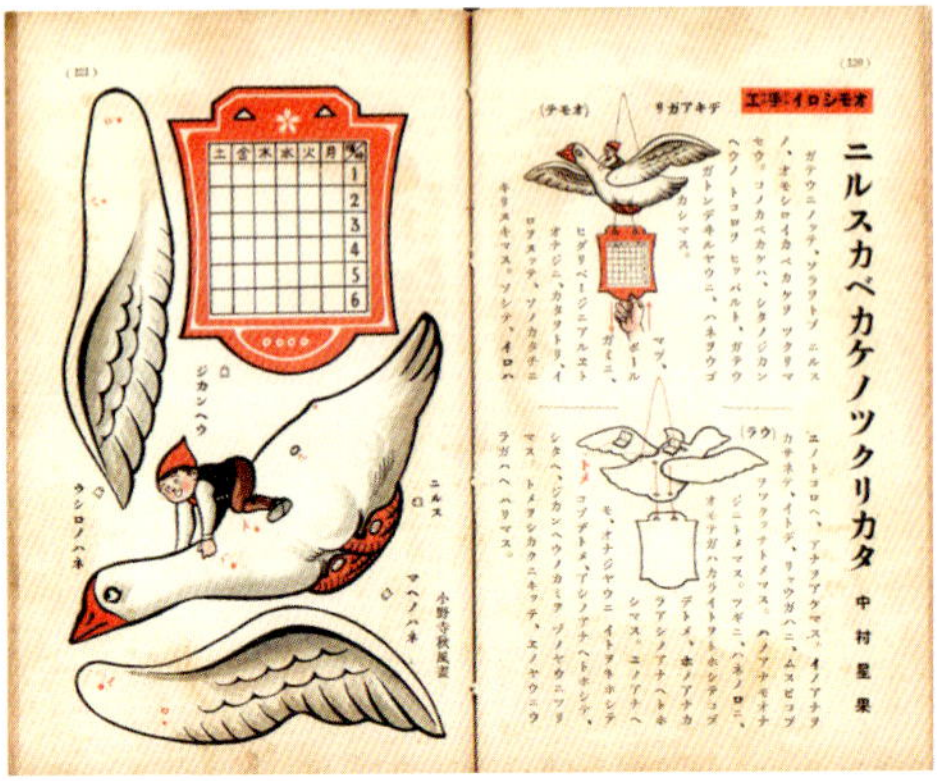

18

19

20

17. 1939年4月号
18. 1939年7月号（ニルス壁掛けの作り方）
19. 1939年10月号
20. 1939年9月号（豊島園にできたニルスのすべり台）

22

21

21.「カルルと仔嚢の話」（千葉省三）が掲載された雑誌〈童話〉表紙（1921年11月号）
22. 戦前に出ていた単行本『ニルスの冒険』（1941年、千葉省三）トビラ
23, 25. 絵本『ニルスの冒険』（1954年、浜田広介・文、河目悌二・画）本文と表紙

23

25

24. 雑誌〈幼年倶楽部〉（1939年9月号）表紙

24

さまざまな『ニルスのふしぎな旅』

29

26

30

27

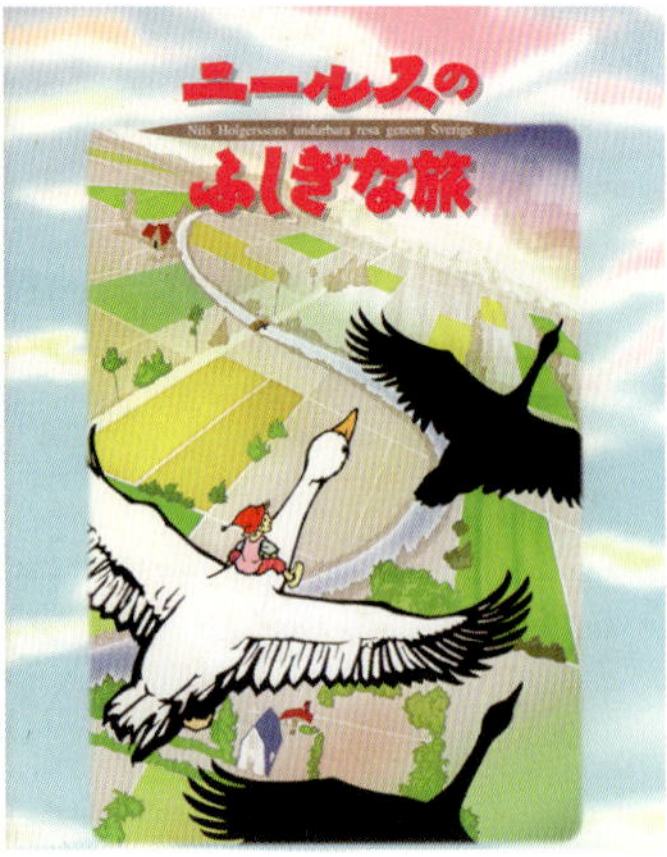

28

26. 世界絵文庫5（1953年、山室静・文、日向房子・絵）表紙
27. 世界少年少女文学全集22（1954年、香川鉄蔵訳、鶴岡政男・絵）口絵
28. かかし座「ニールスのふしぎな旅」舞台パンフレット（1993年）表紙
29. おもしろ漫画文庫91（1955年、かたびらすすむ著）表紙
30. 学級文庫〈2・3年生〉（1957年、山田琴子・文、中条顕・絵）表紙

はじめに

二〇一八年一月一三日に実施された「平成三〇年度大学入試センター試験」の「地理Ｂ」の問題が世間を賑わせました。フィンランドを舞台とするアニメを選択肢から選ばせるという設問でした。その全文は次ページのとおりです。

アニメを取り上げたということで、当初は入学試験らしからぬ問題とされてＳＮＳやテレビ、新聞で話題になったのですが、その後、アニメ『ムーミン』の舞台である「ムーミン谷」は、果たしてフィンランドなのかという論争に発展していったのです。この騒動にフィンランド大使館は、「ムーミン谷は物語を愛するみなさんの心の中にあります」と、冷静かつ粋な答えで返してくれています。

この問題が明らかになってからしばらくの間は、ＳＮＳ上で夥しい数のツイートが飛び交いましたが、そのなかには「ニルスのふしぎな旅」に関するものがありました。というのも、この問題には国とアニメの組み合わせの例として、スウェーデンと「ニルスのふしぎな旅」が挙げられていたのです。

「ニルスのふしぎな旅」に関するツイートの大半は、多少なりともアニメーションのことを知っ

問 4 ヨシエさんは，3か国の街を散策して，言語の違いに気づいた。そして，3か国の童話をモチーフにしたアニメーションが日本のテレビで放映されていたことを知り，3か国の文化の共通性と言語の違いを調べた。次の図5中の**タ**と**チ**はノルウェーとフィンランドを舞台にしたアニメーション，**A**と**B**はノルウェー語とフィンランド語のいずれかを示したものである。フィンランドに関するアニメーションと言語との正しい組合せを，下の①～④のうちから一つ選べ。 28

スウェーデンを舞台にしたアニメーション

「ニルスのふしぎな旅」

スウェーデン語

アニメーション　　言 語

タ

「ムーミン」

A

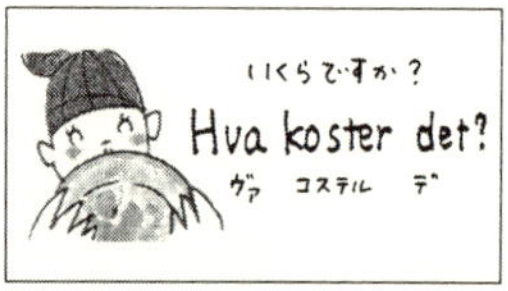

チ

「小さなバイキングビッケ」

B

『旅の指さし会話帳㉚ スウェーデン』などにより作成。

図 5

	①	②	③	④
アニメーション	**タ**	**タ**	**チ**	**チ**
言 語	A	B	A	B

平成30年度大学入試センター試験 地理B 第5問・問4（正解は②）
注：「ムーミン」アニメ画像は試験問題掲載画像とは異なる。

ている人たちによるものでした。

「『ニルス』の舞台がスウェーデンであることを今回初めて知った」
「ニルスはイギリスのお話だと思っていました」
「『ニルス』ってスウェーデンだったのか。デンマークだと思っていました」

これらのツイッターにかぎらず、「ニルスのふしぎな旅」は知っていたけれど、その舞台の国となると記憶があいまいな人が意外に多いようです。ムーミンと同様ニルスも架空のキャラクターですが、ニルスが旅したのは正真正銘スウェーデンです。しかも、ニルスが上空から眺めた町や川、湖、銅像に追いかけられた港町、バイオリン弾きにしばらく拘束されていた公園、クマに脅されて火を付けることを迫られた製鉄所など、話の舞台はどれもスウェーデンに実在する場所なのです。

「ニルスのふしぎな旅」に詳しい人たちのツイートには以下のようなものもありました。

「スウェーデンの地図を眺めながら『ニルス』を見ると面白いと思うけどな」
「ニルスを見ればスウェーデン地誌に詳しくなるぞ！」

「スウェーデン地誌に強くなる」とは、スウェーデンがどんな地方からなり立っているのか、自然や産業、人々の生活や文化などにどのような特色があるのか、それらは互いにどのようなかかわりがあるのか、ということについて詳しくなるということです。そのほか、次のようなツイートもありました。

「ムーミンもニルスのふしぎな旅も、アニメだけでなく原作を愛読したなぁ」

そのとおりです！　アニメはオリジナルではなく、原作があるのです。そして、原作を読むことでスウェーデンがどんな国かよく分かるようになるのです。実は日本には、その原作どおりの翻訳のほかにも、短く書き換えた縮訳や抄訳、やさしくつくり替えた再話など、たくさんの「ニルスのふしぎな旅」があります。

そういえば、子どものころに読んで、今も忘れられない物語に『ニルスのふしぎな旅』を挙げる人が少なくありません。一九九四年にノーベル文学賞を受賞した作家の大江健三郎が、授賞式後に行われた記念講演の冒頭で『ニルスのふしぎな旅』を挙げたことは、当時、スウェーデンでも日本でも話題になりました。

「ニルス」と聞いて、五〇代以下の世代に想い浮かぶのは、なんといってもテレビアニメの『ニルスのふしぎな旅』でしょう。このアニメは、一九八〇年四月から一年間テレビで放映されて大変な人気を博しました。放送終了後は地方局などで何度か再放送されたものの、二〇一〇年のDVD-BOXの発売までビデオ化もされず、アニメファンの間では「幻の名作」として語り継がれてきたものです。前述した大学入試センター試験に取り上げられたのはこのアニメですから、受験生が知らないのも当たり前です。ＳＮＳでは、親世代が懐かしさをつぶやいたのです。

『ニルスのふしぎな旅』は、二〇世紀初めにスウェーデンの女流作家セルマ・ラーゲルレーヴ(Selma Ottilia Lovisa Lagerlöf, 1858~1940）が著した長編物語です。すぐにヨーロッパをはじめとして各国語に翻訳され、世界中で読まれるようになりました。初めて日本に紹介されたのは一九一八年です。それから一〇〇年、多数の日本版『ニルスのふしぎな旅』が誕生し、幾人ものニルスがガチョウの背に乗って旅をしました。少年ニルスもいれば、年端《としは》もいかない幼子ニルスもいました。

作品数は、抄訳や縮訳、再話も含めれば優に一五〇冊を超えますし、テレビアニメのほか絵本や紙芝居、漫画、芝居にもなっています。原作を最初から最後まですべて訳した完訳書が初めて出版されたのは、テレビアニメの放映よりあととなる一九八二年のことでした。

一〇〇年以上前にスウェーデンで誕生したこの物語は、大正、昭和、平成と時代がめまぐるしく変わるこの日本でも繰り返し訳され、またつくり替えられ、今日まで読み継がれてきました。そうした数ある日本版『ニルスのふしぎな旅』のそれぞれに、訳者あるいは作者がいます。名高い翻訳家もいれば、文学の世界ではほとんど無名とされる人もいました。彼らはどのようにして『ニルスのふしぎな旅』と出会い、どのような想いで訳したり作品にしたりしたのでしょうか。また、それらの『ニルスのふしぎな旅』は、それぞれの時代においてどのように読まれてきたのでしょうか。

本書では、日本における『ニルスのふしぎな旅』の軌跡をたどり、時を超えて日本で訳され、読み継がれてきたその意味を探っていくことにします。

あなたが知っている『ニルスのふしぎな旅』はどのようなものですか。また、それはほんとうの『ニルスのふしぎな旅』なのでしょうか。

おことわり　本書においては、『ニルスのふしぎな旅』の訳者である香川鐵藏氏の氏名表記に関しては「香川鉄蔵」に統一させていただきました。

『ニルスのふしぎな旅』と日本人——もくじ

はじめに　i

序章
『ニルスのふしぎな旅』とスウェーデン　3

『ニルスのふしぎな旅』という物語　4
「いつ」と「どこ」が大事な物語　7
『ニルス』の舞台、スウェーデンという国　11
『ニルス』が書かれたころのスウェーデン　13
五五章からなる長編物語　14

第1章
大正時代に『ニルスのふしぎな旅』を訳した人たち　21

1 翻訳にはいろいろある――再話・抄訳・全訳　22

2 『ニルス』を初めて訳した香川鉄蔵　23

香川鉄蔵　23／グンデルトとの出会い　24／ラーゲルレーヴ作品との出会い　28／〈家庭週報〉への寄稿　28／『ニルス』との出合い　31／「不思議な旅」　33／初訳『飛行一寸法師』の出版　34／『飛行一寸法師』というタイトル　35／独学でスウェーデン語を学び訳す　37／スウェーデン研究への発展　38

3 小林哥津『瑞典のお伽話　不思議の旅』　40

小林哥津《かつ》と青鞜《せいとう》　40／青鞜とラーゲルレーヴ　45／『ニルス』翻訳出版の謎　46／結婚後の哥津　48／哥津の人物像　50／長女から見た母、哥津　52

4 飯沼保次『鵞鳥の愛』　56

5 千葉省三「カルと仔麋《こおほじか》の話」　58

相次ぐ児童文学雑誌の創刊　58／〈童話〉に掲載された「カルと仔麋《こおほじか》の話」　60／「二少年の冒険」　62／コドモ社を退社　64／「エスキモーのふたごの話」　66

第2章 『ニルスのふしぎな旅』と文人たち　69

1 芥川龍之介と英訳『ニルス』　70

ラーゲルレーヴ英訳書を七冊持っていた芥川　70／*Our Lord and Saint Peter* と「蜘蛛の糸」　71／芥川は *The wonderful adventures of Nils* を読んだのか　72

2 宮沢賢治と『飛行一寸法師』　74

『ニルス』と又三郎　74／日本女子大学校に通った妹トシ　75／福《ふく》来友吉《らいともきち》とトシと賢治　77／賢治が愛読していたスウェーデン人が書いた本　78

3 スヴェン・ヘディン――世界を旅したニルス　79

出版されなかった「探検旅行の読本」　79／のちに出版された *Fran pol till pol*　81／地理学者で探検家のヘディンは日本を訪れていた　82／*Fran pol till pol* に描かれた日本　84／*Fran pol till pol* を訳し

た日本人―守田有秋《もりたゆうしゅう》　87

第3章　昭和・戦争期の『ニルスのふしぎな旅』と子どもたち　89

1 私家版『不思議な旅』　90
子どもに読ませたくて　90／初めて示された『ニルス』の全体像　92／ラーゲルレーヴとの往復書簡　93

2 雑誌〈幼年倶楽部〉連載「ニルスノバウケン」　95
創作活動に専念する千葉省三　95／商業児童雑誌の興隆　97／「ニルスノバウケン」の連載　98／「ニルスノバウケン」のストーリー　100／ニルスのすべり台とラーゲルレーヴ　102／戦争を身近なものにする児童雑誌　104

3 戦争期の『ニルス』　105
世界名作童話『ニルスの冒険』　105／千葉が築いた『ニルス』像　108

4 『ニルス』と大江健三郎 110
ノーベル文学賞の受賞講演で『ニルス』 110／「もう一度、人間に戻って」 113

第4章 『ニルスのふしぎな旅』はいかにして誕生したのか 117

1 『ニルス』誕生の経緯 118
原作者セーマ・ラーゲルレーヴ 118／エレン・ケイによる教科書批判 119／読本作成委員会からラーゲルレーヴへの依頼 121

2 私たちの国についての本『ニルス』 123
鳥に乗って空を旅するストーリー 123／鳥の眼、虫の眼、人間の眼 124／『ニルス』の刊行――学校から家庭へ、スウェーデンから世界へ 125

第5章　戦後日本におけるさまざまな『ニルスのふしぎな旅』　127

1　漫画と絵童話からはじまった戦後の『ニルス』　128
戦後の『ニルス』　128／絵童話『ニルス』――作者の想い　132

2　直訳『ニルス』の復活　134
香川鉄蔵は共訳『ニルス』で　134／矢崎源九郎の『ニルス』と、妻百重の『ニルス』　137／一九五四年、講談社版『ニルス』と創元社版『ニルス』　141／文庫に収められた挿絵のない『ニルス』　143

3　翻訳児童文学全集ブームと『ニルス』　145
童話全集から幼年文学全集に　145／講談社による新たな全集「少年少女世界文学全集」　146／国語教科書に掲載された『ニルス』　147／読書の学習化と翻訳児童文学全集の大衆化　149

4　『ニルス』の挿絵　153

原書にはニルスが描かれた挿絵は一枚しかなかった　153／リーベックの挿絵　155／日本における挿絵のニルス　157

第6章 『ニルス』を訳した人たちのその後　161

1 香川鉄蔵のその後　162
香川ニルス翁のスウェーデン旅行　162／旅日記の記念帖　164／『ニルス』に登場する日本人　166／完訳を夢見て　170／十年待った172／「ニルス・ホルゲルソンの不思議なスウェーデン旅行」　174

2 日本人ニルス少年のスウェーデン旅行　176
実写版『ニルス』映画完成を記念して　176／二一か国二一人のニルスたち　178

3 小林哥津《かつ》のその後　181
戦後の小林哥津　181／家族が語る哥津像　182／「穏やかな死」　184

／天賦の特性　185

4 千葉省三のその後　187

断筆後　187／書かずじまいに終わった　188

第7章 完訳への道　191

1 テレビアニメになった『ニルス』　193

名作アニメドラマシリーズ　193／NHKのテレビアニメシリーズ『ニルス』　194／テレビアニメ『ニルス』ができるまで　195／テレビアニメ『ニルス』のヒット　197／原作とアニメ　199

2 完訳『ニルス』の刊行　201

親子二代による完訳刊行、香川鉄蔵・香川節訳『ニルスのふしぎな旅』　201／原作一〇〇周年――新完訳となる菱木晃子訳『ニルスのふしぎな旅』　204／『ニルスが出会った物語』シリーズ　206

第8章 ほんとうの『ニルスのふしぎな旅』 209

1 日本人には分かりにくいところ? でも、ほんとうは大切なところ 210
訳されてこなかった話 210／省かれた「たいせつな点」 213

2 ラーゲルレーヴの手紙 216

3 『ニルス』に込められた想い 220
新読本の狙い 220／可能性を秘めた北の大地 221／開発か保全か 222

4 ラーゲルレーヴはどのようにして『ニルス』を書いたのか 224
取り交わされた契約書 225／「自分たちの国を知ろう」―スウェーデン観光協会年報 225／まだ記録されていない出来事の収集 227／自ら調査旅行へ 229／自然と人間が共生する新しい国土像 230

5 テキストとしての『ニルス』 232

ヒュスクヴァルナの小学校で　232／『ニルス』の教師向け指導書　234／日本におけるテキストとしての『ニルス』　236

第9章 『ニルスのふしぎな旅』で見る日本とスウェーデン　239

1 戦争をやめた国と戦争をはじめた国　240
『ニルス』が書かれたころのスウェーデンと日本　240／近代日本の教育と教科書　241／太平洋戦争と教科書　242

2 空から日本を眺めて　245
魔法のじゅうたん　245／空から眺めた日本とスウェーデン　246／まねでもよいから書きたかった話　250／架空でありながらウソを感じさせないリアリティ　252

3 スウェーデンにあって、日本にない「空飛ぶ冒険物語」　255
空を飛ばず、冒険しなくても生きていける「日本」　255／空を飛び

たいスウェーデン人　256／「軽気球」に乗って　259
あとがきに代えて――『ニルスのふしぎな旅』への旅　261
参考文献一覧　269

『ニルスのふしぎな旅』と日本人——スウェーデンの地理読本は何を伝えてきたのか

序章

『ニルスのふしぎな旅』とスウェーデン

2006年、ヴェンメンヘーイで見かけた『ニルス』誕生100周年の看板（スコーネ）

『ニルスのふしぎな旅』という物語

『ニルスのふしぎな旅』の原題は*Nils Holgerssons underbara resa genom Sverige*（ニルス・ホルゲルソンのふしぎな［すばらしい］スウェーデン旅行）です。先にも述べたように、二〇世紀初めにスウェーデンで生まれた物語です。第一巻（一九〇六年）が二三七ページ、第二巻は（一九〇七年）四八六ページ、合わせて七〇〇ページを超える長編物語です。著者はセルマ・ラーゲルレーヴ、スウェーデンを代表する女流作家の一人で、一九〇九年にはスウェーデン人として、そして女性として初めてノーベル文学賞を受賞しています。

主人公の名前はニルス・ホルゲルソン。わんぱくでなまけ者のニルスは、妖精トムテにイタズラ

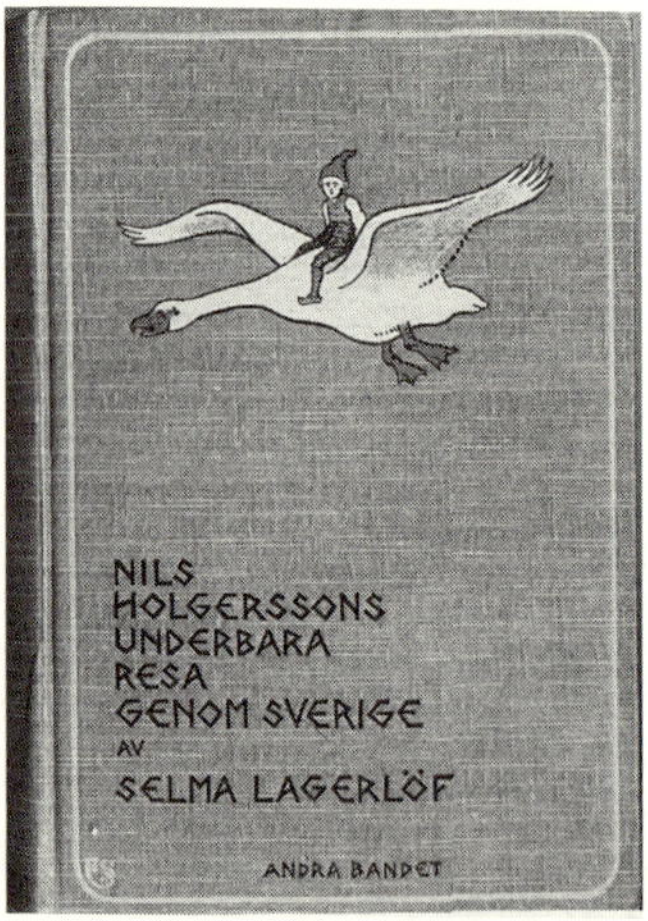

『ニルスのふしぎな旅』原書（1906年・1907年）の表紙

をしたため魔法で小さな姿にされてしまいます。ちょうどそのとき、家で飼っているガチョウがガンの群れにからかわれて飛び立とうとします。それを止めようとしたニルスですが、逆に空に引っ張っていかれ、そのままガチョウの背に乗ってガンの群れとともにスウェーデンを旅することになります。

魔法によって動物の言葉が分かるようになったニルスは、行く先々で困っている動物たちを助けたり、事件を解決したことでガンたちの信頼を得ていきます。さらに、各地でのさまざまな出来事を通して、次第にニルスは責任感や協調性を身につけていきました。そして、再び故郷にたどり着くころには、心優しく、逞しい少年に成長し、無事に魔法も解けて元の姿で両親と再会し、旅を続けるガンたちと別れるところで話は終わります。

日本では長い間、『ニルスのふしぎな旅』は子ども向けの冒険童話としてとらえられてきました。少年ニルスの心の成長が、押しつけがましくなく、しかも丁寧に描かれているこの物語の絵本や児童書を大人たちが子どもに与え、日本の物語にはないダイナミックなストーリー

原作者セルマ・ラーゲルレーヴ（1908年）

展開に子どもたちは夢中になったのです。

『ニルス』(1)が初めて日本で訳出されたのは一九一八年、大正時代の中頃のことです。同じ年に『フランダースの犬』（ウィーダ）、翌年には『トム・ソーヤの冒険』（マーク・トウェイン）、そして一九二〇年には『ハイジ』（ヨハンナ・スピリ）など、誰もが知る海外児童文学の名作の邦訳が相次いで出版されました。しかし、『ニルス』はこれらの作品とは成り立ちが異なりますし、単なる子ども向けの冒険童話にとどまるものではありません。

というのも『ニルス』は、スウェーデンの国民学校教員協会からの依頼を受けて、国土理解を主目的に小学校の「読本」(läsebok)(2)として創作された物語なのです。読本とは、小学校の教科書の一つで、国語力をつけるとともにさまざまな知識を得ることを意図したものです。この依頼をふまえてラーゲルレーヴは、鳥に乗って旅するという奇想天外な冒険ストーリーに、国土に対する理解を深め、国や故郷に対する誇りと愛情を育む手立てを織り込み、他に類を見ない希代の作品をつくり上げたのです。

学校で使う教科書の一つとして創作されたといっても、それまでの難しくて面白みのない教科書とは大きく違い、優等生にはほど遠い主人公ニルスに子どもたちは自らを投影して、誰しもが冒険の旅の当事者となったのです。『ニルス』は一冊にまとめられて一般向けとしても販売されています。瞬く間に、スウェーデン人であれば知らない人はいないという、誰もが大好きなお話となりました。

「いつ」と「どこ」が大事な物語

言うまでもなく、「時」と「場所」は物語を成り立たせるための基本条件です。言い換えると、「いつ」と「どこ」は物語の大事な要素となるわけです。フィクションですから、現実の「いつ」であり、「どこ」のことなのかを特定できませんが、架空の場所であったとしても、少なくとも「どんな場所で」ということは話の展開において欠かすことができません。

しかし、童話や昔話の場合、「昔々、あるところに」ではじまり、時や場所がはっきりしない話のほうが多いものです。時間や空間に対する認識がまだ曖昧な子どもがまず興味をもつのは登場人物、「だれ」が「どうした」ということです。「いつ」とか「どこ」ということは、子どもにとってはどうでもいいことなのです。では、『ニルス』のはじまりを見てみましょう。

---

(1)　以下、個別の邦題を記す場合を除いて『ニルスのふしぎな旅』を『ニルス』と略記します。

(2)　スウェーデン語では läsebok、本書では「読本」と訳します。副読本、教科書と訳されている場合もあります。なお、スウェーデン語で「教科書」は lärobok. です。香川鉄蔵は、『ニルスのふしぎな旅行』（一九五三年）の巻頭「このものがたりについて」で、「スウェーデンの教育会から小学児童のために読本を書くように頼まれて」と「読本」という用語を使っています。しかし、エレン・ケイの『児童の世紀』を訳した小野寺信・百合子は、その訳書において「教科書」と訳しています。

あるところに、ひとりの少年があった。年はかれこれ十四で、背《せ》が高く、やせっぽちで、髪《かみ》の色はブロンドである。寝《ね》ることと食べることが、なによりの楽しみで、それにいたずらが大好《だいす》きときているので、あまり役《やく》にもたたなかった。（香川鉄蔵《てつぞう》・香川節《みさお》訳『ニルスのふしぎな旅（1）』偕成社文庫、一九八二年）

書き出しでは、主人公の紹介が最優先されています。この短い文章だけで、ニルスがどんな子どもかよく分かります。なまけものの悪童、古今東西、子どもたちが大好きなキャラクターです。これで、子どもの心をつかんでいます。少し読み進めると、お話の舞台がどこなのかが分かります。

少年の家は南部《なんぶ》スコーネのはずれ、西ヴェンメンヘーイの教区《きょうく》なので、春の訪れも早いわけだ。

ニルスの故郷、西ヴェンメンヘーイの集落

スコーネは地方名で、西ヴェンメンヘーイはスウェーデン最南端のスミーエ岬に近い実在の地名です。「どこ」の話か、最初にちゃんと押さえているのです。でも、私たち日本人でスコーネや西ヴェンメンヘーイがスウェーデンの地名であると分かる人はまずいませんし、地図帳にも載っていません。では、別の『ニルス』作品の冒頭を見てみましょう。

みなさん　せかいちずを　ひろげて　ごらんなさい。よーろっぱの　きたに、ふちの　ぎざぎざに　なった　こんぶのような　はんとうが　あるでしょう。これを　すかんじなびあと　いいます。その　はんとうの　まんなかには　たかい　山《やま》が　つづいて　いて、それから　ひがしがわが　すえーでんと　いう　くに。その　くにの　みなみの　ほうに、べんめんへーいという　小《ちい》さな　むらが　あるのです。この　おはなしは、そのむらに　すんで　いた　にーるす　という　小《ちい》さな　おとこの子《こ》の　ふしぎな　ぼうけんものがたりです。（川端康成編『ニールスのぼうけん』世界幼年文学全集15、宝文館、一九五八年）

原作はスウェーデンの子どもたちを対象に書かれているので、スウェーデンという国名も出てきませんし、ここで引用したような文章はありません。「どこ」の話かということが大事だと考えた訳者が、話の最初に説明を入れているのです。そもそもスウェーデンはどこにあるのか、そこからはじまるというわけです。

「ヨーロッパの北にある昆布のような半島」とはスカンジナビア半島のことです。入り組んだ海岸線を「昆布のような」とたとえたわけです。その半島のほぼ東半分を占めるのが、話の舞台となる国スウェーデンの一番南にある西ヴェンメンへーイ村です。ここが主人公ニルスの故郷となります。

その故郷を旅立ったニルスに、さまざまな出会いや事件が次々と起こります。原作は、それらが起こった「時」と「場所」にとてもこだわっています。たとえば、章や節の初めには、日記のように日付と曜日が入っています。第1章には「三月二十日　日曜日」とありますから、これを手がかりに調べていくと、一九〇四年であることが分かります。また、ニルスが聞いた昔話なども、「ニルスがガンといっしょに旅にでる約十二年まえのこと」というように書かれていますので、「いつ」頃のことなのかはおおよそ分かります。

さらに、西ヴェンメンへーイ村にはじまり、村や町、山や川などの名前が次から次へと出てきます。それらもすべて実在の地名ですので、ニルスが「どこ」にいるのか、話の舞台が「どこ」なのかが分かるのです。

『ニルス』において「いつ」と「どこ」がなぜ大事なのか、それを理解していただけるように本書を書いていくつもりです。

『ニルス』の舞台、スウェーデンという国

ここで、この物語が生まれたスウェーデンという国について簡単に確認しておきます。

スウェーデンというと、どんな「もの」や「こと」が頭に浮かんでくるでしょうか。たとえば、ノーベル賞、その賞を創設したアルフレッド・ノーベル（Alfred Bernhard Nobel, 1833～1896）が発明したダイナマイト、安全性と環境に配慮したボルボ社の自動車、機能的でリーズナブルな価格のイケア社のインテリアなどが浮かぶことでしょう。では、それらを生み出したスウェーデンとは、いったいどのようなところなのでしょうか。

スウェーデンは高緯度に位置していますので、夏、夜になっても太陽が沈まない時期があります。これを「白夜」と言います。逆に、昼になっても太陽が昇らない「極夜《きょくや》」が冬にはあります。完全な白夜や極夜は北極圏でしか見られませんが、スウェーデンの南のほうの地域でも、夏は真夜中でもうっすらと空が明るく、冬は昼間らしい時間がほんの数時間しかなく、一日の大半が夜といった感じです。

暗く、しかも寒い冬が長く続くことは、スウェーデン人の国民性や暮らしに少なからぬ影響を与えています。冬、屋内で多くの時間を過ごすスウェーデン人は、家の中での暮らしを大切にしてきました。外で仕事ができないため、室内でできる手仕事が発達したわけです。また、家の中

での生活を少しでも明るく快適にしようと、家具やカーテンなども工夫を凝らしてきました。そうした伝統が、近頃人気となっている北欧雑貨や使いやすい家具に活かされているのです。

言い伝えや子ども向けのお話が多いのも、また各家に住んでいるという妖精トムテの伝説も、[3]暗くて長い冬に屋内で一日中過ごす子どもたちを退屈させないように、大人の知恵と子どもたちの想像力が生み出したものかもしれません。

ところで、今でこそスウェーデンと言えば、福祉や環境の分野をはじめとして、先進諸国のなかでも主導的な立ち位置にある国として知られています。しかし、一九世紀中頃までのスウェーデンは、ヨーロッパでは格下の「貧しく遅れた農業国」でした。

日本のはるか北に位置し、国土の約七分の一は北極圏にあります。面積は日本の約一・二倍ですが、かつて全域を氷河に覆われていた国土は、氷河の削り跡が無数の湖沼となっており、残された表土は薄く、土壌が痩せているため農業には向いていません。薄い土壌の下には固くて厚い岩盤が横たわっており、ダイナマイトが発明されるまではそこに眠る地下資源の利用もかぎられていました。ちなみに、ボルボ社も、岩だらけの道でも、氷や雪に覆われた荒野でも走れる頑丈なトラックの製造からはじまっています。

また、白夜の夏はほんの一瞬で、寒くて暗い夜のような季節が長く続きますから、栽培できる作物もかぎられています。ヨーロッパのなかではフランス、スペインに次いで広い国土があるのですが、長い間、賄える人口はせいぜい二〇〇万人程度でした。しかも、人口の大部分は、「スヴェアランド」、「ヨータランド」と呼ばれる中部・南部スウェーデンに偏っています。国土の三分の二にあたる北部の「ノルランド」は人口がまばらで、畑にも牧草地にもならず、人の手が加わらない森に覆われているか、もしくは草木も生えない岩地が広がっていました。「北欧神話」の神々はみな逞しくて荒々しいのですが、このような大地で生き抜くためだったのでしょう。

『ニルス』が書かれたころのスウェーデン

それでも一九世紀になると、農業技術や肥料などの改善によって農産物の生産も徐々に増えていき、人口が急増していきます。そして、ヨーロッパの国々に遅れること半世紀、一九世紀中頃にようやくスウェーデンでも産業革命がはじまり、近代国家としてスタートを切ったのです。近代化を一気に推し進めたのが、ノーベルによるダイナマイトの発明（一八六七年）と、一八八八年にはじまった北部の鉄道敷設です。耕作不能で「邪魔者」でしかなかった森は、製材工場へ資源を提供する林業という新たな産業の場になりました。また、樹木も生えず、役立たずでこ

（3）スウェーデンで古くから伝説に出てくる小人の妖精。農家の納屋や食料庫に住み、夜中に人が寝静まってから人の知らぬ間に仕事を片づけたり、イタズラをする働き者です。住む家に幸せをもたらす一方、怒らせると仕返しをされたりもします。

れまで「邪魔者」扱いされていた岩山は、鉄や銅などの資源が産出される「宝の山」に変身したのです。

『ニルス』が書かれたのは、スウェーデンが「貧しく遅れた農業国」から「資源豊かな工業国」へと転換する、ちょうどそのころでした。つまり、近代化の歯車が音を立てて回りはじめたときに書かれたのです。

五五章からなる長編物語

原作は、第一巻二一章、第二巻三四章、計五五章からなる長編物語です。その章立ては次ページのようになっています。

章題に見えるカタカナのうち、「アッカ」、「カルル」、「ダンフィン」、「ゴルゴ」は登場する動物の名前です。そして、「ホルゲル＝ニルソン」はニルスのお父さん、「オーサ」と「マッツ」は近所に住む姉弟の名前です。この二人は、ニルスとは別の目的で同じ時期に徒歩で北へ向かって旅をすることになり、物語により現実味をもたせる重要な役割を果たしています。

それはさておき、そのほかのカタカナはスウェーデンの都市や地方の名称です。「地方」とは、「ランドスカープ（landskap）」と呼ばれるスウェーデンの伝統的な地域区分のことです。日本で

『ニルスのふしぎな旅』の章構成

第1巻	29　ダール川
1　少年	30　男の子のわけまえ
2　ケブネカイセのアッカ	31　ヴァールボリイ祭りの夜
3　野の鳥の生活	32　教会堂
4　グリミンゲ城	33　洪水
5　ツルの大舞踏会	34　ウップランドの伝説
6　雨の日	35　ウプサラ
7　三つの段だん	36　ダンフィン
8　ロンネビイ川で	37　ストックホルム
9　カールスクローナ軍港	38　ワシのゴルゴ
10　エーランド島へ	39　イェストリークランドの空の旅
11　エーランド島の南端	40　ヘルシングランドの一日
12　大きなチョウ	41　メーデルパッドで
13　小カルル島	42　オンゲルマンドの朝
14　二つの都	43　ヴェステルボッテンとラプランド
15　スモーランドの物語	44　ガチョウ番のオーサと弟のマッツ
16　カラス	45　ラップ人とともに
17　農家のおばあさん	46　南へ！　南へ！
18　ターベリからヒュスクヴァルナへ	47　ヘリェダーレン地方の伝説
19　大きな鳥の湖	48　ヴェルムランドとダールスランド
20　予言	49　小さな屋敷
21　手織りの布	50　岩礁の上の宝
第2巻	51　銀色の海の幸
22　カルルと〈灰毛〉の話	52　大きな屋敷
23　美しい庭園	53　ヴェンメンヘーイへの旅
24　ネルケで	54　ホルゲル＝ニルソンの家
25　氷割れ	55　ガンの群れとの別れ
26　財産の分配	
27　ベリイスラーゲルナで	
28　製鉄所	

注：香川鉄蔵・香川節訳『ニルスのふしぎな旅』（偕成社文庫、1982年）による。

スウェーデンの地方名（*Landskapsboken* p.4 の図に地方名加筆）

注:『ニルス』ではノルボッテンはヴェステルボッテンの一部として扱われています。20世紀前半まではそのようなとらえ方が一般的であったと言います。また、ハランドは『ニルス』で具体的に取り上げられておらず、後に書き加えられました。

言えば「武蔵国」とか「相模国」といった旧国名に近いもので、歴史的・文化的な地域区分となっています。

スウェーデンでは、一九世紀後半になるまで国内における人々の移動は少なく、それぞれの地域で特徴ある文化が形成され、その伝統が長らく守られてきました。ランドスカープは、こうした文化的な特徴を同じくし、結び付きが強く、郷土に近い感覚を人々が共有する地域となっており、「県」などの行政区分とは別のものとなっています。

現在の小学校における地理の教科書でも、国内についてはランドスカープごとに記載されていますし[4]、天気予報やニュース、旅行ガイドブックなどでもランドスカープがよく使われていますので、知らず知らずのうちに各ランドスカープのイメージが形成されていくのでしょう。

ところで、二〇一五年にスウェーデンは、長く親しまれていた紙幣のデザインを一新しました。表面は、女優、映画監督、外交官など二〇世紀に活躍し、スウェーデン国民の誰

(4)　各ランドスカープの花や動物、旗のカードを使って、遊びながらその地域の特色を理解するといったカードゲームもあります。

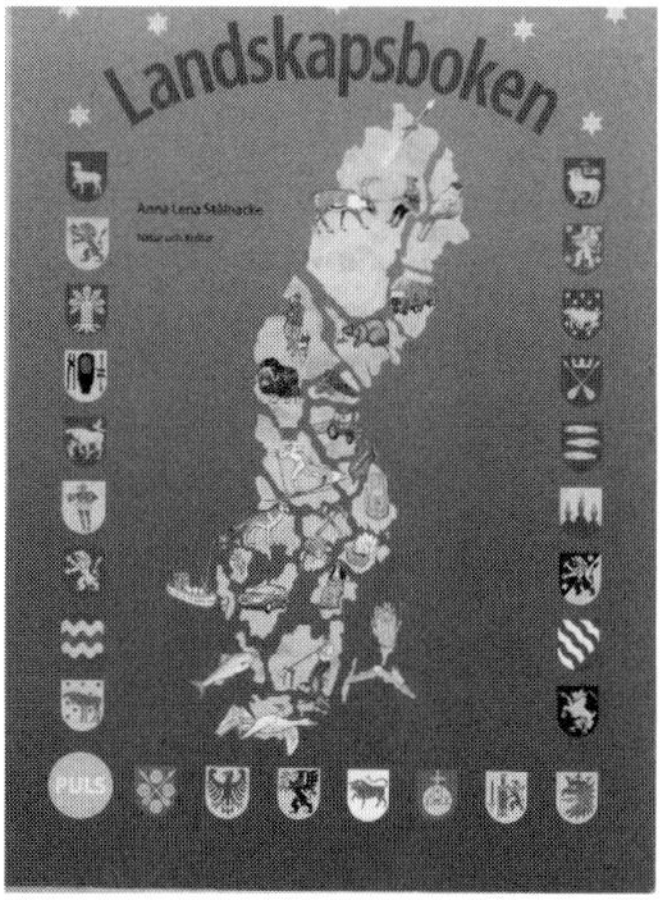

ランドスカープについての地理教科書（小学校４～６年用・Natur och Kultur 社、2004年）の表紙

もが親しみをもち、国際的にも知られた人物の肖像がデザインされています。それに対して裏面は、その人物のゆかりとなる「地方」の風景が描かれています。この「地方」がランドスカープであり、横にその地域を示したスウェーデンの地域区分図も添えられています。

たとえば、新二〇クローナ紙幣の裏面のモチーフは「スモーランド地方」の風景です。針葉樹の森と岩がゴロゴロと露出した地面、手前にスモーランドの「花」であるリンネが描かれています。豊かさからはほど遠い地味な構図ですが、この「地方」の典型的な風景ということができます。有名な観光地でも史跡でもありませんが、スウェーデン人なら、それがスモーランドを表していることが一目で分かるでしょう。

紙幣のデザインはコンペによって決められたそうです。国土を愛し、地方の個性を大切にす

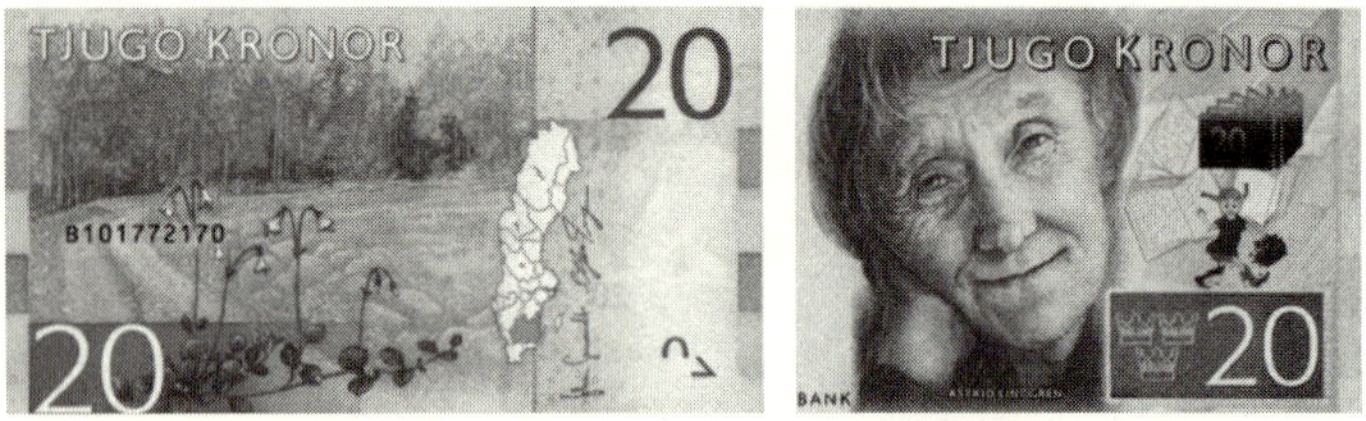

新20クローナ紙幣の表（右、部分）と裏（左）

旧20クローナ紙幣の表（右、部分）と裏（左）

るスウェーデンの国民性を象徴する新紙幣だと言えます。ちなみに、この新二〇クローナ札の表は『長靴下のピッピ』などで知られる児童文学作家のリンドグレーン（Astrid Lindgren, 1907〜2002）です。スモーランドは彼女の出身地なのです。

旧二〇クローナ札のほうも見てみましょう。裏面に描かれているのは市松模様の耕地と上空を飛ぶ白い鳥、よく見ると鳥の背には小さな人らしき姿が描かれています。そうです、ニルスです。表面は作者のラーゲルレーヴ、晩年の肖像です。コンビニで買えるお菓子や飲料水が二〇クローナくらいでしょうか、子どもを含め、これまで日常生活でもっとも親しまれてきた紙幣と言えます。

スウェーデン南端に位置するニルスの故郷であるスコーネの西ヴェンメンへーイ村を三月二〇日に発った旅は、北へ北へと向かい、夏を北端はラップランドのケブネカイセ山（二一〇三メートル）で過ごし、秋には南へと下り、故郷に戻ってガンの群れと別れるのが一一月九日です。

『ニルス』の旅のルート（出典：香川鉄蔵・香川節訳、偕成社、1982年）

繰り返しになりますが、空から眺めた地方、地上に降り立って歩いた村、伝え聞いた話の場所など、「どこ」を示す地名はすべて実在するものです。その旅路をたどることができるように、邦訳された『ニルス』の多くに旅のルートを記したスウェーデンの地図が付いています（前ページの図参照）。それほど『ニルス』では、「いつ」、「どこ」ということが大切なのです。

第1章

大正時代に『ニルスのふしぎな旅』を訳した人たち

香川鉄蔵訳『飛行一寸法師』（1918年）の表紙

1 翻訳にはいろいろある——再話・抄訳・全訳

『児童文学翻訳作品総覧（第5巻）』（二〇〇五年）によれば、一九〇五年から二〇〇二年までの約一〇〇年間に、約一五〇冊のラーゲルレーヴ作品が日本で刊行されています。そのうち『ニルス』は六六作、約五分の二を占めています。「〇〇訳」と訳者名が明記されているのは二八作ですが、完訳されたものは一作しかありません。作品の約半分は「〇〇文」とあり、翻訳書などをもとに短くつくり替えられた再話となっています。さらに、年表に載らない絵本や雑誌の連載など、さまざまな作品があります。

「幼い子ども向けの冒険童話」という『ニルス』についての日本における一般的なイメージは、序章で簡単に紹介した『ニルス』の成り立ち、すなわち「小学校で使われる読本」とは少しずれがあるように思えます。その背景には、日本における『ニルス』翻訳の歴史があります。すなわち、子ども向けとして部分的に訳した抄訳《しょうやく》や全体を縮めた縮訳《しゅくやく》が多く出回り、完訳出版前にそのイメージが日本に根づいてしまったということです。

このこと自体は、いわゆる古典的な海外の名作にごく一般的に見られることです。それに、もし最初から完訳しか出回らなかったら、ここまで日本で広く親しまれることがなかったかもしれません。とはいえ、誰もが知る名作の数々と比べてみると、前述したように『ニルス』が書かれた背景がかなり異なります。原作には、日本人にはあまりなじみのないスウェーデンの地名や歴史、地形などの話がいたるところに出てくるうえに、児童文学としてはかなりの長編です。そうしたことから、抄訳や縮訳が多く出版されてきたのは「当然」と言えるでしょう。

加えて、そもそも英語、フランス語、ドイツ語に比べてスウェーデン語の翻訳者が極端に少なかったこともあります。そのため、英語版などからの重訳や、抄訳や縮訳に改変を加えたりして、分かりやすくつくり替えられた再話が数多く出回りました。そうした抄訳や再話が人々に受け入れられ親しまれてきたのは、それぞれが良質な作品であったこと、そして何よりも、原作が改変に負けないだけの優れた作品であることの「証し」と言えるでしょう。

さて、ここからは、大正時代に『ニルス』を訳した日本人に注目しながら、この作品が日本でたどった道のりを見ていくことにします。

2　『ニルス』を初めて訳した香川鉄蔵

香川鉄蔵

『ニルス』を日本に最初に紹介[1]したのは香川鉄蔵（一八八八～一九六八）です。このあと何度も登場することになる人物ですが、知っている人はそう多くはないでしょう。近代文学史や児童文学史にも彼の名前はまず登場しません。しかし、そのような歴史に登場する、私たちがよく知る文学者や文化人のなかには、彼を知る、あるいは彼と親交があった人が少なからずいたと思われます。

　香川鉄蔵とは、いったいどのような人物なのでしょうか。また、なぜ彼が日本人として初めて『ニルス』を翻訳することになったのでしょうか。

　一八八八年に東京・浅草で生まれた香川鉄蔵は、東京高等師範学校附属中学校を卒業後、一九〇六年九月第一高等学校、一九〇九年九月東京帝国大学文学部哲学科に進みました。この一高から帝大の学生時代に、和辻哲郎（一八八九～一九六〇）、天野貞祐《ていゆう》（一八八四～一九八〇）をはじめとして、のちに各界の著名人となる多くの人物と知己《ちき》を得ました。しかし、教授との学問上の意見の対立などから、卒業を目の前にした一九一一年の暮れに帝大を自主退学しています。

　それでも、のちに産官学の第一人者となった学友らとの絆は固く、のちの仕事や出版などといったさまざまな活動においては、彼らとの縁が少なからず助けになりました。香川の人柄によるところが大きいのでしょう。香川が頼ったというよりも、彼らから声がかかったと言うべきかもしれません。

グンデルトとの出会い

　けっきょく私は大学を退学した。哲学史の学修は独学でよい。静かに、一生かけて勉強しようと決心した。しかし漸次私は生活そのもの、俗社会にと関心を移し、学問研究を二の次ぎにした。流浪すること四、五年に及んだ。（「波多野さん――私の理想の人」『香川鉄蔵』香川鉄蔵先生追悼集刊行会編、一九七一年、六ページ）

この文章は、当時のことを振り返って香川が記したものです。ちなみに、「波多野さん」とは、哲学者の波多野精一（一八七七～一九五〇）のことです。香川は大学を辞めてから、新潟、京都、福岡など、各地の友人を訪ねてはしばらく逗留するという生活を送っていました。一九一四年一一月、香川は新潟県村松町（現・五泉《ごせん》市）を訪れています。そこで、同地を拠点にして伝道活動をしていたドイツ人宣教師ヴィルヘルム・グンデルト（Wilhelm Gundert, 1880～1971）宅に二か月ほど滞在しました。香川はこの町で、グンデルトを介して『ニルス』の原作者であるラーゲルレーヴと運命的な出会いをすることになったのです。

グンデルトは、内村鑑三（一八六一～一九三〇）の著書に感銘を受けたのがきっかけで一九〇六年に来日し、約三〇年にわたって日本に滞在しました。キリスト教の伝道を行う傍ら日本の文化や宗教を研究し、帰国後、*Lyrik des Ostens*（東洋の叙情詩・一九五二年）をはじめとして多

（1）　ラーゲルレーヴに詳しい北欧文学研究者の中丸禎子は、ラーゲルレーヴ作品の邦訳について「邦訳者の知名度と翻訳数のアンバランス」を指摘しています。森鷗外や野上彌生子といった「評価の定まった作家・翻訳家」に対し、香川を「ラーゲルレーヴをライフワークとした翻訳家」の一人と位置づけています。中丸禎子「日本における北欧受容―セルマ・ラーゲルレーヴを中心に」〈北ヨーロッパ研究〉6号、二〇一〇年、五一～六〇ページ）

くの書物を著し、ドイツにおける日本学の権威となるとともに、晩年には中国の仏教書である『碧巌録《へきがんろく》』を独訳出版するなど禅学の研究者としても知られています。

日本に滞在している間は、旧制第一高等学校（現・東京大学）、熊本第五高等学校（現・熊本大学）、水戸高等学校（現・茨城大学）でドイツ語の教師として教鞭を執り、数多くの教え子を輩出しています。ちなみに、詩人のヘルマン・ヘッセ（Hermann Karl Hesse, 1877～1962）は従兄弟にあたります。

グンデルトが深い感銘を受けた内村の著書は、『余は如何にして基督信徒となりし乎』（一八九五年）の英語版でした。一九〇五年、彼は父の出版社からそのドイツ語版を出版しています。折しも、東洋の小国であった日本が日露戦争でにわかに注目されたこともあってドイツ語版は大いに売れ、さらにヨーロッパ各国語にも翻訳されたことで内村は、当時においてもっとも有名な日本人の一人となったのです。

グンデルトについては、地方史研究家の渡辺好明が著した『ヴィルヘルム・グンデルト伝』（二〇一七年）に詳しく、香川との関係についても言及しているので、同書を参考に見ていきましょう。

話は遡りますが、グンデルトは来日した翌年、淀橋町柏木（現・東京都新宿区）にある内村の隣家に移り住んで彼に師事する一方、生計を立てるため第一高等学校のドイツ語講師として働きました。そんな生活が三年ほど続いた一九〇九年三月、そもそも来日の目的が伝道であったグンデルトは意を決して高等学校を辞め、各地の伝道活動に参加するようになりました。最終的には、先ほど述べたように新潟県村松町に落ち着き、一九一五年五月まで、その地において伝道生活を送ったわけです。

さて香川です。一九〇六年九月から一九〇九年八月にかけて香川は第一高等学校文科で学びました。ちょうどグンデルトが同校でドイツ語を教えた時期（一九〇六年一一月～一九〇九年三月）と重なっています。[2] また一時期、香川も内村に傾倒し、日曜毎に内村の活動拠点になった「今井館」[3] に通い、ここでもグンデルトと顔を合わせることになります。このようにして、一高時代に面識があったグンデルトのつてで香川は村松町に立ち寄ったと思われます。

（2）香川は、グンデルトの子どもたちについて記した「或る子供たち」（〈女性日本人〉3巻4号、一九二二年）のなかで、第一高等学校でグンデルトに直接教わることはなかった、と書いています。

（3）一九〇七年、内村の自邸内に建設された聖書講堂。内村没後、区画整理のため現在地（目黒区中根）に移転。

村松時代のグンデルト（1915年6月）。前列右から3番目がグンデルト、隣が妻（出典：冨樫徹『完戸元平評伝』1980年、P31）

ラーゲルレーヴ作品との出会い

一九一四年一二月二四日、香川はグンデルトからクリスマスプレゼントとしてラーゲルレーヴ『キリスト伝説集』[4]のドイツ語訳本をもらいました。キリストの生涯にまつわる伝説を素材にした短編一一篇からなる同集が、当時、ドイツでは愛読されつつあると香川は聞かされました。

これがラーゲルレーヴの作品との最初の出合いです。そして翌日、クリスマス当夜の集まりでグンデルトは、そのなかから「エジプトくだり」を自ら訳して、集まった人々に聞かせています。

この年の七月に第一次世界大戦がはじまっています。イギリスと同盟関係にあった日本は連合国側についてドイツに宣戦しましたから、ドイツ語訳、言うなれば敵国製のこの本をグンデルトはスイス経由で入手したようです。

香川がグンデルト宅にいつまで滞在したのかは明らかとはなっていませんが、この本に魅せられた香川は、早速その翻訳を試みるとともに、原作者ラーゲルレーヴの文学そのものに関心を寄せ、その作品や彼女に関する情報収集をはじめたのです。

〈家庭週報〉への寄稿

香川が訳出したラーゲルレーヴの作品が公になったのは、一九一六年四月、三回（三六一～三六三号）にわたって〈家庭週報〉という雑誌に掲載された「棕櫚の樹」（三六九号で「椰子の樹」と改題）です。タイトルのあとに「セルマ・ラアゲルレエフ」と記し、そのあとに「かがは」とあります。これこそ、グンデルトが村松町でクリスマスのときに話して聞かせた「エジプトくだり」です。同誌への掲載は、一高時代からの友人である哲学者の鈴木龍司の紹介だと言います。(5)

香川が訳出した作品は、主に〈家庭週報〉に掲載されました。この雑誌は、一九〇四年六月に日本女子大学校（現・日本女子大学、一九〇一年開校）の同窓会組織「桜楓会」の機関誌として創刊されました。タブロイド判の新聞スタイルで、当初は隔週刊、のちに週刊となりました。

一面は、毎号のように大学校創設者である成瀬仁蔵（一八五八～一九一九）の女子教育に関する論考が掲げられ、二面以降は、文芸のほか料理、季節の行事の設《しつら》えなど生活に密着した記事が並び、女性を対象とした啓蒙情報誌のような役割をしていたと見られます。会員は同窓生ばかりでなく、賛同会員、特別会員などからなり、執筆者として大隈重信（一八三八～一九二二）、渋

(4)　原作 *Kristuslegender*（一九〇四年）の初邦訳は、小内薫がそのなかから訳した「彼得の母」〈帝國文学〉一一巻九号、一九〇五年、所収）と見られます。香川が〈家庭週報〉に複数の作品を訳載したほか、イシガオサムは「ベツレヘムの子ら」（一九三八年）を訳出し、ローマ字で著しました（Betulehemu no Osanago）。イシガは、一九五五年に全編を訳した『キリスト伝説集』を岩波文庫から出版しました。香川が訳出した「棕櫚の樹」をイシガは「エジプトくだり」、「駒鳥」を「むねあかどり」の題で収録しています。とくに後者は、浜田広介『駒鳥の胸』（一九三三年）、イシガオサム『ムネアカドリ』（一九五五年）、山室静『つるばらの間』（一九五七年）、万沢まき『小鳥の巣』（一九五七年）をはじめ、複数の作家、翻訳家によって訳されたり、絵本にもなったりして日本でも広く親しまれています。

(5)　『ロイス宗教哲學』（日進堂、一九二三年）、『ヘーゲル哲學』（古明地書店、一九四八年）などの著書があります。

澤栄一（一八四〇～一九三一）など、当代の名だたる知識人も登場していました。

〈家庭週報〉に掲載されるスペースは、多くても一ページの三分の一程度であり、この「棕櫚の樹」にかぎらず、一つの作品が何回かに分けて掲載されていました。ついで五月には、「駒鳥」が同じく三回連続（三六六～三六八号）で掲載されました。この作品も『キリスト伝説集』の一章を訳したものです。

続く六月から九月にかけて同誌三六九、三七〇、三八一号に掲載された「セルマ・ラアゲルレエフ女史」（三八一号のタイトルは「セルマ・ラーイェルレーヴ女史［再び］」）では、ラーゲルレーヴの略歴や、香川が自ら訳出した作品について解説をしています。そして、「椰子の樹」と「駒鳥」が『キリスト物語』[6]から抜いたものであることを次のように明記しています。

> 女史《ちよし》の作品《さくひん》の如《ごと》き美《うる》はしいそして深《ふか》い、神秘的《しんぴてき》な小説《せうせつ》や物語《ものがたり》が日本《にほん》の人《ひと》に廣《ひろ》く讀《よ》まれるやうに望《のぞ》み、曲《まが》りながらも其《そ》の飜訳《ほんやく》の續々《ぞくぞく》公《おほやけ》にされるようつとめて居《ゐ》る。また短篇《たんぺん》ものは本誌《ほんし》にも掲《かゝ》げることが出來《でき》やうと思《おも》って居《ゐ》る。（三八一号）

新潟でラーゲルレーヴの作品に出合ってから一年余りしか経っていませんが、彼女の作品ばかりでなく、人格そのものへの憧憬は熱狂的ともいうべき凄まじさが感じられます。

その言葉どおり、このあとも短編の翻訳や随筆、論評など、香川による記事が毎号のように〈家庭週報〉には登載されました。ラーゲルレーヴの紹介はもちろんのこと、スウェーデンに関する最新情報を読者に知らせたいという強い想いが伝わってきます。

さらに、「ラアゲルレエフ女史《ちよし》の書《か》いたものを愛讀《あいどく》する私達《わたしたち》の間《あひだ》で、其著書《そのちよしよ》を邦譯《はうやく》する企畫《くはだて》がありまして、第《だい》一着手《ちやくしゆ》として近《ちか》く『エルサレム』の上梓《じやうしん》を見《み》る次第《しだい》です」（三六九号）とあります。ただ、ラーゲルレーヴの代表作とも言われるその邦訳は、事情は定かではありませんが、結局、刊行までには至りませんでした。

やがて香川は、ドイツ語や英語訳では飽き足らず、原文でラーゲルレーヴの作品を読むためにスウェーデン語を学びはじめました。当初は独学で取り組んでいましたが、一九一八年一月からスウェーデン公使館の書記官の指導のもと、本格的にスウェーデン語を学ぶようになりました。

『ニルス』との出合い

香川は、いつ『ニルス』と出合い、その翻訳に取り組んだのでしょう。一九一六年九月の〈家庭週報〉三八一号に掲載された「セルマ・ラーイェルレーヴ女史（再び）」を読むと、ラーゲルレーヴの著作を入手するために奔走した様子がうかがえます。そこには、洋書を扱っている「ギルベルト商会」というところでドイツ語版の『ラーゲルレーヴ全集（全一〇巻）』（一九一一年）

（6）香川は『キリスト伝説集』を『キリスト物語』と訳していました。

のうち八冊を入手したことが記されています。また、全集に収録されないものに関しては、とりあえず英訳を取り寄せるなどしたようです。

ハワード（Velma Swanston Howard, 1868～1937）による英訳書が出てから、イギリスやアメリカでもラーゲルレーヴの作品が広く読まれるようになったことに触れ、ハワードによる既刊の英訳書を五冊挙げています。

そのなかに、*Wonderful Adventure of Nils, Further Adventure of Nils* というタイトルが見えます。『ニルス』の第一巻と第二巻です。おそらくこれが、〈家庭週報〉に『ニルス』が登場した最初でしょう。ただ、タイトルを掲げるだけで内容に言及していないことから、この時点では洋書目録などから情報を入手したのみで、本自体は未入手か、入手していたとしても未読と思われます。ともあれ、『ニルス』との出合いはこの英訳版であったと考えられます。

香川が初めて訳した『飛行一寸法師』の「訳者より」には、「欧文で読もうとする人のため」として『ニルス』の英仏独訳書名が掲げられており、出版時にはそのすべてを手にしていたと思われます。英訳のものには発行年が示されていませんが、ハワード訳が挙げられています。(7) 一方、ドイツ語訳には「P. Klaiber 訳、一九一三年刊」とあります。

クライバー（Pauline Klaiber, 1855～1944）による初訳は一九〇七年から一九〇八年に三回に分けて出版されていますが、当時、日本で入手可能であったのは再版の一九一三年版と見られます。香川は英訳やドイツ語訳を最初に入手し、その後、スウェーデン語の原作を手に入れて、それらを併用しながら訳出を試みたのではないでしょうか。

「不思議な旅」

『ニルス』の英語版のタイトルが〈家庭週報〉三八一号に登場してから一年余り経った一九一七年一二月、「セルマ・ラーゲルレーヴの『不思議な旅』」と題する香川による一文が同誌四四六号に掲載されました。それは、『ニルス』の四九章、「小さな屋敷」の抄訳でした。

そこには、「子どもたちが学校で読むのに丁度よいスウェーデンについての本」を書こうと思っていた「ある女性」の話が出てきます。なかなか書き出せない女性は、ふと故郷に行ってみようという気持ちになり、故郷モールバッカ（Mårbacka）に向かいます。そこで「トムテに姿をかえられてしまった小さな男の子からガチョウの背に乗ってスウェーデンを旅しておこったいろいろのできごと」を聞き、物語の糸口を見いだすのです。

（7）　一九一七年一二月の〈家庭週報〉四四六号で香川は、「英文《えいぶん》の讀める方は Howard の譯があるから讀まれん事を望む」として、内容は同一だが挿絵が異なるロンドン版とボストン版について紹介しています。このボストン版が、一九一三年に発行されたメアリー・ハミルトン・フライ（Mary Hamilton Frye, 1890～1951）による挿絵のものと見られ、その後、ニューヨークの出版社から今日まで幾度となく再版されています。なお、第二巻はハワード訳、ヘイベルイ（Astri Heiberg, 1881～1967）画で一九一一年に出ています。香川が「拙劣極まる」挿絵のロンドン版と書いているのは、第一巻のフォーリー（Harold Heartt Foley）による挿絵のことかもしれません。

「ある女性」とはラーゲルレーヴ自身のことで、「トムテに姿をかえられてしまった小さな男の子」がニルスです。物語に作者が登場し、その誕生のエピソードが語られるという「入れ子構造」のような、巧妙な構成になっています。

この章を抄訳した香川は、ラーゲルレーヴが『ニルス』を著すことになった経緯を紹介するとともに、邦訳が印刷中であり、翌年には出版予定であることを付記しています。スウェーデン人から直接スウェーデン語を学ぶようになったのが一九一八年一月ですから、すでにその前に、独力で『ニルス』の翻訳をほぼ終えていたことになります。地名などにおいて正確な読みでなかった箇所が散見されるのも、ほとんど独学で訳出したからかもしれません。

初訳『飛行一寸法師』の出版

一九一八年二月、ついに原作第一巻を邦訳した『飛行一寸法師』が大日本図書株式会社から刊行されました（口絵写真参照）。香川、三〇歳のときです。巻頭に掲載されている「訳者より」には、第二巻は分量も多いことから「地理的記事に取捨を施し『続飛行一寸法師』と題して後日出版することにした」とあり、間を置かずに出版することを考えていたようです。

そして巻末では、「セルマ・ラーゲルレーヴ女史」と題して、ここでも原作が誕生した経緯や作者の生い立ちについて詳述しています。口絵はというと、原書に一枚だけ掲載されていたニルスが描かれた挿絵の転載でした。原書には地図は付いていませんが、ドイツ語版に掲載された旅の前半のルート、つまりスウェーデン南部から中南部の地名を日本語表記にした地図が付いています。そのほかにも、ラーゲルレーヴの肖像写真（四七歳時）と生家を描いた絵も掲載されています。

『飛行一寸法師』というタイトル

二一章からなる『飛行一寸法師』のなかに、原作の直訳ではない章タイトルが一つだけあります。原作では、第三章はVildfagelsliv となっています。直訳すれば「野の鳥の生活」となりますが、香川は「ニールスの不思議な冒険」としています。この章は、ドイツ語版ではDas Leben der Wildbogel（野の鳥の生活）で、英訳版ではThe Wondeful Journey of Nils（ニルスのすばらしい旅行）となっています。

この章で、ニルスはガンの群れの隊長アッカから一緒に旅する許可をもらうほか、主な登場人物がほとんど出揃います。つまり、外せない重要な章ということです。原作にこだわる香川が、あえてそれとは異なり、英訳と同じ日本語訳をあてたのが気になります。ちなみに、英訳本の書名は*The Wondeful Adventure of Nils*（ニルスのすばらしい冒険）となっています。

そもそも、『飛行一寸法師』という書名は香川が考えたものではありません。原題とは大きく異なるこのユニークな表題は、一高・帝大の同窓生である佐久間鼎《かなえ》(8)の命名とされます。出版予告を掲載した〈家庭週報〉四四六号には、題名について「書名を短《みじか》くするためと、書店《しょてん》の都合で」

とありますが、自らの本意ではないことをわざわざ主張しているようにも見えます。本当は、原題の「ニルス・ホルゲルソンの不思議なスウェーデン旅行」に近い「ニールスの不思議な冒険」を題名にしたかったのではないでしょうか。それができなかったので、せめて三章のタイトルにしたとも考えられます。

さて、出版後まもなく、〈家庭週報〉四五四号の「新刊紹介」の欄に『飛行一寸法師』が取り上げられました。「瑞典教育會の依頼に依つて小學校生徒の課題讀本として執筆した」啓蒙的教育書として紹介しています。

> 何れも面白く且つ教訓的で、流石はノベル賞を得た唯一の閨秀作家の作とうなづかれました。…（中略）…今回この書が香川鐵藏氏の眞摯なる態度を以て日本の言葉に譯されたことは少くとも世の教育者の位地（ママ）にある多くの母親及び一般の教育者諸氏の上ない満足に値すべきことであらうと思ひます。

『飛行一寸法師』の発行部数は明らかではありませんが、初版発行の五か月後の七月には再版されています。ちなみに、一九五八年に出版された『ニールスのぼうけん』（世界幼年文学全集15）の「はじめに」には次のように書かれてあります。

わたしたちが、このはなしを　はじめて　よんだのは、いまから　四十ねんほど　まえです。はじめの　だいは「飛行一寸法師」と　いうのでした。

この「わたしたち」が誰を指しているのかは定かでありませんが、同書の編著者名には、川端康成（一八九九～一九七二）、サトウ・ハチロー（一九〇三～一九七三）など、日本文学史に名を残すそうそうたる作家が並んでいます。

独学でスウェーデン語を学び訳す

日瑞辞書がない時代、スウェーデン語を独学で学びはじめてまだ日が浅い香川による訳出は困難を極めたことでしょう。当時のことを振り返って、香川は後年、次のように記しています。

其頃の私がラーゲルレーヴ女史の著書を讀んだときの熱心さは、まるで戀人からの手紙をみるときにも比すべきものであった。もちろん辞書―瑞独、又は瑞英を用ゐた―を引く勞ぐらいは何んでもなかった。（香川鉄蔵・八重子共訳『不思議な旅』私家版、一九三四年、三五九ページ）

（8）（一八八八～一九七〇）『エルサレム』（未刊）を共訳した一人で、スウェーデン語の名前などの読みについて相談してもいます。大学院に進み、ドイツへの留学を経て、九州帝国大学初代心理学の教授となりました。

しかし、自然環境も文化も大きく異なる国で生まれた作品の翻訳は、語学力だけでできるものではありません。とりわけ『ニルス』には、スウェーデンの歴史や地理、産業、気候、動植物、風俗など多岐にわたるさまざまな事柄が登場します。

香川鉄蔵の長男である節《みさお》に遺された鉄蔵手づくりの文法・辞書ノートや翻訳ノートを見ると、訳出に向けての並々ならぬ意気込みを感じます。スウェーデンに関する書籍や事典、辞書などを駆使して、作品に登場するさまざまな事項について一《いち》から調べ、理解に努めていたことがこのノートからうかがえます。

たとえば、原作に登場する多数の鳥のスケッチ、そしてそれぞれの特性までがノートには詳しく記されているのです。ラーゲルレーヴ自身が、創作にあたって動植物に関する専門書や地誌書などといった膨大な文献を読んでいたことが知られていますが、香川はその追体験のような作業を行ったうえ翻訳をしているのです。彼の苦労は、ひょっとしたら、ラーゲルレーヴを超えるものだったのかもしれません。

スウェーデン研究への発展

香川による〈家庭週報〉への寄稿は続きました。一九一九年五月発行の五一七号には、「最近のエレン・ケーイとセルマ・ラーゲルレーヴ」と題する記事が掲載されています。署名が「T・K」というイニシャルになっていますが、香川のものと見られます。ちょうど原文で読んでいるという『アンナ（ママ）基督の奇蹟』（一八八七年）をラーゲルレーヴの傑作の一つと評し、六月の五二〇号では「セルマ、ラーゲルレーヴと其の著作『アンテ（ママ）キリストの奇蹟』」と題して、彼女の作品に対する諸批判を論破し、同作を社会小説として位置づけ、彼女の根本思想の崇高さについて強い筆致で論じています。

　そして、同年一二月の五四六号には、「かがは」の名で「北国よりの便り」と題した小論を掲載し、ヨーロッパへ視察に行った知人からの手紙やドイツの新聞などの内容を紹介しています。ラーゲルレーヴの近年の作について、「人間其者《にんげんそのもの》を愛《あい》するといふ精神《せいしん》が作中《さくちゆう》の人物《じんぶつ》に強くあらはれてきた。北欧獨特《ほくおうどくとく》の凄味《すごみ》を帯《お》びた神祕《しんぴ》が巻《くわん》を通《つう》じて流《なが》れてきた」と書く一方で、作品に年齢の影響が見え、「筆《ふで》が冗長《じようちやう》になつて來たのは深《ふか》く咎《とが》められない」とも評しています。

　このころから〈家庭週報〉への寄稿はラーゲルレーヴのことよりも世界の社会事象に関する論評が増え、それは一九二〇年の暮れまで続くことになります。ラーゲルレーヴの作品に出合ってからのこうした日々を、香川は次のように振り返っています。

> 一本調子に進み得る時代に私は斯くしてラーゲルレーヴ女史や、後にはストリンドベリ(9)の作品に、現實の社會を忘れてゐた。（前掲書、三五九ページ）

　さて、初訳者である香川鉄蔵と『ニルス』とのかかわりはまだまだ続くのですが、その詳細については次章以降に回すことにします。というのも、香川が初訳を出版したあと、あまり間を置かずに『ニルス』の訳書がほかにも出版されていたからです。以下では、そのことについて述べていきます。

3 小林哥津『瑞典のお伽話　不思議の旅』

小林哥津《かつ》と青鞜《せいとう》

『飛行一寸法師』と題して香川が『ニルス』第一巻を翻訳出版した翌年の一九一九年一二月、小林哥津子訳で『瑞典のお伽話　不思議の旅』が玄文社から出版されました。香川が訳していない原作第二巻を英語版から重訳したものです。小林哥津が本名ですが、同書では筆名として「哥津子」が使われています(10)。

一八九四年に東京で生まれた小林（一九七四年没）の父は、浮世絵師の小林清親《きよちか》（一八四七～一九一五）です。清親は「最後の浮世絵師」とも呼ばれ、その呼称からは、ともすると文明開化に乗れず、江戸の伝統を引きずる浮世絵末流の絵師といったイメージが浮かびがちですが、画風はその逆です。「光線画」と呼ばれる新しい風景版画をつくり出したほか、油彩画も学び、木版で陰影や立体感を表現しようと試みました。こんな清親には、「開化の浮世絵師」(11)といった呼称のほうがふさわしいかもしれません。没後一〇〇年の一九一五年には、各地で展覧会が開かれ、関連書籍の出版が相次ぎました。また、明治維新から一五〇年となる二〇一八年、激動の東京を描いた清親の作品が再び注目されているようです。

小林哥津は清親の五女として生まれ、幼少期を東京・浅草の周辺で過ごしました。女子が上の学校に進むのはまだめずらしい時代に「仏英和女学校」（現・白百合学園）に進学します。そのころから〈少女世界〉、〈女子文壇〉、〈文章世界〉などの雑誌に詩や散文を投稿していた小林は、

（9）（Johan August Strindberg, 1849～1912）スウェーデンの劇作家。「Strindberg の讀方に就て」（〈文藝春秋〉1巻6号、一九二三年、一五～一六ページ）このなかで、小山内薫と山本有三の間で名前の発音の仕方が問題になっていることを取り上げていますが、それよりも作品の正しい邦訳を望み、重訳は「真平御免」と断じています。

（10）作品によっては、名前の漢字が「歌津」などとなっているものもありますが、一般的には「哥津」として知られています。

（11）清親研究で知られる酒井忠康の著書のタイトル『開花の浮世絵師清親』（平凡社、一九七八年）。

英仏和女学校時代の哥津（出典：〈いしゅたる〉10号、P19）

一九一一年〈青鞜〉の創刊号を見て大いに刺激を受け、さっそく青鞜社に出入りするようになりました。(12)

青鞜社というのは、平塚明《はる》（らいてう）（一八八六〜一九七一）が日本女子大学校の同窓生らに呼びかけて設立した結社です。「元始、女性は実に太陽であった」ではじまる機関誌〈青鞜〉の発刊の辞はあまりにも有名です。

〈青鞜〉は一九一一年九月から一九一六年二月に廃刊となるまで月刊で発行され、活動自体は廃刊とともに終焉を迎えますが、日本の女子解放運動に少なからぬ影響を与えたことは確かなことです。

小林は、発起人の一人で日本女子大学を卒業後、仏和英女学校の専科で仏語を学んだ木内錠子（一八八七〜一九一九）の紹介で青鞜社に出入りするようになったようです。〈青鞜〉第三号にあたる一一月号には、巻末の同人にいち早く小林哥津子の名が掲載されています。そのころのことを平塚は、『元始、女性は太陽であった（下）――平塚自伝らいてう自伝』（大月書店、一九七一年）で次のように書いています。

――十月ごろには編集室に、生き生きした、いつも生命力にあふれるような姿を見せるようになり、紅吉(13)、哥津、野枝(14)の三人は、三羽烏といった格好で、社内を賑わすようになりました。何がおもしろいのか、三人寄ればキャッキャッと笑い声が上がり、哥津ちゃんも野枝さんも、紅

一吉のふっくらした大きな手で背中をよくぶたれていたものです。〈四〇七ページ〉

個性的な二人とは対照的な小林のことを、「同じ十代の三人のうち、いちばん大人っぽく、常識的で、冷静だったのは小林哥津さんで、下町っ子らしいこだわりのなさで、あたりの興奮にいつもうす笑いを浮かべて、江戸情緒の作品の構想を練っておりました」〈四九五ページ〉とも記しています。

「新しい女」として世間を賑わせた伊藤野枝《のえ》や尾竹《おたけ》一枝（紅吉《べによし》）と青鞜社をつないだのは、実は先に同社に出入りしていた哥津だったのです。父清親は世間から色眼鏡で見られていた青鞜社に小林がかかわることも気にせず、伊藤や尾竹が自宅に遊びに来るのも歓迎し、二人は「よく父に昔話をきかされてゐた方々」と小林は記しています。(15)

---

(12)　濱川博『素顔の文人たち　書簡にみる近代文芸の片影』月刊ペン社、一九七八年、六五～八三ページ参照。

(13)　（一八九二～一九六六）本名は尾竹一枝。青鞜社では尾竹紅吉の筆名で詩やエッセイを発表するも、まもなく同社を辞め、一九一四年陶芸家富本憲吉と結婚してからは富本一枝の名で活動します。

(14)　伊藤野枝（一八九五～一九二三）のことです。一九一五年には、らいてうから〈青鞜〉の編集を引き継ぐが、大杉栄をめぐる女性らの事件をきっかけに休刊に追い込まれます。一九二三年、関東大震災の数週間後にともに捕らえられて惨殺されます（甘粕事件）。

(15)　小林「清親の追憶」〈中央公論〉一九二四年六月号参照。

小林は青鞜社の社員となって雑誌の編集の携わる一方、すぐに自らの作品を発表するようになります。一二月号に「寂しみ」という詩が掲載されたのを皮切りに、翌一九一二年には「祭」（日記、第二巻七月号）、「お夏のなげき」（戯曲、第二巻一〇月号）、「麻酔剤」（小説、第二巻一二月号）、一九一三年「ふけよ川風」（小説、第三巻二号）、「お冬さんの話」（小説、第三巻四号）、「河岸」（小説、第三巻五月号）というように、さまざまなジャンルの作品を立て続けに発表しています。発表作品は小説に詩や戯曲なども含めると二二篇を数えます。

〈青鞜〉に随筆や小説をたびたび載せた作家の田村俊子(16)は、「お使ひの歸つた後」（第二巻九月号、一九一二年）と題する随筆に小林を登場させています。

……表が開いてしやきりした女の人の聲で訪ふ聲がする。出て見ると原稿を取りに來たと云ふ。

十八九の娘さんで、根の抜けたやうな横仆しになつた銀杏返しがばら〳〵になつてゐる。素足で、白飛白の帷子を着て　濃い勝色繻子と黄色つぽい模様の一寸見えたものと腹合せの帯を小さく貝の口のやうにちよいと結んで、洋傘を開いて、新聞紙に包んだものを片手に抱へてゐる。……美人だの、美しいのと云ふよりは美い容貌と云ひ度いやうな顔立をしてゐる。細おもてゞ顔が緊つて、鼻がほそく高くつて、眼がぴんと張りをもつて、險を含んでゐる。江戸藝者の俤を見るやうなすつきりした顔立ちだつた。（二一九〜二二〇ページ）

青鞜とラーゲルレーヴ

小林による『ニルス』の翻訳出版の詳細は不明です。おそらく、青鞜社とのかかわりのなかでラーゲルレーヴを知ったと推察されます。一九一三年には、平塚がスウェーデンの女性思想家エレン・ケイ（Ellen Larplina Sofia Key, 1849～1926）の『恋愛と結婚』を〈青鞜〉の新年号から翻訳掲載しています。

平塚と同じく婦人運動家・作家であった神近市子《かみちかいちこ》（一八八八～一九八一）はラーゲルレーヴ原作「私生児の母」（一九一四年）を〈青鞜〉とは別に自ら創刊した同人誌〈番紅花（サフラン）〉に訳載するとともに、「セルマ・ラガールーフ女史に就いて」と題してその略歴を記しています。また、青鞜社創立当初から原稿を〈青鞜〉に寄稿し、かかわりの深かった野上彌生子（一八八五～一九八五）は、小林が『不思議の旅』を著したあとですが、一九二一年にはラーゲルレーヴの『ゲスタ・ベルリング（*Gösta Berlings Saga*）』を翻訳出版しています。(17)

前述したように、ラーゲルレーヴは一九〇九年に女性として初めてノーベル文学賞を受賞して

---

(16)（一八八四～一九四五）一九一一年に文壇にデビューし、〈青鞜〉や〈中央公論〉などに小説を発表。没後、一九六一年に「田村俊子賞」が設けられ、一七回続きました。

(17) ラーゲルレーヴ作品の翻訳について言えば、野上が小林に影響を与えたのではなく、むしろ小林が野上に影響を与えたとする研究者もいます。小野由紀「野上彌生子の翻訳研究―「不思議な熊」（ラーゲルレーヴ作）の一考察」梅花児童文学11、二〇〇三年を参照。

います。女性解放運動にも賛同し、エレン・ケイとも親交がありました。青鞜社に集う女性たちは、ラーゲルレーヴの作品や生き方そのものに共感するところが大きかったと思われます。小林自身は婦人解放、社会主義といった思想とは無縁だったようですが、次々と翻訳作品を生み出していくメンバーへの憧れから、自分も翻訳をしてみたいという気持ちになったのでしょう。

『ニルス』翻訳出版の謎

小林が〈青鞜〉に掲載したのは短い小説や詩などにかぎられ、翻訳作品はありません。ただし、〈青鞜〉の廃刊後、一九一八年に創刊された〈赤い鳥〉に「藁の牛」（九号、一九二〇年）と「灯籠祭」（一二号、一九二〇年）の二作品を発表しています。なお、「藁の牛」が掲載された〈赤い鳥〉の巻末ページには玄文社の広告が載っており、『不思議の旅』については、「原著者はこれを書いてノベル賞金を貰つた世界の名著である。面白いうちに子供に動物を理解させる絶好のお伽話」と書かれてあります。

小林が訳出したのは『ニルス』の第二巻です。〈家庭週報〉の記事を見て、あるいは『飛行一寸法師』を実際手にして英訳書の存在を知り、第二巻を入手したか、誰かにすすめられたものと推測されます。英語版はハワードによる *Further Adventures of Nils* を用いたと見られます。というのも、訳書『不思議の旅』に多数挿入されている挿絵が、ハワード訳の初版に掲載されているへイベルルイの挿絵と同じだからです。

「序」では、原書の成立とストーリーのあらましを記したうえで、「こゝに譯《やく》しましたのは少年《せうねん》が丁度《ちゃうど》、これからストツクホルムへ向《むか》うとするところからでありますことをお断《ことわ》りしてをきます」と記されており、第一巻や香川訳についての言及はありません。しかし、本文中には「一寸法師」など香川が用いた特有の訳語が使われているので、少なくとも香川訳の存在は認識していたと思われます。

「仏英和女学校の授業の半分は外国語」と小林は語っており、語学力はそこで身につけたようです。それにしても、あれだけの長編を短期間で翻訳して本にするというのは、並大抵なことではありません。しかも、出版当時、小林は結婚して子どももおり、家事に追われていました。その小林がどういう経緯で『ニルス』を翻訳したのか、またそれをどのようにして出版することができたのか、この点については大きな謎となっています。

小林哥津子訳『瑞典のお伽話　不思議の旅』(1919年)。挿絵は英訳書(1911年)からの転載、本の装幀は杉浦非水

結婚後の哥津

小林が著した小説などの発表は一九一三年に集中しています。翌年、一九歳となった小林は、画家の小林祥作（一八九二〜一九五六）と結婚しています。翌一九一五年にも〈青鞜〉に小説「お隣のおくさん」を発表していますが、同年の暮れに長男を出産後、創作の発表は途絶えました。ただし、次男を出産（一九一七年）したあと、三男の出産（一九二〇年）までの間に翻訳作品を発表しています。それが『不思議の旅』（一九一九年）であり、〈赤い鳥〉に掲載された短編「藁の牛」と「灯籠祭」（ともに一九二〇年）です。

このころは、まだ多少なりとも生活に余裕があったのでしょうか。しかし、こののちは創作活動から遠のくことになったようです。実は、このあとも小林は出産が続いたのです。一九三四年までに六男二女を設けていますが、生活状況を証明するかのように、三男と四男は養子に出しています。

小林は、野上彌生子とは長く交流を続けていました。野上と小林との付き合いは野上の日記からもうかがい知ることができます。『野上彌生子全集第Ⅱ期第一巻』（一九八六年）に所収されている日記は一九二三（大正一二）年七月からはじまっていますが、その最初からたびたび小林が登場しているのです。同年の九月一日に発生した関東大震災の影響で、社会全体がまだ騒然としていたころのことです。

大正十二年九月二十八日
お歌津ちゃんが尋ねて来た。地震以来はじめての訪問である。親類にはいろ〳〵不幸に逢つた人があるさうな。…その晩はとまつて行つた。
二十九日
午前に哥津ちゃん帰る。田舎に栗が出てゐて安いと云ふから今度来た時に買つて來れるやうにとおもつて金を預ける。（野枝さんの死のことから、平塚さんの話そのたいろ〳〵する）

（前掲書、八〇～八一ページ）

続いて、翌年の日記も見てみましょう。

大正十三年四月二十七日
午前小林歌津子来訪。吉原の話　この間の原稿料でニハトリを二十羽買ひたし、今はトリが四十羽ゐるといふはなし、その他、あの人も今度五人目の母親である。この頃生れた赤ん坊をおんぶして来た。ひるすしを出し、ひるすぎまで話す。つかれた。……（前掲書、一四一ページ）

頻繁に野上宅を訪れていた小林ですが、生活は決して楽ではなかったことがうかがえます。小林の話はもっぱら身辺の人物や雑事のことばかりで、おそらく野上は愚痴も聞いていたことでしょう。

ただ、「原稿料」を得ているということは、同人誌などへの寄稿ではなく商業誌に掲載されたことを意味します。この年、〈中央公論〉六月号に「清親の追憶」という四三ページにも及ぶ追想記を掲載しています。原稿とはこのことかもしれません。前年の関東大震災で父清親が書き綴ったものの大半が灰と化してしまったことをきっかけに、父の生涯を振り返ったものです。そこには、生活のために書いたというような悲壮感もなければ、青鞜時代に発表した短編小説の冷ややかで突っ張ったような文体の片鱗も認められません。江戸情緒漂う穏やかな語りを聞くような、心地よささえ感じられるものです。

小林の人となりについて知る手がかりはほかにないのでしょうか。平塚らいてうや田村俊子が書いた青鞜時代の「小林」と、野上彌生子が記した結婚後の「小林」との間、彼女について書かれたものはないのでしょうか。以下で少し見ていくことにします。

哥津《かつ》の人物像

青鞜時代の小林は、明るく快活で、気働きがきくうえ、最年少であったこともあり、みんなに可愛がられていたようです。平塚らいてうをはじめとして、青鞜に集った女性たちの伝記小説を数多く著している瀬戸内晴美（寂聴）は、小林をそれらの小説にたびたび登場させています。

『遠い風近い風』（文春文庫、一九八二年）では、「江戸情緒の残る東京下町の娘のいいところをみんな集めたような人であったらしい」（七一ページ）と書いていますが、平塚や田村らが記した文章から小林の若いころの人物像をつくって、『田村俊子』（一九六一年）や『青鞜』（一九八四年）に小林を登場させていったのでしょう。

また、瀬戸内は、田村俊子の「俊子忌」の席上で晩年の小林に会っていますが、そのときの彼女について、「いつまでも美しく歯切れのいい、きっ粋の江戸弁、俊子の思い出を語る哥津さんの話に、出席者の若い人たちは、往年の『青鞜』の女闘志のだれかれを想像し、胸を熱くして聞きほれたものであった」（『遠い風近い風』七二ページ）と書いています。若いころに青鞜をとりまく名高い「女闘士」と呼ばれた人々を惹きつけ、可愛がられた小林、晩年になっても変わらず人を惹く何かをもっていたのでしょう。

一九六三年に開かれた「『青鞜』の思い出」と題する座談会[18]では、当時のことを小林が歯に衣着せぬ口調で振り返

青鞜社のメンバー。右から2番目前列が小林哥津、大正2年（出典：『元始、女性は太陽であった（上）』口絵）

っています。

何しろ年が若いし重宝なものですから、皆さまのお使い走りをいたしまして、実際本の編集なんてものには、わたしは参与しません。ただ、この原稿をもらってこい、これをお届けしてこい、催促をしてこい、はいはい、というわけで、ほうぼう歩きました。おかげで明治の末から大正にかけての作家方のお顔をみることもできましたし、お話をうかがうこともできました。（一〇八ページ）

ここまで記したように、周囲から見た小林の人物像と『不思議の旅』の訳者というイメージの間に存在するずれのようなものは、小林の長女である理子《まさこ》も感じていたようです。理子の言葉を見ていきましょう。

長女から見た母・哥津

母は青鞜の話をほとんどしなかった、と娘の理子は言っています。その理由として、父との結婚や、その後の子だくさんの生活について、「娘の私にこぼしたり、云いわけを言いたくなかったのだと思う」(19)と記しています。でも、そんな母が、若いころのことを一度だけ聞かせてくれたことがあった、と言います。一九二八年生まれの理子が二〇代のころということですから、一九五〇年代のことかと思われます。

青鞜時代よりあと、『赤い鳥』に、母は翻訳二篇をのせてもらっている。その他、セルマ・ラーゲルレーヴの「ニールスの不思議な旅」を英語からの訳一冊、それにどこにのせたのか聞きもらしたが、エドガー・アラン・ポーの「赤き死の仮面」の翻訳もした、とぽつりと云った。そして、すべて年若く、今考えると赤面のいたりとも。

さらに理子は、次のようにも記しています。

私は、母が書き残した前述の翻訳二篇とニールスの不思議の旅に固執する。母をはげまし、題材を選びか、選ばせか、おそらく手助けをして下さった、どなたかがいた筈と思う。

瀬戸内が著した平塚らいてうの伝記小説『青鞜』には、小林が〈青鞜〉の出版元を引き受けた東雲堂《しののめどう》の主人である西村陽吉（一八九二～一九五九）と親しくなったことが書かれています。

(18)〈國文學　解釋と鑑賞〉至文堂、一九六三年九月号所収。日本近代文学会の例会として企画された座談会で、出席者には小林のほかに生田花世、神市市子、中野初子がいました。
(19)小林理子「母小林哥津のこと」〈いしゅたる〉二〇一一年、一〇号所収、一八～一九ページ。

『青鞜』の出版元を引き受けてからは、自然、編集部に顔を出す折衝のある関係から、哥津と親しくなっていった。二人とも江戸の下町っ子なので気があったし、都会人らしいデリケートな神経の遣い方も似ていた。博史より一つ年上の陽吉は哥津と並ぶと似合いの雰囲気があった。若いが商売熱心で、実務家としての面もあるのが、年より老成した感じをみせることもあり頼もしくもみえた。

陽吉と哥津はよく帰り途一緒になり、誘い合わせて向島や浅草などを散歩していることを野枝がらいてうにすっぱぬいたりしても、らいてうもおだやかに笑っていた。（四〇一～四〇二ページ）

西村は自ら文芸雑誌を発行し、歌や詩を書いているともありますので、理子《まさこ》はこのことから「手助けをして下さった」のは西村であろうかと推測しています。

ちなみに、先に挙げた座談会において小林は、西村について「うた読みと自分は称しているけれどもどういうものですかね。そろばんをはじいて、なかなかしっかりした人間でした。やはり計算に合わなければしない人です」と、これまた歯切れよく語っていますが、二人の関係はここからはうかがい知ることができません。

ところで、この座談会と同じ一九六三年五月、小林が日記に青鞜同人の集まりのことを記しているのですが、そのなかに次のようなくだりがあります。(20)

　一枝さん、曰く。あなたは意地悪だから何事も突き放して見てゐたから、人を恋ふことも心中する程の出来事もなかつたんだと。全くおそれ入つた言葉であつた。意地悪ではない、ひどい貧しさが、自分の心を貧しくしてゐたのだ。

一枝をはじめ、「新しい女」として当時世間を騒がせた青鞜の女性たちと違い、小林の青春時代を知る手がかりはほとんどありません。ただし、「心中する程の出来事」こそなかったものの、小林に「人を恋ふこと」がなかったはずはありません。

　ちなみに、小林が理子に「翻訳もした」とぽつりと語った『赤き死の仮面』は、谷崎潤一郎（一八八六～一九六五）の弟、英文学者でのちに早稲田大学教授となる谷崎精二（一八九〇～一九七二）が、早稲田大学に在学中の一九一三年に翻訳して泰平館書店から出版しています。一九一三年といえば、小林が仏英和女学校の専攻科に在学しながら青鞜社に出入りし、小説を多数発表していたころです。小林には、遠戚に早稲田の学生がいた（『青鞜』三六一ページ）ということですから、ひょっとしたら、この谷崎こそが理子が言うところの「手助けをしてくださった、どなたか」の第一候補かもしれません。

　小林の父・清親《きよちか》は西洋の画法を学びながら木版画で油彩画を超えようとした絵師であり、東京

（20）濱川博「小林清親の娘哥津と平塚らいてう」『素顔の文人たち』月刊ペン社、一九七八年、八三ページ。

へと変わりゆく開化の風景に江戸を見いだして描き続けました。そんな姿勢には、西洋文化を取り入れながらも開化に抗する精神が見てとれます。

一方、娘の哥津は、一〇代に西洋式の女子教育や青鞜という時代の最先端の潮流を漂いこそすれ、結局はそれに染まることなく生来の江戸気質を素直に開花していったようです。それこそが、彼女の本当の姿だったのかもしれません。

真相はともあれ、『不思議の旅』は、西洋文明への憧憬と女性の自由と自立という、青鞜を中心とする大正期東京の特殊な空気感のなかで生まれた作品だと言えます。

4 飯沼保次『鵞鳥の愛』

香川が初訳を出版してからの五年後、一九二三年四月に『鵞鳥の愛（上巻）』（東方社、一九二三年）と題された『ニルス』の訳書が出ています。飯沼保次という人物が、第一巻を英訳本から重訳した作品です。「一言」と題された「はしがき」には、本書の成り立ちとラーゲルレーヴについて短く触れたうえで、次のように記されています。

一　この名著を現今童話隆盛の時代に於て譯出するのは無意味ではないと信ずる。

この書は英文からの重譯であるけれども、複雑した描寫や、我國兒童に興味の起らないやうな箇所は原著者の精神のある所を損しない範圍内に於て、思ひ切つて省略し、尋常二三年以上の兒童が樂々讀むやうに趣向を換いた。…中略…尚ほ本書は出版の都合上、上下二卷に分つことにした。下卷は近い中に必ず出版する豫定であるから、もう少々の猶豫を希望する次第である。

香川訳は「或る處に一人の少年があった」ではじまり、基本的には、主人公ニルスを表現するのに「少年」が使われています。続く小林の場合は、冒頭で「ニールス・ホルゲエソンが、雁の群と一緒に旅に出た時から」とニルスの名前を出しますが、あとはやはり「少年」と表現しています。これに対して飯沼訳は、「ニールス・ホルゲルスソン、こういう名の少年があった」ではじまり、以下「ニールス」という名前を使っています。

飯沼が用いた「ニールス・ホルゲルスソン」というフルネームは、飯沼が初めて使ったわけではなく、香川訳の最後に出て

飯沼保次訳『鷲鳥の愛（上巻）』（1923年）。挿絵は渡邊光徳

きます。また、鵞鳥の背に乗って空から見た格子状の畑を、飯沼は香川と同様に「弁慶縞」と表現しています。こうしたことからも、飯沼は香川訳を読んでいたと推測されます。

ただし飯沼は、『鵞鳥の愛』と原作名とは大きく異なる題名を付け、章タイトルについても、「ニールスは、どうして一寸法師にされたか?」、「ニールスはどうして狐を防いだか?」、「淋しく死んだお婆さん」など、読者の関心を引くような改変を加えています。

管見のかぎり、国立国会図書館が所蔵する同書を確認することができただけで、訳者の飯沼についての詳細は不明です。また、「近い中に必ず出版する予定」とした下巻については、出版されたという事実を確認することができませんでした。

ちなみに、『鵞鳥の愛（上巻）』が出版されてから四か月余り経った九月一日に関東大震災があり、出版社のあった京橋・月島あたりは甚大な被害を被っています。

5 千葉省三「カルと仔麋《こおほじか》の話」

相次ぐ児童文学雑誌の創刊

初訳となった『飛行一寸法師』が世に出たころの日本は、児童文化の興隆期にあたります。一九一八年、鈴木三重吉（一八八二～一九三六）によって児童雑誌〈赤い鳥〉が創刊され、その後も〈金の船（金の星）〉（一九一九年）、〈お伽の世界〉（一九一九年）、〈童話〉（一九二〇年）などといった児童雑誌の創刊が相次ぎ、大正時代における童話文化を牽引していきました。翻訳作品ばかりでなく、日本人による創作児童文学もこの時期に登場しています。

小川未明（一八八二～一九六一）や浜田広介（一八九三～一九七五）と並んで、当時活躍した創作作家の一人に千葉省三（一八九二～一九七五）がいます。栃木県篠井村（現・宇都宮市）生まれの千葉は、小学校教師であった父の二度目の転任先である南押原村楡木（現・鹿沼市楡木）で六歳から二一歳に上京するまでの一五年間を過ごしました。

宇都宮中学校を卒業後、小学校の代用教員をしていましたが、小説家になる夢を抱いて一九一四年に上京し、いくつかの出版社を経て一九一六年末に二種類の幼年向け雑誌を出版していた「コドモ社」に入社し、絵雑誌〈コドモ〉の編集を担当するようになりました。

その後、一九二〇年四月には編集長として〈童話〉を創刊します。〈赤い鳥〉をはじめ新たな雑誌が次々に現れたあとのことでもあり、それらとどう差別化するかが課題でした。千葉は、創作童話を必ず巻頭に載せること、童話、童謡に打ち込んで書いてくれる新人[21]を探し出すこと、そして日本の土に生まれた郷土性のある童話、童謡を尊重しようということ、などを方針とするこ

(21)　童謡詩人である金子みすず（一九〇三～一九三〇）も、投稿した詩が認められ、その才能を見いだされた一人です。

とにしました(22)。

千葉は投稿童話や綴り方の選者を務める一方、創刊号から童話「砂漠の宝」と童謡「めくら鬼」を掲載し、その後も「拾った神様」（第一巻七号）をはじめとして、自ら創作童話を誌上に発表していきました。

〈童話〉に掲載された「カルと仔麋《こおほじか》の話」

一九二二年、千葉は「カルと仔麋《こおほじか》の話」を雑誌〈童話〉（第二巻一一・一二号）に二回にわたって掲載しました。連載の最後には「（ラゲルレフのものから）」と記されています。そう、この作品は『ニルス』第二二章の再話なのです。

同章は『ニルス』全章を通してもっとも長い章となっており、七節からなっています。千葉はそのなかから二つの節を再構成して、独立した話に仕立てているのです。幼いころ、人間に捕獲されてその家に飼われ、成長後、自ら森に還ったオオジカと家の猟犬カルとの友情、そし

コドモ社時代の千葉省三（出典：千葉省三記念館パンフレット）

て自然界の厳しさを描いたもので、子ども向けの童話の枠を超えた芸術性の香り高い秀作に仕上がっています。ちなみに、ニルスは登場しません。〈童話〉の巻末に掲載された「編集室から」というコーナーには、読者からの投書も掲載されています。そこに、この作品についての投書が載っていました。

・二日前に童話が來ました。……（中略）……お話では「カルと子麋の話」が面白く思ひました。十二月號を待ってゐます。一日も早く發行してください。（第三巻一号、一九二二年、一〇七ページ）

・十二月号はほんとに面白く拝見致しました。

（22）千葉省三「あのころのこと」『新選日本児童文学　第一巻大正編』小峰書店、一九五九年、三五五～三五八ページ。

「カルと仔麋の話」の挿絵（出典：雑誌〈童話〉1921年12号）

雑誌〈童話〉の表紙（1921年11号）

……（中略）……千葉先生の『カルと仔麋の話』も讀んでいくうちに、自然と涙が出て來ました。それに川上先生のさし繪もうれしうございました。（第三巻二号、一九二二年、九八ページ）

このように書かれていることからも、味わい深い物語に仕上がっていることが分かります。香川による『飛行一寸法師』（一九一八年）は原作の第一巻を訳したものなので、第二巻の冒頭にあるこの章は扱っていません。おそらく千葉は、第二巻を重訳した小林の『不思議の旅』（一九一九年）を参考にしたものと推測されます。

小林訳はこの章からはじまっています。英訳では、この章タイトルは The Story of Karr and Grayskin となっています。小林は「カルと仔麋《こおほじか》の話」と題して、犬とオオジカの名は入れていませんが、本文では犬を「カア」、オオジカを「グレヱスキン」としています。これに対して千葉は、表題どおり本文でも犬を「カル」とし、オオジカは名前を出さずに「仔麋」としています。

「二少年の冒険」

一九二三年、千葉は「二少年の冒険」という作品を〈童話〉第四巻四号から一〇号に「川又慶次」というペンネーム名で連載しています。その連載中に、次のような投書が読者からありました。

　二少年の冒険は、私は以前讀んだ事がありますが、川又先生のゝ方が簡明でいゝ。（第四巻八号、九九ページ）

「二少年の冒険」は『トム・ソーヤの冒険』の再話でしたが、そのことは明記してありませんでした。この連載の四年前、一九一九年に佐々木邦《くに》（一八八三〜一九六四）によって『トム・ソウヤー物語』が初邦訳として出版されています。千葉による「二少年の冒険」は、この佐々木訳を下敷きにしたものと推測されます。

　投書は、創作ではないという指摘でもありますが、批判的というよりもむしろ好意的な反応と見ていいでしょう。ただ、翌月には次のような少し手厳しい投書がありました。

　童話をみまして氣のついた事を一つ、まことに厚がましうございますが、申します。もし出來る事なら改良して頂きたいと存じます。それは西條先生の『フェイヤニリイの黄金』及川又先生の『二少年の冒険』のことですが、いづれも原作者の名をのせて頂きたいと思ひます。さうすれば泰西の童話作家の名に親しみその作品の味もいつそう深まる事と思ひます。『二少年の冒険』の方は米国のマークトウェーンのトムソーヤーからとつたのではないでせうか。最後に外國の有名な童話をます〳〵紹介して下さる事をお願ひいたします。（第四巻九号、一三〇ページ）

これに対して編集室は、次のように答えています。

ごもつともです。此後からのものは原作者の名をいれる事にしませう。二少年の冒険はトムソーヤーの抄譯です。外国の名作も考へてゐます。今までにもずゐぶん入れて來ました。西條先生[23]のなどもその一つなのです。

コドモ社を退社

一九二四年、第五巻五号の誌上で千葉は、突然、コドモ社を辞めることを表明しています。その「ごあいさつ」は次のようなものでした。

ずゐぶん長い間御厄介になつて居りましたが、今度私は氣のむくまゝに童話を作つて行きたいといふ様な我儘な心から、退社させていたゞく事になりました。…創刊以來第五巻の今に到るまでの皆様の深い〳〵御厚意を、心から御禮申し上げます。私は、退社いたしましても、出來る限り、本誌を通じて皆様にお目にかゝる様にしたいと存じて居ります。

それでは皆様、ごきげんよう。

千葉省三

退社の理由は定かではありませんが、「氣のむくまゝに童話を作つて行きたい」とありますか

ら、社ではそれができない状況になったとも受け止められます。また、「社主とけんかして退社した」と、千葉が後年に語ったという話もあります。

仮に、前年の投書が退社のきっかけになったのだとしたら、何が問題だったのでしょう。原作があることを明記しなかったこと、それともペンネームを使ったことでしょうか。そもそも、翻訳物の再話であって創作ではないということでしょうか。

〈童話〉創刊の際、創作童話を載せることを編集方針の一つに掲げたことはすでに述べましたが、実際には、原作名も原作者名も明らかにされていない再話や翻案物が数多く見られます。西洋の民話や伝説などをモチーフとした短編や、中国の伝奇小説や西洋の近代文学小説などをもとにした長編が創作作品に混じって毎号のように掲載されていましたが、再話や翻案物であることが示されることは稀でした。

原作者名が明らかにされないことや再話・翻案物が多いことの背景には「当時の執筆者たちの経済的事情」があり、「本来創作を毎月掲載すべきところを、書けない月はそのかわりに再話物を出した」という見方もあります。[24]とはいえ、千葉が「二少年の冒険」を書いたのは、果たしてそういう事情からでしょうか。この時期、短編の創作童話も千葉は継続して発表していたのです。

---

(23) 西條先生とは、詩人、作詞家として知られる西條八十（一八九二～一九七〇）のことです。
(24) 佐藤宗子「雑誌「童話」の再話について」『雑誌「童話」復刻版別冊』岩崎書店、一九八二年、六〇～六七ページ。

ただ、その一方で、千葉は「川又慶次」の名で、退社発表直前の三号から「八犬傳」の連載も開始していました。江戸時代後期に滝沢馬琴（一七六七〜一八四八）が二八年の歳月をかけて著した長編『南総里見八犬伝』を子ども向けに再話したものでした。こちらは、馬琴が苦労してこの物語を書いた経緯を紹介したうえで話に入っています。「八犬傳」は、休みを挟みながら、退社後も一九二六年七月まで二四回にわたって連載を続けました。原作を明らかにしているので、おそらく問題にはならなかったと思われますが、こちらのほうもペンネームを使ったのはなぜでしょう。

千葉は創作童話を掲載するとともに、編集長として投稿作品のなかから掲載作品を選定し、それらに評釈を付けていました。多くの投稿者、読者に慕われ、尊敬されてもいた編集長であり、看板作家でもありました。ペンネームの使用は、うしろめたさからというより、彼らの間にすでにできあがっている千葉のイメージを崩さないためとも考えられます。

『八犬伝』は幼いころ父に買ってもらって愛読した一冊であり、「三少年の冒険」の原作『トム・ソーヤの冒険』は創作の理想とした作品の一つであると言います。[25] 現在なら著作権侵害とか盗用とかで大問題になりますが、当時、とくに児童向けの作品については、そういう認識がそもそも弱かったのかもしれません。何より千葉は、社主と「けんか」してでもこれらの名作を子どもたちに届けたかったのではないでしょうか。

「エスキモーのふたごの話」

社を辞めて創作活動に専念するようになった千葉ですが、〈童話〉への寄稿は続きます。一九二四年、退社を挟んで二〜六号に連載した「エスキモーのふたごの話」[26]は、アメリカの作家パーキンズ（Lucy Fitch Perkins, 1865~1937）の *The Eskimo Twins*（一九一四年）をもとにしたものです。こちらのほうは千葉省三の名前を使っていますが、再話であることは明記していません。

戦後、同作品は『エスキモーのふたご』として『世界名作童話全集』（講談社、一九五三年）の一冊として出版されています。千葉は、この本がパーキンズの作品を「訳した」ものであることを巻末に記しています。極北の厳しい自然のなかで元気に暮らす双子の生活を描いていたこの作品をはじめ、原作者のパーキンズが世界各地のさまざまな民族の生活とその環境を、いずれも双子の暮らしぶりを通して描く「双子シリーズ」を二六冊も書いていることや、原作者の同シリーズに対する想いなども丁寧に紹介しています。

---

(25) 関英雄「解説―童心主義文学の光と影―」『日本児童文学大系15　千葉省三』ほるぷ出版、一九七七年、四〇五〜四二九ページ。

(26) 六回目からは「メニーとココの冒険」（七、八号）、「女舟」（九号）、「楽しい航海」（一〇号）、「最後の太陽」（一一号）のタイトルで、副題を「エスキモーの双生児の話」として一〇回連載されました。

第2章

『ニルスのふしぎな旅』と文人たち

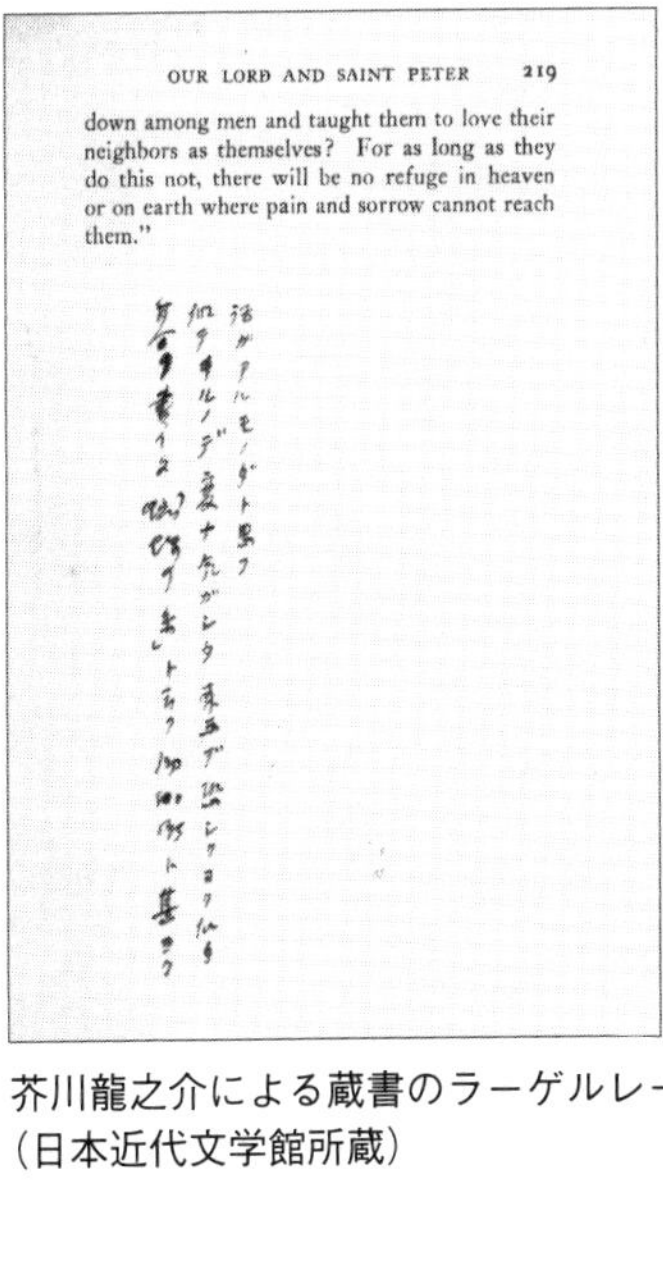
OUR LORD AND SAINT PETER 219

down among men and taught them to love their neighbors as themselves? For as long as they do this not, there will be no refuge in heaven or on earth where pain and sorrow cannot reach them."

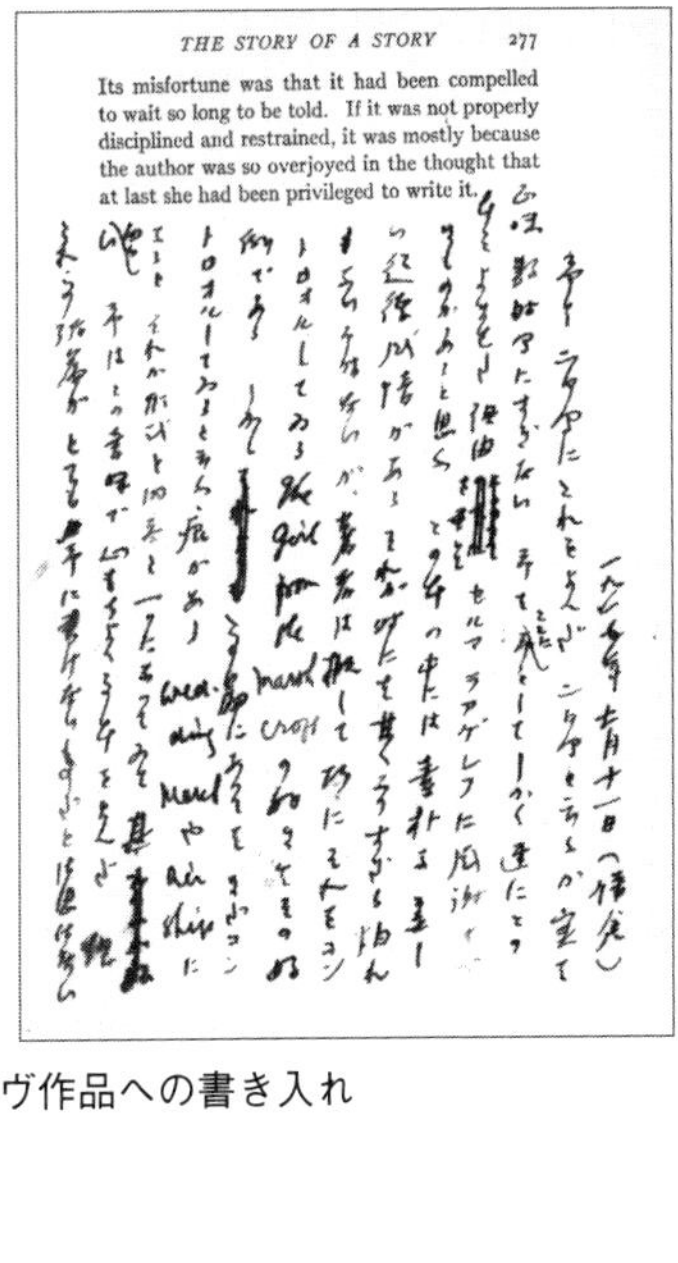
THE STORY OF A STORY 277

Its misfortune was that it had been compelled to wait so long to be told. If it was not properly disciplined and restrained, it was mostly because the author was so overjoyed in the thought that at last she had been privileged to write it.

芥川龍之介による蔵書のラーゲルレーヴ作品への書き入れ
（日本近代文学館所蔵）

1 芥川龍之介と英訳『ニルス』

ラーゲルレーヴの英訳書を七冊持っていた芥川

前章で紹介した野上彌生子だけでなく、劇作家として活躍した小山内薫（一八八一〜一九二八）や森鷗外（一八六二〜一九二二）もラーゲルレーヴの著作の翻訳を手がけています。[1] また、訳書こそないものの、ラーゲルレーヴの作品に「魅せられた」という点では、芥川龍之介（一八九二〜一九二七）もその一人として挙げることができます。

芥川龍之介の蔵書は「日本近代文学館」に収められ、洋書だけでも六〇〇冊余りを数えます。この蔵書のなかに、ラーゲルレーヴ原作の英訳書が七冊もあるのです。蔵書を見ると、作家ごとに一、二冊程度ですので、この数は特別なものとなります。ちなみに、香川がラーゲルレーヴと出会った運命の書ともいうべき『キリスト伝説集』の英訳書である *Christ Legends*（一九〇八年）もあります。

七冊のうち六冊には芥川直筆の書き入れがあります。蔵書のなかに書き入れがあるものが見当たらないことからも、彼がラーゲルレーヴに関心を寄せていたことは間違いないでしょう。「ヨク書ケテヰル　但シ結末ハモウ一工夫アリサウニ思フ…」とか「コレハイカン全体ノ感ジガ一向シツクリシナイ」など、作品の最後に書き込まれた寸評はなかなか辛辣なものとなっています。

Our Lord and Saint Peter と「蜘蛛の糸」

なかでも注目すべきものは、*Our Lord and Saint Peter* への書き込みです。同作品を小山内薫が訳し、一九〇五年に「彼得（ペテロ）の母」（〈帝國文學〉三一巻九号）の題名で発表しています。これがラーゲルレーヴの作品が初めて日本に紹介された作品とされていますが、芥川はこれを読んでいないようです。書き込みは次のようになっていました。

自分ノ書イタ「蜘蛛の糸」ト云フ御伽噺ト甚ヨク似テヲルノデ変ナ気ガシタ東西デ恐シクヨク似タ話ガアルモノダト思フ（二一九ページ）

――言わずと知れた『蜘蛛の糸』、芥川が初

（1）『イェスタ・ベルリング物語』（*Gösta Berlings Saga*, 1891）のなかから小山内薫が一九〇五年に「墓畔」、森鴎外が一九〇八年に「牧師」を訳出しています。野上彌生子は一五作品を訳し、『ゲスタ・ベルリング』（世界少年名作文学集第一六巻、家庭読物刊行会、一九二一年）を出版しています。

『キリスト伝説集』英語版 *CHRIST LEGENDS*（1908 年）の表紙

めて著した児童向けの作品です。『蜘蛛の糸』は一九一八年四月発行の〈赤い鳥〉第一号に掲載されましたが、書き込みに従えば、創作後に芥川はこの作品を読んだことになります。

一般に『蜘蛛の糸』は、ドイツのケーラス（Paul Carus, 1852~1919）が著した *Karma* を鈴木大拙《だいせつ》（一八七〇~一九六六）が邦訳した『因果の小車』（長谷川商店、一八九八年）が題材とされていますが、ほかにも世界に類似した話があることで知られています。ラーゲルレーヴのこの作品もその一つとされますが、芥川本人がその類似性に驚いているこの記述をどのように解釈したらよいのでしょう。

なお、この短編が収められた本の裏表紙見返しには「我鬼窟」と墨書されています。「餓鬼」は芥川の俳号、自宅の書斎は「我鬼窟」、その書き入れがあるということは、よほどこの本に思い入れがあったと見てよいでしょう。想像をめぐらすとなんとも興味深いことなのですが、あとは芥川の研究者に任せて本題に戻りましょう。

芥川は *The Wonderful Adventures of Nils* を読んだのか

芥川は *The Wonderful Adventures of Nils*（一九一七年）、すなわち『ニルス』の英訳本も所蔵していました。残念ながら、七冊の所蔵本のうち、この本だけには書き入れがありません。ラーゲルレーヴの短編を読んでは最後のページに感想や批評を書き入れたというのは、古今東西の説話や伝説を題材にして多くの作品を創作した「芥川らしい」行為と言えます。では、なぜ『ニルス』にだけは書き入れがないのでしょうか。『ニルス』は、芥川が所蔵していた他の六冊とは明らかにスタイルが違います。装飾的な多数の挿絵が入り、(2)文字も大きく、一見して子ども向けの本となっているうえに長編です。購入したものの、芥川は実際には読まなかったのかもしれません。折り目や汚れ目など、その痕跡がないのです。

長編物語の『ニルス』、そのなかには、神話やニルスが訪れた地域の伝説や実話が、誰

(2)　ハワード訳の英訳書は、アメリカやイギリスの複数の出版社から多数出ています。フライの挿絵のものが一番ポピュラーですが、芥川が所蔵していたのはハワード訳で、挿絵はフォーリーによるニューヨーク版（一九一七年）でした。ガチョウに乗るニルスは人間の大きさのままで描かれ、ニルスはさしずめピーターパンのようです。

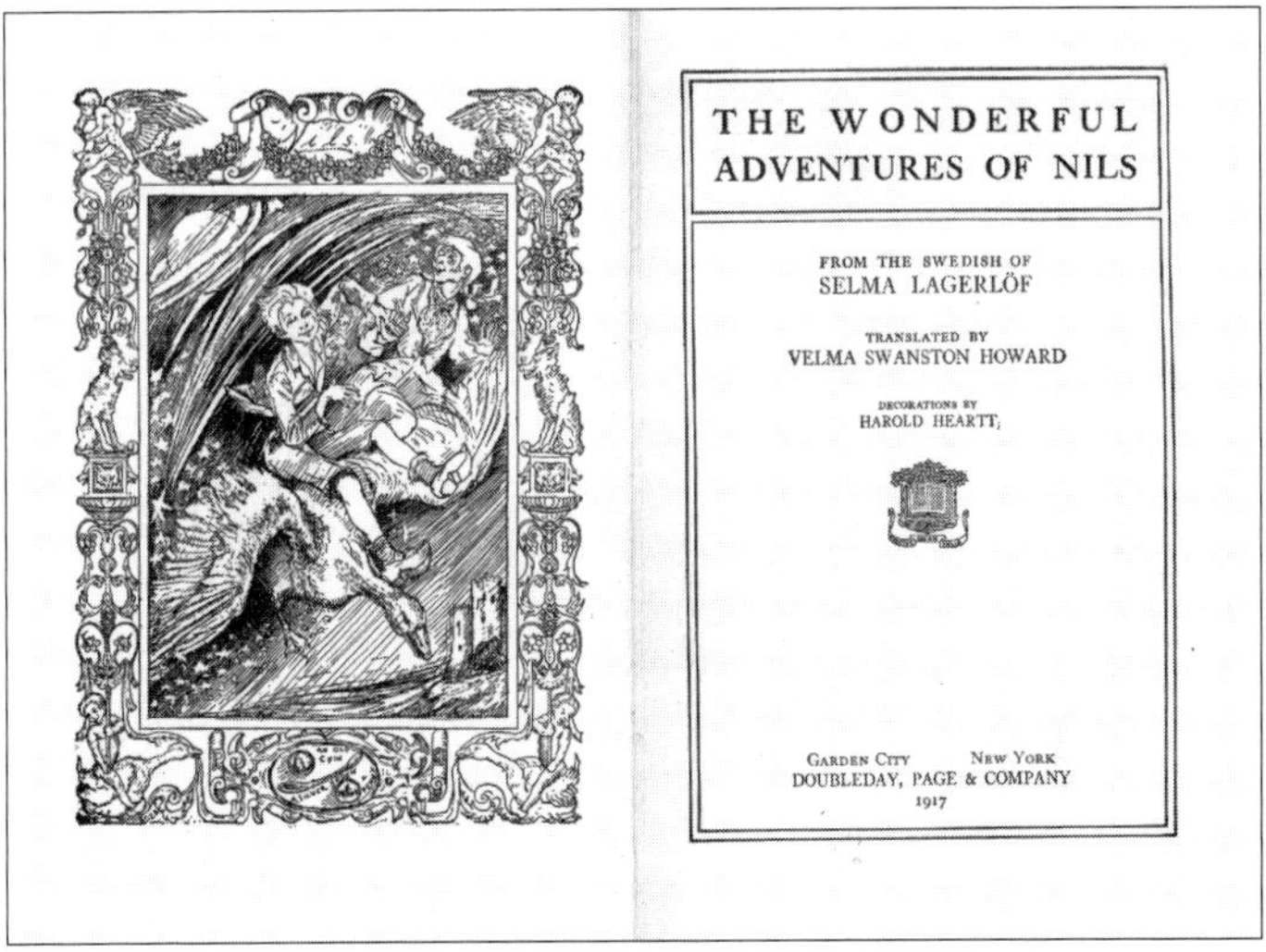

『ニルス』英語版（1917年）のトビラ（芥川蔵書から）

かの語りとしてやニルスが聞いた話という形で組み込まれています。芥川がもし『ニルス』を読んでいたら、それらを原話にして短編小説を創作していたかもしれません。いや、きっと創作していたことでしょう。ちょうど、千葉省三が「カルと仔麋の話」を一つの作品に仕上げたようにです。

こうした作品がないから芥川は『ニルス』を読まなかった、という推理は短絡にすぎるでしょうか。あるいは、すでに刊行されていた『飛行一寸法師』の存在を知っており、それを読んでいたのかもしれません。

2 宮沢賢治と『飛行一寸法師』

『ニルス』と又三郎

宮沢賢治（一八九六〜一九三三）は、本をよく買い込んだと言います。しかし、読み終わった本が溜まると、古本屋に売ったり、教え子に譲ったりしてしまって、蔵書はほとんど残っていないそうです。図書館の蔵書もよく読んだとされていますが、ノートをとっていないし、日記もつけておらず、どんな本を読んだのかは彼の作品から推定するしかありません。

地理学者の米地文夫《よねちふみお》は、宮沢賢治が『ニルス』を読んでいたという仮説を立ててその検証を試みています。代表作の一つである『風の又三郎』の初期形とされる『風野又三郎』（一九二四年二月に生徒が筆写）に、『ニルス』との類似や影響が見られるというのです。(3)

多くの研究者による膨大な研究蓄積がある「宮沢賢治研究」に立ち入るつもりは毛頭ありませんし、類似性の分析については米地に任せるとして、ここでも想像の翼を広げて、「宮沢賢治は『ニルス』を読んでいた」という仮説について、違う角度から少し考えてみたいと思います。

日本女子大学校に通った妹トシ

一九一八年三月、賢治は盛岡高等農林学校を卒業し、同校の研究生になりました。妹トシ（一八九八～一九二二）は、一九一五年に日本女子大学校予科に入学し、翌一九一六年本科に進学しましたが、卒業間近の一九一八年の暮れに病に臥し、入院してしまいます。賢治は上京して東京の雑司ヶ谷に滞在し、妹の看病にあたります。看病の合間をぬって、賢治は書店や上野にあった帝国図書館(4)によく通いました。このころには、童話の創作をはじめていたとされています。

翌年、一九一九年三月、退院して無事卒業したトシとともに賢治はいったん花巻に戻りますが、

(3)　米地文夫「宮沢賢治『風野又三郎』とラーゲルレーヴ『ニルスのふしぎな旅』――空飛ぶ旅の物語と環境教育」〈イーハトヴ自然学研究〉第三巻、二〇〇六年、六一～七六ページ。

(4)　一八九七年に設置された戦前の国立図書館。その建物は、現在、国立国会図書館子ども図書館として使用されています。

一九二一年、再び上京しています。働きながら多くの童話を執筆しましたが、同年八月、トシの病気が再び悪化したため花巻に戻ることになります。そして、一九二二年一一月にトシが亡くなりました。

前述したように、香川鉄蔵による『飛行一寸法師』が出版されたのは一九一八年二月です。このころ、日本女子大学校の〈家庭週報〉に香川はラーゲルレーヴに関する論考や抄訳を寄稿していました。また、『飛行一寸法師』の出版前後においては、同誌に発売の告知がされているほか書評が掲載されているのです。

宮沢家では、日本女子大学校に複数の女子を送り出していました。〈家庭週報〉は会員学生の自宅にも送付されていたようですので、トシや賢治が同誌を手にした可能性は高いと思われます。仮に読んでいたとすれば、香川の随筆や『飛行一寸法師』の記事も目にしたに違いありません。

ノーベル賞やアンデルセンに関心を寄せていた賢治なら、北欧のノーベル賞作家ラーゲルレーヴの作品に関する記事に触れ、『飛行一寸法師』を書店や図書館で探して、手にしたというのは十分ありえる話となります。そう考えると、「宮沢賢治は『ニルス』を読んでいた」という米地《よねち》の仮説が俄然真実味を帯びてきます。

賢治が『ニルス』を読んでいたという確証はつかめませんが、『ニルス』に出合うだけの条件はかなり揃っていた、ということは言えるでしょう。

福来友吉《ふくらいともきち》とトシと賢治

日本女子大学校に在学していたトシが、その思想に共感し、感化を受けた教師の一人に福来友吉（一八六九〜一九五二）がいます。一八九九年に東京帝国大学哲学科を卒業した福来は、一九〇八年に同大学の助教授となります。臨床心理学に貢献し、またアメリカ心理学の祖とも言われるウィリアム・ジェームス（William James, 1842〜1910）の明治期における紹介者として知られる福来ですが、催眠心理学に傾倒し、実験を行っていた念写や透視の問題で一九一四年に大学を追放されてしまいます。

当時、日本女子大学校でも「心理」の授業を担当していた福来は、その後もしばらくの間その授業は担当していました。トシが心理学や心霊科学に深い関心を抱いた背景には、福来の影響があったのです。そんなトシの影響もあって、賢治も同じく関心をもつようになったと言われています。[5]

福来は、賢治の詩「林学生」にも登場するジェームスの著書『心理学精義』（同文館）を一九〇二年に翻訳出版しています。その後、一九一七年には、福来は同じジェームスの『自我と意識』[6]（弘學館）を共訳で出版しているのですが、その共訳者というのが香川鉄蔵なのです。

（５）　山根知子『宮沢賢治妹トシの拓いた道』潮文社、二〇〇三年を参照。

（６）　*The Principles of Psychology*（一八九〇年）の抄訳。

香川は一九〇九年に東京帝国大学哲学科に入学し、心理学にも強い関心をもちました。日本最初の心理学研究者とされる元良勇次郎《もとらゆうじろう》（一八五八～一九一二）教授に教えを受け、大いに信服しました。福来はこの元良の弟子であり、香川の在学時には助教授として教鞭を執っていましたので、共訳はその縁であると推測されます。

話が少しずれてしまいましたが、私たちがよく知る作家らが『ニルス』を読んでいたかもしれないと想像してみると、ちょっとわくわくしてきます。

賢治が愛読していたスウェーデン人が書いた本

ところで、宮沢賢治が読んでいたことが確実視されるスウェーデン人の著作があります。ラーゲルレーヴとはほぼ同世代のスヴェン・ヘディン（Sven Hedin, 1865～1952）です。地理学者で、中央アジアの探検家としても著名であり、多数の探検記を残しています。

賢治は、少なくともヘディンの著作 *Through Asia*（アジア横断）（一八九九年）、*Trans-Himalaya*（トランス・ヒマラヤ）（一九〇九～一九一二年）などは読んでいたと思われ、賢治の詩や原稿にはヘディンの影響が見てとれると言います(7)。

たとえば、賢治の詩「装景手記　先駆形C——造園家とその助手との対話」のなかに「Sven Hedin も空想して　その名与ある著述のなかに　そのたはむれのスケッチを彩りをしてかかげてゐる」というくだりがあります。地質学者の蟹澤聡史によれば、賢治はこの詩で阿武隈山地とトラン・ヒマラヤを対比させていると言います。賢治は、ヘディンの『トランス・ヒマラヤ』に挿入されている、彩色が施されている写真やスケッチを見てわくわくしながら、その光景を想像してこの詩を読んだのであろうと蟹澤は記しています。(8)

3　スヴェン・ヘディン――世界を旅したニルス

出版されなかった「探検旅行の読本」

ヘディンが登場したので、彼と『ニルス』との関係についても触れることにしましょう。ラーゲルレーヴは、国民学校教員協会から読本執筆の打診を受けたとき、次のような提案を手紙で行っています。

一　一年生には私たちの国についての本、二年生にはこの国の歴史についての本、物語で初めて

---

(7)　金子民雄「スヴェン・ヘディン」『宮沢賢治ハンドブック』天沢退二郎編、新書館、一九九六年、一七三～一七五ページ参照

(8)　蟹澤聡史「文学作品の舞台・背景となった地質学―4―宮澤賢治の『春と修羅』ならびにノヴァーリス『青い花』二人の若い詩人にして地質学者に共通するもの」〈地質ニュース〉五八九号、二〇〇三年、五五～六九ページ。

伝記に近いような、できるかぎり人物に関連させたものを、そして、国民学校の残りの二学年では、発明や探検旅行を描き、外国に関する知識を与えるようにしたい。

スヴェン・ヘディン（出典：*From pole to pole*［1914年］から）

実際、『ニルス』に続いて、歴史に関してはヘイデンスタム（Carl Gustaf Verner von Heidenstam, 1859~1940）による *Svenskarna och deras hovdingar*（スウェーデン人とその指導者たち）が一九〇九年に出版されましたが[9]、彼女が提案した「探検旅行、外国について書かれた読本」はシリーズの一冊として出版されていません。実は、その本はヘディンが書くことになっていたと考えられます。

ラーゲルレーヴが『ニルス』を執筆中の一九〇五年秋、ヘディンは三回目のチベット探検に出発していました。このときの探検でヘディンは、大ヒマラヤ山脈の北側に一大山脈を発見して「トランス・ヒマラヤ」と名付けるなど数々の発見をするのですが、探検の途中で行方不明になってしまったのです。そのため「探検旅行編」が企画から外され、シリーズの企画者であるダリーンによって『スウェーデンの詩』が編纂され、シリーズに加えられたのではないかと推察されます。

しかし、一九〇八年夏、行方不明だったヘディン一行がインドに現れ、その無事が世に知れわたりました。インドを発ったヘディンは、各国に立ち寄ったのち、一九一〇年一月にようやくスウェーデンに戻っています。

のちに出版された *Från pol till pol*

仮に、ヘディン一行が行方不明とならず、予定どおり探検を終えて帰国していたら、ラーゲルレーヴの提案どおり、探検旅行の本を書いてシリーズの一冊として出版されていたことでしょう。というのも、帰国後の一九一一年、ヘディンは *Från pol till pol*（極地から極地へ――若者のために）を出版しているからです。

この本の前半では、自らの探検や旅行の数々をダイジェストで紹介したあと、三回目のチベット探検について書いています。また後半には、著名な探検家とその探検について、子どもたちが

(9)　これら三冊の中表紙上には「アルフレッド・ダリーン（Alfred Dalin, 1855～1919）とフリチューヴ・ベルイ（Fridtjuv Berg, 1851～1916）によって発行されたスウェーデンの国民学校低学年のための本」というタイトルが掲げられ、『ニルス』には「Ⅰ」、『スウェーデンの詩』は「Ⅱ」、『スウェーデン人とその指導者たち』には「Ⅲ」と記されており、この三冊が、読本委員会が企画した子どものための読本シリーズであることが分かります。このシリーズとしては出されませんでしたが、第２章で述べたとおり、のちにスヴェン・ヘディンが著した『極地から極地へ』が、ラーゲルレーヴが提案した「探検旅行」に当たります。

興味をもって読めるように分かりやすく書かれています。まさに、ラーゲルレーヴの提案したとおりの本なのです。

著書の前半に掲載されている彼自身の探検記には多数の写真が付されており、そのスタイルは『ニルス』の初版本を彷彿させるものとなっています。約束どおり、彼は子どものための「探検旅行と外国についての本」を書いて出版したということになります。

ヘディンは、チベット探検で行方不明になったあと、帰路に立ち寄った国々についてもこの本で詳しく書いています。実は、インドを無事に出発した彼はすぐにスウェーデンに戻るつもりでしたが、かねてから招聘を受けていた日本に立ち寄っているのです。そのあと、朝鮮、満州、シベリアを経由してスウェーデンに帰国しています。

このときに巡った国々のなかでも、一か月も滞在した日本で見聞きしたことについてはとりわけ詳細に記しています。おそらく、ヨーロッパ中のどこの国よりも、そして誰よりも早く、スウェーデンの子どもや若者たちが、はるか極東に位置する当時の日本の様子をこの本で知ったはずです。

地理学者で探険家のヘディンは日本を訪れていた

ヘディンを日本に招聘したのは「東京地学協会」です。同協会は一八七九年に創設された団体で、発足当初は華族や政治家、軍人、外交官などが、世界の情勢などについて情報交換をするといったサロンのような役割を果たしていました。

同年、北極海横断航海に成功して横浜に立ち寄ったスウェーデン系フィンランド人の探検家ノルデンショルド（Adolf Erik Nordenskiöld, 1832～1901）にメダルを贈り、栄誉を称えていることからも分かるように、当時の協会は探検や発見などの海外動向に強い関心を抱いていました。(10) ヘディンを招聘したのも、その一環と言えます。

同協会とヘディンの間を取りもったのが、京都西本願寺の法主であった大谷光瑞《おおたにこうずい》（一八七六～一九四八）です。大谷は、自ら西域調査隊を中央アジアに派遣するなどして、ヘディンとかねてより交流がありました。一九〇八年八月、消息不明であったヘディンがインドに現れたというニュースを受けて、さっそく大谷はヘディンに来日を打診しています。

「長キ音信ナキノウチ、無事ゴ到着ヲ祝ス。地学学会ト協議ノ末、貴殿ヲ日本ニゴ招待イタシタシ。大谷光瑞」

日露戦争（一九〇四年～一九〇五年）に勝利した新興国日本から招待を受けているのなら、「是非、寄るべき」と英印軍総司令官にすすめられたヘディンは、日本行きを決断しました。(11) 中国経由で、上海から長崎、神戸に寄港し、一一月一二日に横浜港で下船して東京に向かっています。

(10)　東京地学協会ホームページ http://www.geog.or.jp/　参照。

(11)　延岡繁「日本におけるスヴェン・ヘディン」〈中部大学人文学部研究論集〉一号、一九九九年、一一七～一二六ページ。

そして、東郷平八郎（一八四八～一九三四）、乃木希典《まれすけ》（一八四九～一九一二）らをはじめ多くの政治家や軍人らと会い、明治天皇（一八五二～一九一二）にも謁見しています。

日本に滞在したのは、先にも述べたように一か月です。一二月一二日に神戸港を発って朝鮮へ向かい、その後、陸路で北京からシベリア鉄道に乗ってモスクワに向かい、スウェーデンに戻っています。

Från pol till pol に描かれた日本

ヘディンの日本滞在については、東京地学協会をはじめとして多くの記録・報告がありますが、ヘディン自身による記述はきわめて少ないと言われています。そのなかで、スウェーデンの若者向けに書かれたこの本には、一か月にわたる日本滞在についての記述があり、大変貴重なものとなっています。

英訳版の *From pole to pole　A book for young people*（一九一四年）によると、「第一三章　日本」は一八五ページから二〇二ページにわたって各地で見聞したことが丁寧に記されており、移動ルートが書き込まれた日本地図のほか、人力車や富士山、そして鎌倉大仏の写真なども掲載されています。

長崎に入ってまず巨大な造船所を目の当たりにしたヘディンは、「日本が西洋文明を受け入れてわずか四〇年というのは信じがたい」とその発展ぶりに感嘆しています。日露戦争に勝利した

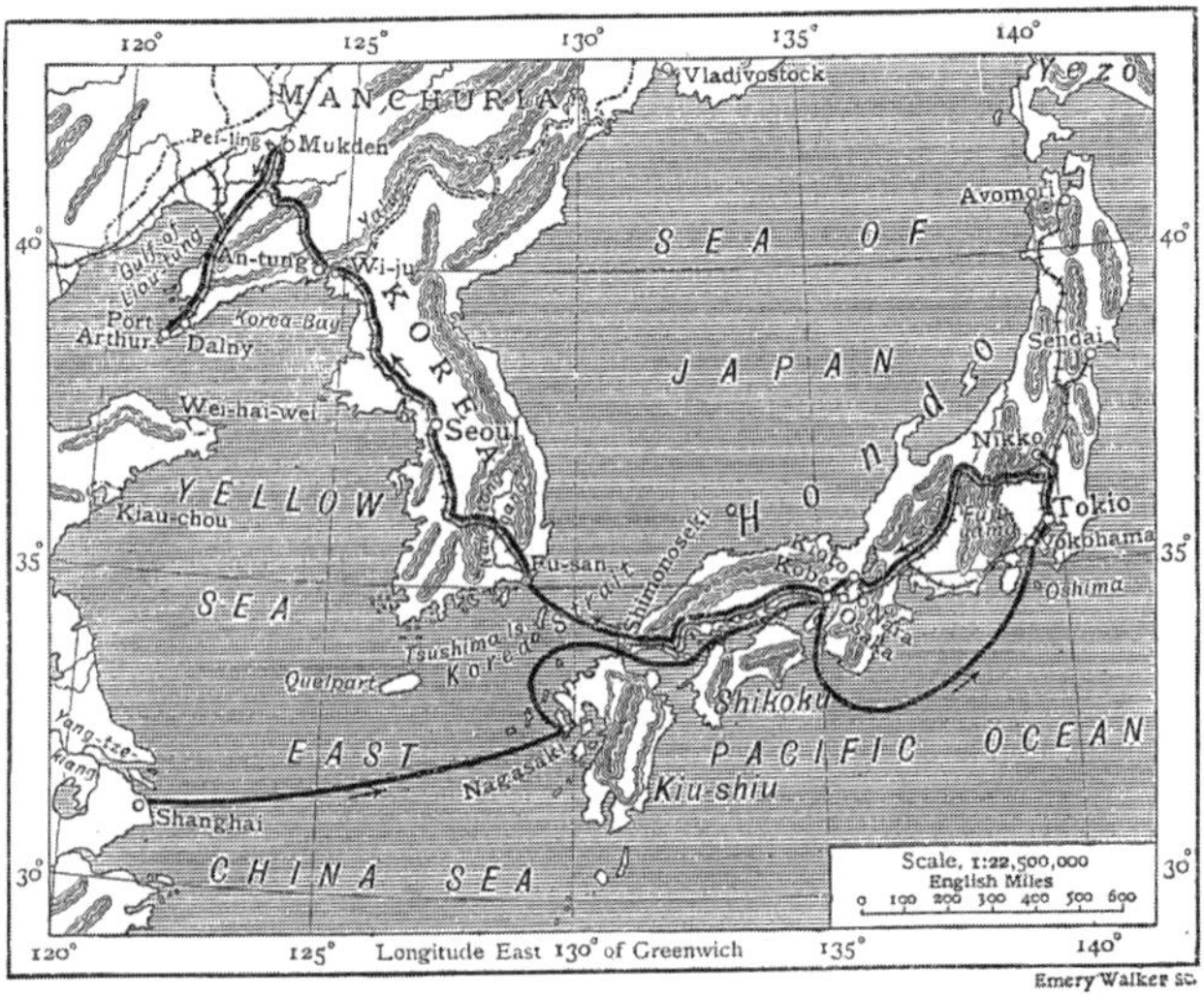

「第１部　８章　日本」に掲載された地図
(出典：英語版 From pole to pole, p.186)

「第１部　８章　日本」に掲載された写真「日本のリクシャ」
(出典：英語版 From pole to pole, 1914年、p.28)

理由を探るかのように、陸軍は平時二五万、有事に兵士は一五〇万とデータを掲げて日本の軍備について説明をし、「多くの点で日本人は、教える立場であった西洋人を超えた」とか「日本の軍人は母国防衛のためにはどんな犠牲もいとわない、国への忠誠が宗教なのである」とも書いています。

そうした日本人論や国家論もさることながら、興味深いのはヘディンが見聞きし、体験した日本の衣食住に関する記述です。それまでに訪れたどの国とも異なる日本の風景や風俗、文化に強い印象を受けたようで、宿の室内の様子から夕食の献立、女中の身なりから仕草まで詳細に記述しているのです。

もちろん、船が寄港した神戸や横浜のほか、訪れた日光、鎌倉、奈良、京都についても触れています。そして、日本滞在について、「一訪問者として日本で過ごした思い出は、あたかも日没の残映のように、色彩豊かなものである」と記しています。

それまでの過酷な奥地探検とは違い、労苦のない日本の旅は、探検にも勝るとも劣らない未知の「ふしぎで、すばらしい」旅だったのかもしれません。

Från pol till pol を訳した日本人——守田《もり》有秋《たゆうしゅう》

この本の邦訳が出版されていました。『北極と赤道——探検物語』(平凡社、一九二六年)、四六八ページにも上る大著です。訳者は守田有秋(一八八二〜一九五四)で、東京専門学校を中退後、「二六新報《にろくしんぽう》」(12)の記者として活躍するかたわら、評論家、翻訳家として多数の著書を出版した人物です。

書名『北極と赤道』の「赤道」は誤植なのでしょう。というのも、「訳者序」や「奥付」には「北極から南極へ」と書かれているのです。ドイツ語版からの重訳で、原書の後半部分に当たる、ナンセン（Fridtjof Wedel-Jarlsberg Nansen, 1861～1930）をはじめとする北極探検家たちの北方探検と、リヴィグストン（David Livingstone, 1813～1873）やスタンレー（Sir Henry Morton Stanley, 1841～1904）などのアフリカ大陸探検が記された探検編を訳出しました。(13) 残念ながら、最後に置かれたヘディン自身の探検は訳されていないため、そこに書かれた日本についての記述はありません。

なお守田は、「訳者序」において、この書を一五、六歳から二〇歳前の若者に推薦するとと

(12)　明治時代から昭和時代にかけて発行されていた日刊新聞。

(13)　軽気球に乗って北極探検を目指し、行方不明となったスウェーデン人のアンドレー（Salomon August Andrée, 1854～1897）の探検については、「北半球の探検」二六章中、四章にわたって記されています。

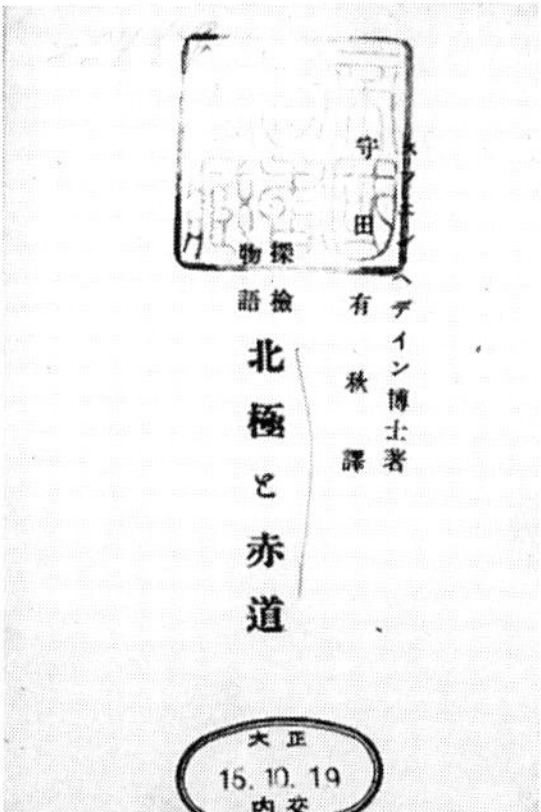

守田有秋訳『探検物語　北極と赤道』トビラ（1926年）

もに、小中学校の教員が教材に用いることをすすめています。原書がどういう経緯で書かれたのかについては知らなかったと思われますが、守田には、ヘディンの想いが十分に伝わっていたと考えられます。

第3章

昭和・戦争期の『ニルスのふしぎな旅』と子どもたち

連載「ニルスノバウケン」〈幼年倶楽部〉（1939年・1940年）

1 私家版『不思議な旅』

子どもに読ませたくて

一九一八年に『ニルス』の初邦訳『飛行一寸法師』を出版した香川は、翌年の七月、大蔵省臨時調査局の嘱託職に就き、生活が一変しました。また、一九二三年には伊藤八重と結婚し、翌年には長男の節、さらにその翌年には長女の菊香が誕生しています。

『飛行一寸法師』の「譯者より」には、第二巻は「『續飛行一寸法師』と題して後日出版することにした」と記されています。しかし、その実現は一五年余り先のことになります。

一九三四年二月、香川は妻との共著で(1)『飛行一寸法師』の改訂稿を私家版『不思議な旅』として自費出版しています。この改訳稿には、「次男が生まれた」頃とありますから、一九二七年の初めには完成していたことになります。そのままになっていた原稿を出版することにしたのは、知人らのすすめという理由が挙げられていますが、「一〇歳になった長男に読ませたい」というのが最大の動機であったようです。

そのきっかけとなった出来事がありました。一九三三年の年末から年明けにかけて、香川は節と菊香を連れて信州に出掛けています。昼間はスキーに夢中になる二人でしたが、夜になると、突然、本を読みたいと言いだしたのです。「何でもいいから自分で読みたい」と言ってききませんでした。

翌日、駅の売店で「弁当は我慢するから雑誌を買ってくれ」とせがまれ、とうとう雑誌を買って与えましたが、子ども向けの雑誌の中身は、香川曰く「戦争熱を煽る小説やバカバカしいお伽話」ばかりでした。

その夜、香川はお蔵入りになっていた改訳稿のことが頭をよぎり、自費出版を決意したわけです。東京の自宅に戻った香川は、本棚に眠っていた原稿を取り出し、さっそく印刷屋（所）に手渡しました。一月中旬には校正刷、二月には印刷と順調に制作が進み、三月一日には出版の運びとなりました。

(1)　冒頭に掲載された「あいさつ」には二人の名が連記され、奥付には「譯者香川鐵藏、発行者香川八重子」とあります。

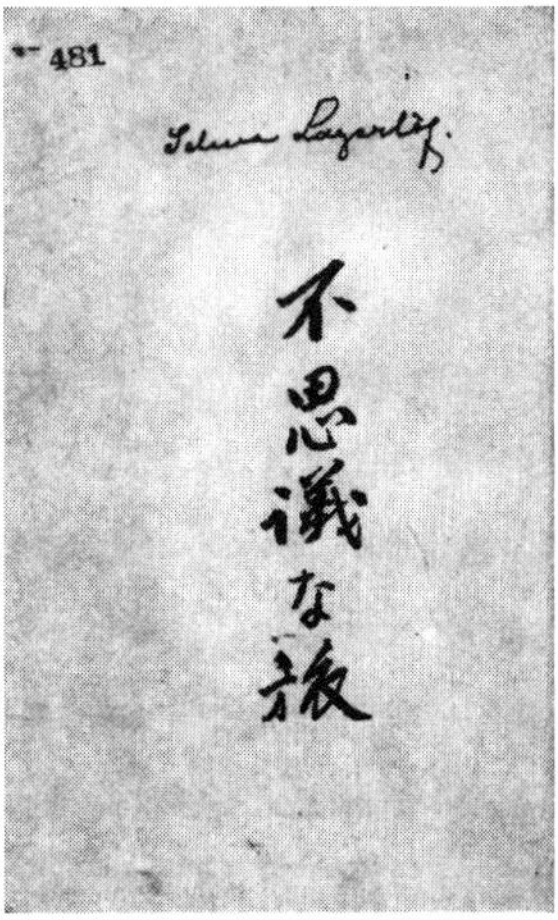

香川鉄蔵・八重子訳『不思議な旅』（1934年）

香川鉄蔵。長男の節、長女の菊香とともに（1928年）（出典：『香川鉄蔵』［1971年］口絵から）

初めて示された『ニルス』の全体像

『不思議な旅』では、第一巻の固有名詞の表記ができるだけ原語の発音に近いように修正されています。また新たに、第二巻のあらすじが「訳者のはしがき」として七ページにわたって加えられました。これによって、ストーリーとして完結した『ニルス』の全体像が初めて示されました。

冒頭には、「トムテについて」と題して、本文にたびたび登場する妖精トムテについての注解を載せています。挿絵は、初訳と同様、原作の口絵一枚が転載されているのみです。そして巻末には、「譯者より」と題して、「一　私どもの事」には香川自身のラーゲルレーヴとのかかわりや、自らの家族のことなどが記されています。出版に至ったきっかけも、ここで紹介されています。また、「二　セルマ・ラーゲルレーヴ女史の事」には、初訳の巻末に掲載した彼女の生い立ちについて加筆再録し、写真が添えられています。

こうして単なる翻訳書という枠を超えて、当時においては、ラーゲルレーヴについてもっとも詳しい書物となっています。二〇〇部の限定出版で、知人を中心に配付したと言いますが、配付先については明らかではありません。

ちなみに、長男の節が『ニルス』を初めて読んだのは、この『不思議な旅』が本になる前の校正刷りの状態でした。節は、表現や字の誤りを子どもなりに指摘したことを今も覚えているそうです。それは、鉄蔵にとっては予想外のことだったかもしれません。しかも、思いがけないこの幼い校閲者が、のちに完訳本の出版を実現させるとは、本人も鉄蔵も予想すらしていなかったでしょう。

当時三歳であった次女の雪香は、成長して小学校三年生くらいのころ、ピンクの表紙の『不思議な旅』が居間にあったことを覚えているそうです。長男や長女がそうであったように、弟妹らが本に興味をもつ年頃になったら自分の意志で読めるよう、居間にそっと置かれていたのでしょう。

ラーゲルレーヴとの往復書簡

ところで、巻末の「私どもの事」には、一九二四年六月一〇日付の書簡が掲載されています。その内容は、「ある婦人から、日本訳の承認を求める手紙が来たので考えを聞かせてほしい」というラーゲルレーヴからの相談でした。香川の返答は次のとおりです。

……日本語といふものは大そう多様なもので、或る一つの譯をオーソライズしたが爲め他の人の優れた譯が出られなくなるとすれば寔に不幸であるから女史の作品の日本譯は何人の人に對しても之をオーソライズせないこと、但し何人が飜譯を試むるとも差支ないこと、換言すれば飜譯出版は何人にも自由にすることに願いたいと申し送った。（三六二ページ）

この問い合わせに対して、「すべてお前の申越した通りにする」という内容の、ラーゲルレーヴからから届いた返信の写しが掲載されています（三六二ページ）。

　スウェーデン王立図書館が所蔵するラーゲルレーヴに関する貴重な資料のなかには、膨大な書簡類も含まれています。そのなかに、一九二四年七月一八日付の香川の書簡もありました。ラーゲルレーヴの相談に対する先に挙げた返答で、英文で記されています。

　そこには、『ニルス』の第二巻はもちろん、ほかの作品についても香川自身が翻訳出版する意欲が示されているほか、日本語は表現が多様で正確な翻訳は難しいが、良質の翻訳本を少しずつでも出していきたい、という内容が書かれています。

　この書簡のやり取りにかぎらず、香川は初訳書をラーゲルレーヴに送付してからも、手紙による交流を四半世紀にわたって続けています。誕生日には必ずお祝いの葉書として、日本の風俗や美しい景色の

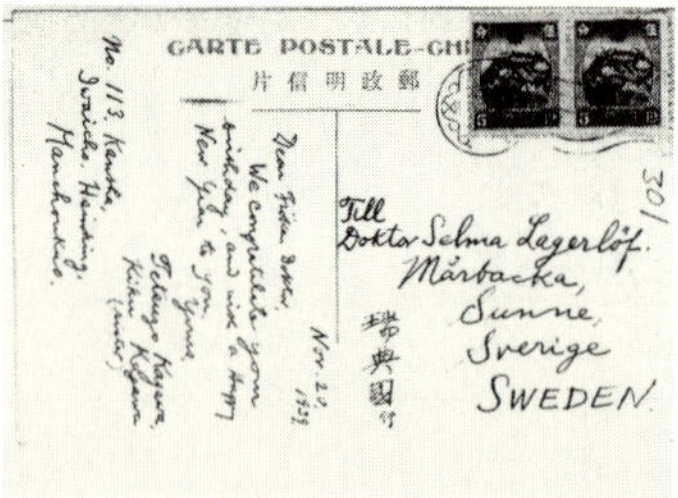

香川鉄蔵がラーゲルレーヴの誕生日祝いに送った葉書（1939年11月20日付・スウェーデン王立図書館蔵）

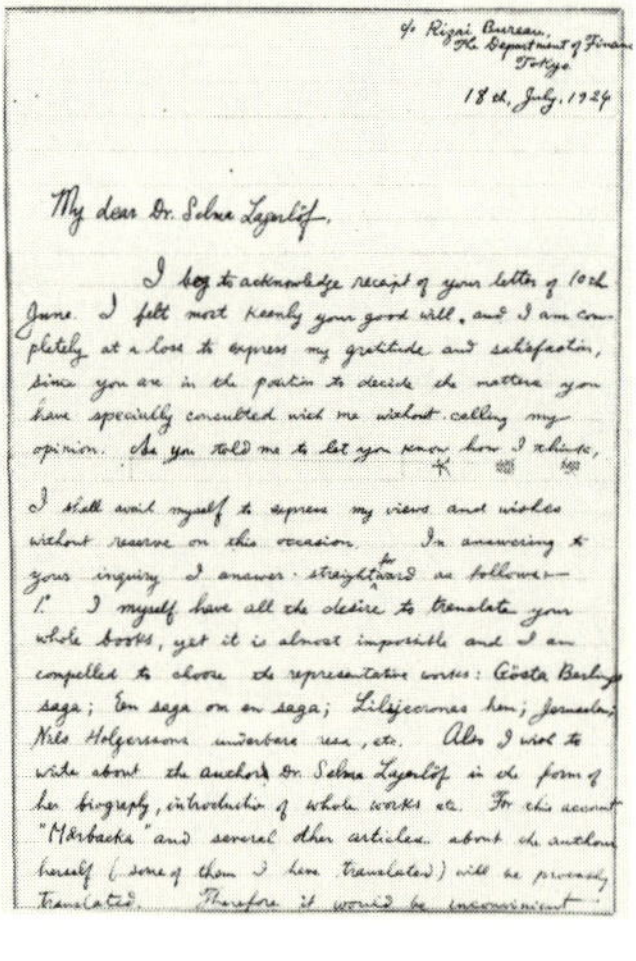

c/o Rizai Bureau,
The Department of Finance
Tokyo
18th, July, 1924

My dear Dr. Selma Lagerlöf,

I beg to acknowledge receipt of your letter of 10th June. I felt most keenly your good will, and I am completely at a loss to express my gratitude and satisfaction, since you are in the position to decide the matters you have specially consulted with me without calling my opinion. As you told me to let you know how I think, I shall avail myself to express my views and wishes without reserve on this occasion. In answering to your inquiry I answer straightforward as follows—
1° I myself have all the desire to translate your whole books, yet it is almost impossible and I am compelled to choose the representative works: Gösta Berlings saga; En saga om en saga; Liljecronas hem; Jerusalem; Nils Holgerssons underbara resa, etc. Also I wish to write about the author Dr. Selma Lagerlöf in the form of her biography, introduction of whole works etc. For this account "Mårbacka" and several other articles about the authoress herself (some of them I have translated) will be previously translated. Therefore it would be inconvenient

香川鉄蔵からラーゲルレーヴへ返答した手紙（1924年７月18日付・スウェーデン王立図書館蔵）

絵葉書を探して贈ることを楽しみとしていました。また、グンデルトがドイツに戻ってから著した『謡曲』（ドイツ語）や、岡倉天心（一八六三～一九一三）が著した『茶の本』（英文）なども送り、喜ばれたと言います。

もちろん、と言うべきでしょう。こののちも香川は、生涯にわたって『ニルス』の完訳出版という夢を捨てることはありませんでした。

2　雑誌〈幼年倶楽部〉連載「ニルスノバウケン」

創作活動に専念する千葉省三

第1章4節で述べたように、一九二一年に雑誌〈童話〉に「カルと仔麋《こおほじか》の話」を書いた千葉省三は、一九二三年には「コドモ社」を辞めて〈童話〉の編集からは手を引きましたが、その後も同誌への寄稿は続きました。一九二五年には代表作「虎ちゃんの日記」が発表され（第六巻九・一〇号）、大きな反響を呼びました。

〈童話〉は一九二六年で廃刊となりますが、一九二八年には自ら雑誌〈童話文学〉を創刊し、一九三一年末で廃刊になるまで創作三七編を発表しています。この間に発表した作品は、のちに「郷土童話」と呼ばれる「土のにおいがする」郷土色豊かな作品が多く、それらは一九二九年に出された童話集『トテ馬車』（古今書院）をはじめとして単行本が出版されるなど、精力的な創作活動がこの時期に続きました。

千葉はこうした郷土童話の短編を多数発表するのと並行して、何編かの長編物もこの時期に書いています。千葉は、『トム・ソーヤの冒険』や『十五少年漂流記』などの作品を創作の理想とし、外国文学のダイナミックなストーリー性に魅力を感じていました。〈童話〉に連載した「二少年の冒険」や「エスキモーのふたごの話」などはその現れと言えるでしょう。

海外作品の再話ではなく、千葉の創作のなかにもこの流れを汲む作品があります。一九二六年〈童話〉第七巻四号から六号に連載された「無人島漂流記」です。初回、まず次のような前置きからはじまります。

今から数へて百四十年ほど前、日向《ひうが》の国のある船が難破して無人島に流れつき、ちやうど、ロビンソン漂流記にあるやうな生活《くらし》をした。哀れな物語が伝へられてをります。私《わたし》はそれをもととして、このお話を書いて見ました。

江戸時代末期、志布志浦（現・鹿児島県志布志市《しぶし》）を出航した船が嵐で漂流して無人島に流れ着きます。そこで九か月間自給自足の暮らしをしたのち、再び船で海に出て二週間漂流し、とうとう遠江《とおとうみ》（静岡県西部）にたどり着き、最後は故郷に戻るというストーリーです。

ロビンソン・クルーソーは無人島で孤独に耐えながら生活していきますが、千葉はこの船に紛れ込んだ一五歳の少年善吉と船長を中心に繰り広げられる日々を、具体的に生き生きと描いています。これこそ、千葉が書きたかった創作のスタイルだったのではないでしょうか。

商業児童雑誌の興隆

大正時代に花開いた児童文学は、昭和に入って「大衆児童文化」として一般に普及し、昭和一〇年代前半に全盛期を迎えます。それを支えたのが、講談社の前身となる「大日本雄弁会講談社」の児童向け商業雑誌でした。一九一四年に創刊された〈少年倶楽部〉は、冒険活劇や英雄伝、漫画などを掲載し、大正時代の末あたりから部数を伸ばしていきました。一九二三年に〈少女倶楽部〉、そして一九二六年には〈幼年倶楽部〉も創刊され、これら三大誌が大衆的なものとなった児童文学の流行を牽引していきました。

創作に専念するといっても同人誌中心の仕事では生活が苦しく、千葉は一九二六年頃から〈少女倶楽部〉や〈幼年倶楽部〉にも寄稿するようになり、一九三一年以降活動の重点がそれらの商業児童雑誌に移っていきます。

一九三二年一〇月から一年にわたって千葉は、〈少女倶楽部〉に「陸奥の嵐」を連載しました。話のもとになったのは、フランスのジュール・ヴェルヌ（Jules Gabriel Verne, 1828～1905）が書いたものです。アレクサンドル二世の親書をシベリア総督に届ける密使の冒険物語『皇帝の密使』(一八七六年)を翻案し、舞台を平安時代に設定して、陸奥に住む蝦夷《えみし》の反乱に対して京都から送られた密使の物語としたのです。これは、翌年に単行本としても出版されています。

千葉はこの作品を皮切りに長編大衆小説の連載や「読み切り作品」を書くようになり、やがて人気作家の一人として数えられるようになりました。一九三五年には〈童話文学〉の後継誌として〈児童文学〉を自ら創刊しましたが、二年後には廃刊となり、それ以後、大衆雑誌上に活動の場を完全に移すとともに、講談社の絵本づくりにも参加するようになりました。

「ニルスノバウケン」の連載

千葉省三は、講談社の雑誌で再び『ニルス』とかかわることになります。それが〈幼年倶楽部〉の一九三九年四月号から一九四〇年四月号まで連載された「ニルスノバウケン」です。これは、小学校低学年の子どもたち向けに書かれた最初の『ニルス』作品と言えます。文字は、同誌のなかでも一番大きなサイズのカタカナが使われ、ふんだんに挿絵が入っています。挿絵を描いたのは河目悌二《かわめていじ》(一八八九~一九五八)です。(2)

『ニルス』が採用されたのは、千葉の提案なのか、それとも編集部が千葉へ依頼したのか、その経緯は明らかではありません。講談社側が『ニルス』を選んだとすれば、一九三四年に出された香川訳の『不思議な旅』を読んだ〈幼年倶楽部〉の編集者が、子どもを対象とする連載に適した物語として『ニルス』を選び、「陸奥の嵐」の実績があり、かつて雑誌〈童話〉にその一章を再話した千葉に依頼したと推測されます。

しかし、『不思議な旅』は発行部数も配付先もかぎられたものでしたので、編集部に香川の知り合いでもいなければ手に渡ることは難しかったと考えられます。となると、千葉による提案といったほうが可能性は高いと考えられます。

千葉は冒険ロマンに満ちた長編児童文学を創作の理想とする一方で、短編創作では動物を主人公にした童話を多数手がけています。『ニルス』は、冒険という点でも、動物が出てくるという点でも、千葉にとっては理想的な物語であり、『ニルス』に出合って以来、いつか幼い子どもが楽しめる『ニルス』を書きたいという考えをもち続けていたのではないでしょうか。

すでに雑誌で人気作家となっている千葉の企画であれば、編集部は当然受け入れたでしょうし、内容からしても「大歓迎」だったに違いありません。

「ご家庭の皆様へ」と題するページには、新しく連載になった「ニルスノバウケン」について、「千葉省三先生が、日本の子供達によくわかり、この物語を通して與へようとするところがよく味はれるやう、國情のちがひを深く考慮して、大變お骨折りになつてゐます」と記されたあと、ノーベル文学賞を受けたこの名作が、「強い興味の中に、お子様に教へるところの多いやうにと、

（２）この連載の前にはイタリアのアミーチス（Edmondo De Amicis, 1846～1908）原作の「母をたずねて」（加藤武雄）が半年にわたって連載されていたほか、「ニルスノバウケン」が終了した翌月からは千葉がフランスのセギュール（Sophie Rostopchine, Comtesse de Ségur, 1799～1874）原作の「ロバモノガタリ」を連載しています。

作者とともに念じてをります」とあります。

「ニルスノバウケン」のストーリー

連載では、ガンの群れとの旅における動物たちとの出会いや事件が描かれています。そのなかから文章を拾ってみましょう。

「スエーデンノ　アルムラニ、ニルストイフ　ヲトコノコガ　アリマシタ。ニルスハ　アンマリ　ヨイコデハ　アリマセンデシタ。ワガママデ、ナマケモノデ、ソノウヘ、ツミモナイ　トリヤケモノヲ　イヂメルコトガ　ダイスキデシタ」（四月号八七ページ）

からはじまり、

「イタヅラノバチデ　コビトニサレテシマヒ、ガテウノセナカニノッテ、ガントイッショニ、ハウバウタビヲシテマハリマシタ。ズルコウトイフ　ワルギツネガヲリマシタ。ニルスヲ　ニクンデ、ドウカシテ、ヒドイメニ、アハセテヤラウド、ツケネラッテイマシタ」（九月号一二六ページ）

(87)
ニルスノバウケン
千葉省三
河目悌二畫
イタヅラッコ
スエーデンノ アルムラニ、ニルストイフ ヲトコノコガ アリマシタ。ニルスハ アンマリ ヨイコデハ アリマセンデシタ。ワガママデ、ナマケモノデ、ソノウヘ、ツミモナイ トリヤケモノヲ イヂメルコトガ ダイスキデシタ。
オトウサント オカアサンハ、ドウカシテ ニルスノ ワルイクセヲ ナホシタイモノト、イツモ シンパイヲシテキマシタ。

千葉省三「ニルスノバウケン」初回〈幼年倶楽部〉1939年4月号

そして、ニルスは

「ダンダン　シンセツナ　ヨイコニナッテ　イキマシタ。イマデハ、ガンノナカマハ、ミンナ　ニルスト　ナカノヨイ　オトモダチデシタ」（一一月号七一ページ）

やがて、

「ニルスヲツレテ、キタノクニマデイッタ　ガンノムレハ、ナツモスギタノデ、ヤウヤウカヘリミチニ」

つきます。そして最終回では、

「ニルスサン、アナタハ　ワタシタチトノ　ナガイタビノアヒダニ、イロンナ　トリヤケモノト　オトモダチニ　ナッタデセウ。ドウゾ、モトノスガタニ　モドッテモ、ソノカハイサウナ　オトモダチヲワスレズニ、イジメタリ　クルシメタリ　シナイデクダサイネ」

「シマセントモ」

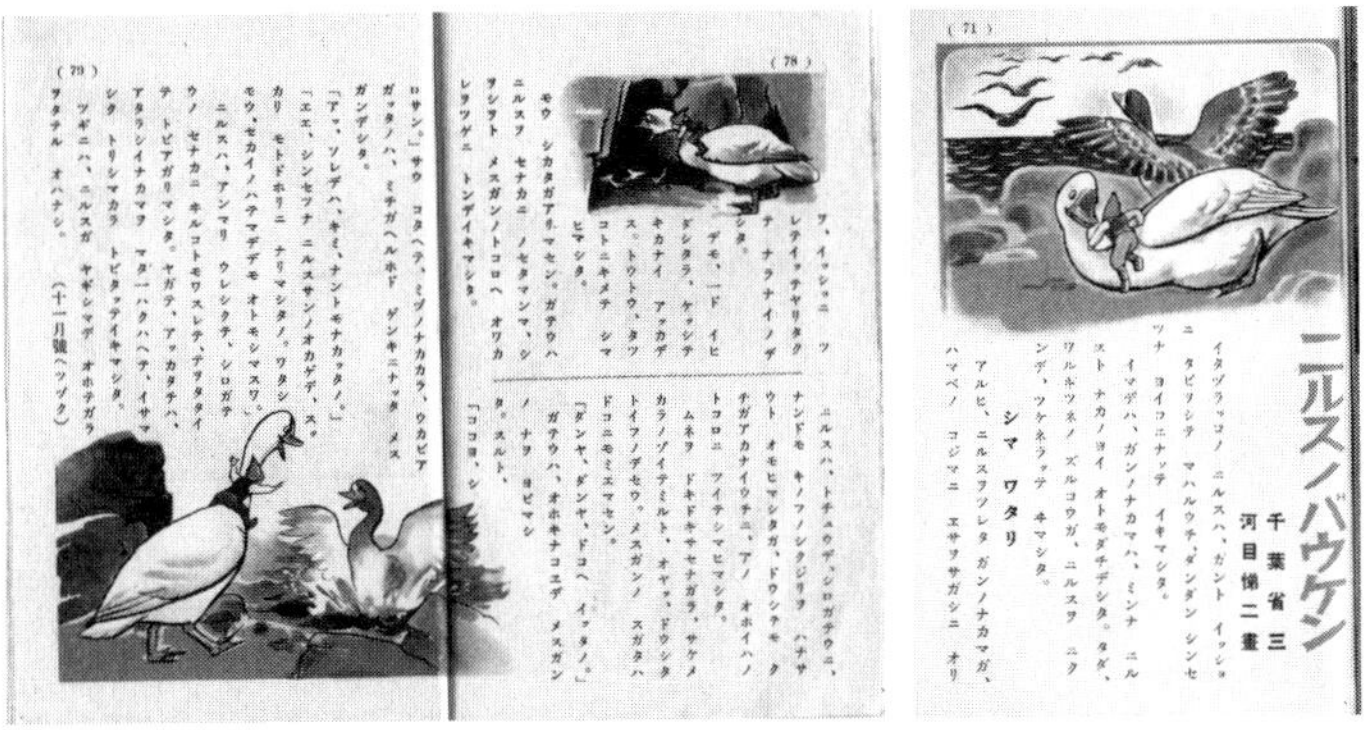

千葉省三「ニルスノバウケン」〈幼年倶楽部〉1939年10月号

と約束し、家に戻ったニルスは、旅をともにしたガチョウを父が絞めようとした様子を見て、たまらず家に飛び込みます。

「アハレナ、コビトノスガタハキエテシマッテ、ミルカラニ　ゲンキサウナ　セウネン」

になって両親と再会するも、

「ニンゲンニカヘッタニルスニハ、ソノコトバハ　スコシモ　キキトレナイノデシタ」（四月号五四〜六五ページ）

そして、南へ旅立つガンの群れを見送ります。

ニルスのすべり台とラーゲルレーヴ

一九三九年七月、東京都練馬区にある遊園地「豊島園」に、ニルスが乗る大きなガチョウを形取った大型すべり台が設置されました。〈幼年倶楽部〉で「ニルスノバウケン」の連載がはじまったのがその年の四月号ですから、

ニルスのすべり台〈幼年倶楽部〉1939年９月号

建設期間を考えれば、あっという間に連載が大人気になったことがうかがえます。また、九月号には、完成したすべり台に子どもたちが乗って遊ぶ写真が掲載されています。

スウェーデン王立図書館（Kungliga biblioteket）が所蔵しているラーゲルレーヴに関する書簡類のなかに、〈幼年倶楽部〉編集長から送られたものがあります。一九三九年六月二八日付となっていますが、日本で『ニルス』の連載が大評判で、子どもたちから多数の投書が編集部に寄せられていること、そして講談社が東京郊外の遊園地にガチョウに乗ったニルスのすべり台を完成させたことが記されており、その写真も送られています。さらに、日本の子どもたちへのメッセージをいただけないか、と依頼もしています。

これに対してラーゲルレーヴは快諾し、返信を送りました。同年一〇月号には、彼女の手紙を訳した記事が「ラーゲルレフ先生からみなさんへ」と題されて、彼女の写真とともに掲載されています。これは、ラーゲルレーヴが亡くなる半年前のことです。

社史『講談社の歩んだ五十年』（一

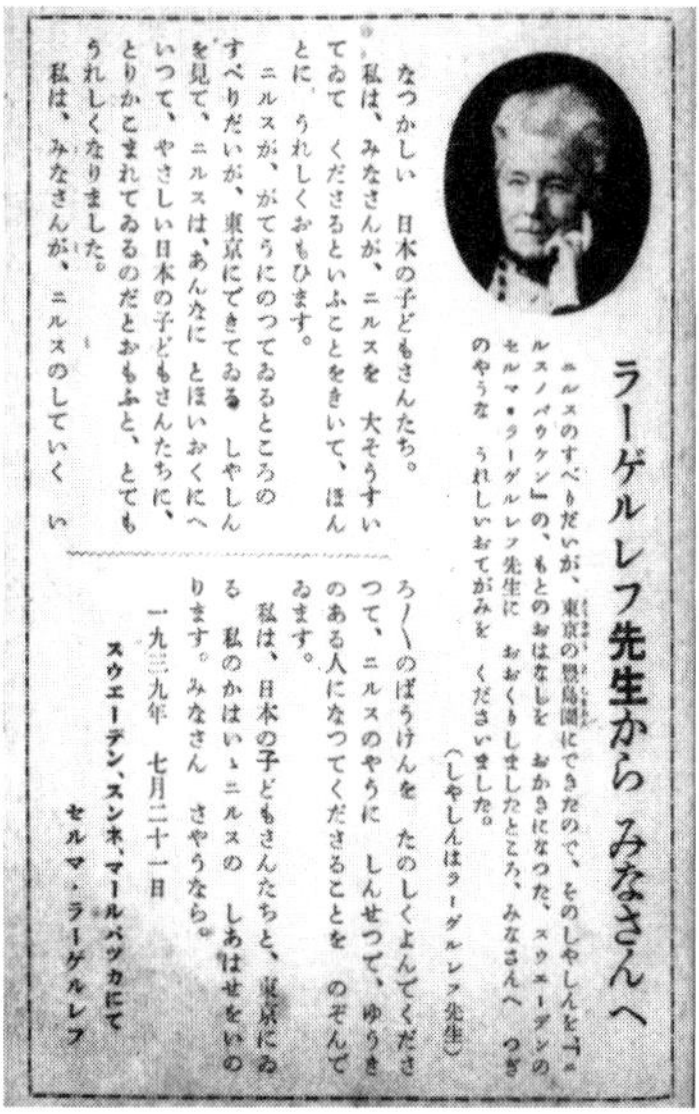
ラーゲルレフ先生から　みなさんへ

ニルスのすべりだいが、東京の豊島園にできたので、そのしやしんを『ニルスノバウケン』の、もとのおはなしをおかきになつた、スウエーデンのセルマ・ラーゲルレフ先生におおくりしましたところ、みなさんへ　つぎのやうな　うれしいおてがみを　くださいました。

（しやしんはラーゲルレフ先生）

なつかしい　日本の子どもさんたち。

私は、みなさんが、ニルスを　大そうすいてゐて　くださるといふことをきいて、ほんとに、うれしくおもひます。

ニルスが、がてうにのつてゐるところのすべりだいが、東京にできてゐる　しやしんを見て、ニルスは、あんなに　とほいおくにへいつて、やさしい日本の子どもさんたちに、とりかこまれてゐるのだとおもふと、とてもうれしくなりました。

私は、みなさんが、ニルスのしていくいろ〳〵のぼうけんを　たのしくよんでくださつて、ニルスのやうに　しんせつで、ゆうきのある人になつてくださることを　のぞんでゐます。

私は、日本の子どもさんたちと、東京にゐる　私のかはいゝニルスの　しあはせをいのります。みなさん　さやうなら。

一九三九年　七月二十一日

スウエーデン、スンネ、マールバツカにて
セルマ・ラーゲルレフ

ラーゲルレーヴ先生からみなさんへ
〈幼年倶楽部〉1939年10月号

九五九年）には、年度ごとに、各雑誌の状況についての短い説明が記載されています。「昭和十四（一九三九）年」については、「幼年倶楽部では、ノーベル賞受賞作品『ニルスの冒険』が連載されて好評だった」とあります。ほかのどの年を見ても特定の作品についての記述がありませんので、同連載の人気が突出したものであったことが分かります。

「昭和一四年」といえば、「よい子、強い子、日の丸の子」、「この一戦、なにがなんでもやり抜くぞ」、「戦いぬいて勝ちぬいて」といった標語が雑誌の表紙を飾るようになった時期です。そんななか、「ニルスノバウケン」だけはこうした時流とはまったく関係なく、純粋に、徹底して子ども目線で描かれていました。それゆえ、道徳性の涵養といった意図はともかく、子どもが夢中にならないわけがありませんでした。

戦争を身近なものにする児童雑誌

一九三七年にはじまった日中戦争は泥沼化し、一九三八年には国家総動員法が制定されて言論統制も強まり、内務省からは「児童読み物改善に関する指示要綱」も発表されました。そのような状況下で連載された「ニルスノバウケン」は、一九四〇年四月号で終了となりました。この最終号では、日本中が戦時体制下に置かれ、児童雑誌にも統制が及んだことがはっきりと示されています。

「おくにのためにぜひかうしませう」と題された見開きの記事があり、そこで「これからは、いままでよりいっそうふんぱつして、がんばらねばならぬときに、なって来たのであります」と子どもらに倹約を呼びかけるだけでなく、「大日本雄弁会講談社から出している九つのざっしでは、このことを、四月号から　そろって　のせて　日本じゅうの人々におねがひすることになりました」と記しています。

口絵のほうはというと、読者による「皇軍慰問図画」の入選作が掲載されていました。また、「南洋ケンブツ」シリーズは南洋諸島の現地人が御神輿を担ぐ「タノシイオマツリ」、島の子どもの朝礼を描いた「ヒノマルニケイレイ」、新連載となった「新日本島」の舞台はボルネオ、「小学校ケンガク」は満州国の学校、といった具合でした。

こうして児童雑誌は、子どもにとっては遠い存在であるはずの戦争や植民地というものを、知らず知らずのうちに身近なものにしていったのです。

3　戦争期の『ニルス』

世界名作童話『ニルスの冒険』

「ニルスノバウケン」が終了してから約一年後、一九四一年五月に千葉省三による『ニルスの冒険』が単行本として出版されました。この年には大日本雄弁会講談社が「世界名作童話シリーズ」

を発刊しています。『イソップ物語』と『アラビヤンナイト』に続く三冊目として『ニルスの冒険』が発行されたのです。〈幼年倶楽部〉に連載された「ニルスノバウケン」とは別作品で、小学校の中学年以上を対象とした物語です。カラーの口絵が四枚あるほか、多数の挿絵は連載時と同じく河目悌二《かわめていじ》によるもので、その大部分に動物が描かれています。後述するように、戦後の一九四六年八月には再版され、さらに「世界名作童話シリーズ」を引き継いだ「世界名作童話全集」（一九五〇年）にも収められています。戦争を挟んで約一〇年間、千葉によるこれらの作品によって『ニルス』は全国の子どもたちに広まったわけです。

　同書の「まへがき」には、千葉の『ニルス』に対する想いが綴られています。『ニルス』は「スウエーデンの、セルマ・ラーゲルレフといふ、をばさんがつくられたものです」として、原作をすぐれた作品として賞賛し、その成り立ちについても、子どもに話して聞かせるようにやさしい言葉で記されています。少し長い文章ですが、引用しておきましょう。

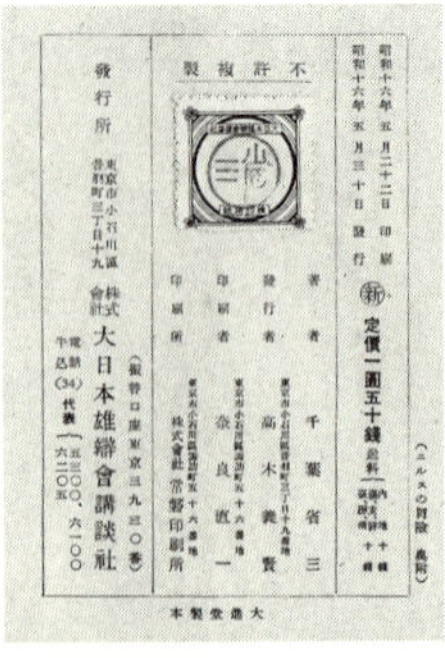
（ニルスの冒險　奥附）
昭和十六年五月二十二日印刷
昭和十六年五月三十日發行
定價一圓五十錢
不許複製
著者　千葉省三
發行者　高木義賢
印刷者　奈良直一
印刷所　株式會社常磐印刷所
發行所　株式會社 大日本雄辯會講談社
大進堂製本

千葉省三著『ニルスの冒險』(1941年)（左：奥付、中：カラー口絵、右：トビラ）

　地圖《ちづ》を見て下さい。スウエーデンは、島國ではないけれど、私達の日本と同じやうに、西南《せいなん》から、東北《とうほく》にかけて、細長く横たはつてゐる國です。そこで、をばさんは、その南のはしの、ある村に生まれた、ニルスといふいたづらつ子を考へ、おいたのばちで、その子が小人《こびと》にされてしまひ、雁《がん》といつしよに、南から北へ、國ぢうを、旅《たび》をしてまはるといふすぢをたてました。何と、うまい工夫ではありませんか。

　ちやうど、にほんにしたら、臺灣《たいわん》から、樺太《からふと》のはてまでを、空の上からみてとほるやうなもので、讀んでいくうち、自然《しぜん》に、自分たちの愛《あい》してゐる、國ぢうの土地のやうすが、はつきりとわかります。その上、とりやけものの生活《せいくわつ》が、いかにもいき〱と、面白く書かれてゐるので、つい、時のたつのも忘れてしまふくらゐです。

　私は、この物語《ものがたり》を讀んだ時、まねでもよいから、私どもの日本の國を、このとほりの行き方で書いて見ようかと考へたほどでした。

　　中略

　…本書は、主《おも》に、前篇の方によりました。したがつて、まだ〱、お知らせしたい、面白いお話が、どつさり殘《のこ》つてゐるわけで、そちらは、いつか又《また》、をりを見て、お目にかけける時があらうと存《ぞん》じてをります。

先に述べたように、千葉は海外の冒険物語の理想としてたびたび『トム・ソーヤの冒険』を挙げていますが、『ニルス』もそれに勝るとも劣らない、千葉にとっては特別な物語であったことがうかがえます。なお千葉は、同じ「まへがき」の末尾に「本書を書くにあたつて、香川鐵造（ママ）先生の譯本「不思議な旅」を参考にし」と記し、香川訳を参照したことも明らかにしています。ですから、〈幼年倶楽部〉に連載した『ニルスノバウケン』も香川の『不思議な旅』によるものと考えられます。

千葉が築いた『ニルス』像

ここまでに記したように、一九四〇年代、『ニルス』を一気に世間に広めたのは、〈幼年倶楽部〉に連載された「ニルスノバウケン」、そして単行本『ニルスの冒険』など千葉による諸作品でした。千葉は、独創性の高い創作童話を執筆するという「文芸性」と、外国作品を翻案して日本の時代読物などにつくり替えて児童雑誌に連載するという「大衆性」の両面をもつ作家であると言えます。

千葉作品に関する諸論考では、『ニルス』を含めて後者の作品群についてはほとんど触れられていませんし、千葉の全集にも収載されていません。しかし、千葉と大日本雄弁会講談社による一連の『ニルス』作品によって日本における最初の『ニルス』像がつくられ、子どもたちに強烈な印象を残したということは紛れもない事実です。とくに連載「ニルスノバウケン」によって、少年と動物たちとの楽しい冒険童話という『ニルス』の大衆童話化、無国籍化、そして主人公ニ

千葉省三『ニルスの冒険』（1941年）の目次

いたづらっ子	狐のずる公	海底の町
かがみの中	ふしぎな話	銀貨のつぼ
鳥のことば	鼠のたたかい	焼ける山小屋
金色の目	庭の笛の音	ラプランドまで
白鵞鳥	鶴のダンス	かえりみち
大きなごばん目	いつこいずる公	なつかしいわが家
ケブネカイセのアツカ	鳥渡り	さようなら
あすけあうやくそく	かわいいめす雁	
雁のじまん	羊の島	

注：現代仮名遣いに直しています。1946年版、1950年版も同じ。

ルスの幼年化が定着したと言えます。

繰り返しますが、戦意高揚を目的とする読み物や記事が増えていくなかで発表された明るく元気な『ニルス』の物語は、道徳性や教訓性を超えて子どもたちを夢中にさせました。なかでも、雑誌というマスメディアによって、それまでとは桁違いの読者を得た連載「ニルスノバウケン」は、一九八〇年から放送されたテレビアニメ『ニルスのふしぎな旅』（NHK総合）に子どもたちが熱中したことに通じるものがあったと思われます。

児童文化研究家の上笙一郎《かみしょういちろう》（一九三三〜二〇一五）は、関東地方の山村にあった貧しい家の子どもで、本や雑誌などをなかなか買ってもらえなかったようですが、「その貧しい読書体験のなかに印象深く残っている童話のひとつが、小学校二年生の時に雑誌『幼年倶楽部』に連載されていたニルスノバウケン[3]」と記しています。

また、翻訳家の深町真理子は、本好きな子ども時代に印象に残った作品として、誰もが知る『青い鳥』、『ピーターパン』、『フランダースの犬』をはじめとする名作とともに『ニルスのふしぎな旅』を挙げています。そして、本を買えるのは月に一回程度で、母親を本屋に連れていって自分が選んだ本を一冊だけ買い、あとは友達に借りたりしたと言っています。とすれば、これらは当時比較的手に入りやすかった大日本雄弁会講談社のシリーズだったかもしれません。『ニルス』について、深町は次のように記しています(4)。

あらためて大人になってから読みなおしてみて、はじめてこれが、戦前、つまり私が読んだころには、完訳のかたちでは出ていず、内容も、スウェーデンの歴史や地理をおもしろく紹介し、あわせて自然保護を訴えることを目的としたものであると知った。とはいえ、それはあくまで読んだうえでのこと。読者は、鵞鳥に乗ったニルスに導かれるままに、各地の風物に触れ、彼の冒険に手に汗を握ればいいのだし、またそれこそが正しい読みかたではないかと思う。

4 『ニルス』と大江健三郎

ノーベル文学賞の受賞講演で『ニルス』

一九九四年、川端康成に次いで日本人二人目のノーベル文学賞を受賞した大江健三郎は、現地での受賞記念講演「あいまいな日本の私」[5]の冒頭で、少年期に出合った『ニルス』について言及しています。

　それは不幸なさきの大戦のさなかでしたが、ここからはるかに遠い日本列島の、四国という島の森のなかで過ごした少年期に、私が心底魅惑された二冊の書物がありました。「ハックルベリー・フィンの冒険」と「ニルスの不思議な旅」。

大江の写真と著書が並ぶ本屋のショーウィンドー（イェーテボリ、1994年）

（3）『児童文化書々游々』出版ニュース社、一九八八年、一四四ページ。
（4）深町真理子「思い出のメルヘン『ニルスのふしぎな旅』」『翻訳者の仕事部屋』ちくま文庫、一九九九年、七八ページ。初出〈サンケイ新聞〉一九八八年三月二七日付。
（5）大江健三郎「あいまいな日本の私　ノーベル賞記念講演の全文」〈日本経済新聞〉一九九四年一二月九日付。

この二作品について大江は、その後も対談やエッセイなどでたびたび触れています。ある対談では、作品との出合いについて次のように語っています(6)。

ぼくの母は、これは本当に大切だと思う本をしゃんと見つけてきて、いつの間にかぼくの周りに置いておいてくれるという人でした。ぼくの子どものころというのは戦争中で、しかも四国の田舎ですから、本などそう簡単に手に入らなかった。そうした困難な時期に母親が見つけてきたのが『ニルス・ホーゲルソンの不思議な旅』と『ハックルベリー・フィンの冒険』という二冊の本で、この二冊は、ぼくに本を読むこと、人生を生きることの幸福を見つけさせてくれた本です。

『ハックルベリー』はよく知られていましたが、『ニルス』のほうは当時の日本で有名ではなく、なぜ母親が読ませようと思ったのか。これは、ぼくの人生の中でも一番の不思議です。

そもそも、大江が幼いころに読んだのは、どの『ニルス』なのでしょうか。大江は地元の中学校を卒業後、一九五〇年に隣町の高校に進学し、二年進級時に松山東高校に転校しました。その高校の図書室で『ニルス』の英訳版に出合い、幼いころに読んでほとんど丸ごと暗記していた話とその英訳版とを照合しながら読み返しました。

――セルマ・ラーゲルレーヴの邦訳はじつに大量に省略してある版だったことがすぐわかったが、それでも欠けたところは辞書を引きながら読み進むことができた。(7)

この時点で、幼いころに読んだ『ニルス』が原作とは大きく異なることを知ったのです。このことから、大江が戦中に出合った「ニルス」は、おそらく千葉省三による『ニルスの冒険』であったと考えられます。中学校時代には、後述する香川他訳（一九四九年）が刊行されているので、それを読み直した可能性もありますが、いずれにせよ確証はありません。

「もう一度、人間に戻って」

ノーベル文学賞の記念講演において大江は、『ニルス』に「幾つものレヴェルの喜び」を得たと語っています。その一つとして、「小さな島の深い森に閉じ込められて暮らす少年に、本当の世界は、またそこに生きるということは、このように解放されたものだという、みずみずしく不逞な確信を与えられた」と述べています。

---

(6)　小澤征良『言葉のミルフィーユ』文化出版局、二〇〇八年、一四六ページ。
(7)　大江健三郎『私という小説家の作り方』新潮文庫、二〇〇一年、三四ページ。

さらに二つ目として、旅を通じて「いたずら坊主の性格を改造し、無垢な、しかも自信に満ちた謙虚さをかちえて」ゆくその過程に寄り添う喜びがあり、そして最上レヴェルの喜びは、帰郷したニルスが懐かしい家の両親に呼びかける次の言葉にあったと言っています。

かれは叫んだ、――お母さん、お父さん、僕は大きくなりました、もう一度、人間に戻って！
――〈日本経済新聞〉一九九四年一二月九日付）

この「もう一度」という言葉に、自分もまた浄められ、高められる感情を味わい得たというのです。この体験が事実だとしても、それが四国の山奥で最初に出合って、そらんじるほど読み込んだ本とは言えないでしょう。仮に、最初に読んだのが千葉訳だとしたら、このセリフは登場しないのです。一方、松山東高校時代に図書室で読んだ英語版だとしたら、“again”（もう一度）となります。

大学に入って仏文科に進んだ大江は、仏訳でこれを確かめました。(8) 英訳では“again”というだけの「もう一度」が、仏訳では“de nouveau”、つまり「新しく」という意味合いを含んだ語があてられていました。

そこで大江は、当時、森の子どもであった自分自身が「もう一度」というニルスの言葉に「新しく」という響きを聴き取ってニルスの喜びを共有したからこそ、最上の喜びであったと確信したのです。そして、その後の人生において、大江はしばしば「この叫び声を繰り返してきた」と述べています。

ノーベル文学賞の受賞記念講演は、幼いころに四国の山の中で出合ってから、松山の高校での英語版を経て、大学でフランス語版を手にするまでの一〇年間における『ニルス』との関係を、時間軸を捨象して再構成した話とすれば素直に理解することができます。

大江が「もう一度」に「新しく」という意味合いを感じ取った邦訳書がいずれかということについては分かりませんが、その書物が存在していたことはまちがいありません。いずれにせよ、大江の母が最初に『ニルス』本を入手した経緯も、今となっては謎のままとなっています。

初めて邦訳された『ニルス』にはじまり、戦争期の『ニルス』まで見てきました。それぞれの『ニルス』に、それぞれの訳者・作者の並並ならぬ『ニルス』への強い想いがありました。戦後の『ニルス』について見ていく前に、次章では、原作者のラーゲルレーヴとはどういう人物だったのか、また原作はどういう経緯でつくられたのかについて振り返ることにします。

（8）　大江健三郎「伝える言葉」〈朝日新聞〉二〇〇四年六月八日付参照。

第4章

『ニルスのふしぎな旅』はいかにして誕生したのか

ラーゲルレーヴが受賞したノーベル文学賞の賞状（1909年）

1 『ニルス』誕生の経緯

原作者セルマ・ラーゲルレーヴ

『ニルス』の著者セルマ・ラーゲルレーヴは、一八五八年にスウェーデン中南部ヴェルムランド地方モールバッカの大地主という家に生まれました。幼いころから文学に親しみ、小説家を志しました。しかし、実家が没落して生活が苦しくなり、自活するためにストックホルムの女子高等師範学校で教師の資格をとり、卒業後の一八八五年から一〇年間、ランスクローナの女学校で教壇に立ちました。物語を語るような、彼女の地理や歴史の授業は多くの生徒たちを魅了したと言います。

その一方で、小説家になることを諦めずに創作を続け、一八九〇年、雑誌の懸賞小説に応募した *Gösta Berlings Saga*（ゲスタ・ベルリング）で賞を得て、これを一八九一年に出版して文壇デビューを果たします。

その後も教師を続けながら作品を発表していきましたが、一八九五年には教職を辞して、作家活動に専念するようになりました。一八九九年に *En Herrgardssagen*（地主の家の物語）、そして、一九〇一年から一九〇二年に発表した大作 *Jerusalem*（エルサレム）によって、国民的作家としての地位を不動のものにしました。彼女に読本執筆の依頼があったのが、ちょうどこのころです。

ラーゲルレーヴの作品を貫くのは、素朴で大らかな愛と温かなヒューマニズム、そして郷土と祖国への深い愛だと言われています。そして、彼女が描くのは、伝説や夢と日常や現実との継ぎ目のない世界です。なかでも「切實な問題を含んだ現代的テーマも、ひとたび彼女の手にかかると、たちまち時代色や生々しい現實味を失つて、あたかも物語の世界の出來事であるかのような性格を帯びて來る」(1)という彼女の作風は、いわゆる教科書とは相容れないもののようですが、新しい読本、すなわち『ニルス』においても遺憾なく発揮されることになります。

エレン・ケイによる教科書批判

スウェーデンが近代国家としてのスタートを切ったのは一九世紀半ばである、と最初に書きました。この近代化は、教育にも変革をもたらしました。というよりも、スウェーデンの近代化を推し進めた要因の一つが教育だったと言うべきかもしれません。

スウェーデンにおける初等教育の義務化は、一八四二年の初等民衆教育令（公立国民学校法）にはじまります。七歳から二年間の幼児学校、九歳から四年間の国民学校、この六年間が義務教育とされました。それまで庶民の教育を担っていた教会に代わって、国民学校が国民教育の要として重要な役割を果たすことになったのです。

(1) 佐々木基一「解説」『地主の家の物語』小山書店、一九五一年、二一九ページ。

その国民学校の主要教材の一つが「読本」です。読本は、読解力の涵養とともに、子どもに国民としての知識や規範を身につけさせることを意図して内容が構成されました。教科書ということですが、日本で現在使用されているような教科書ではなく、副読本くらいのイメージで考えてもらえばいいでしょう。

当時の読本は、短い寓話や詩などといった文学的な作品ばかりでなく、社会的な内容や理科的なものまで題材は多岐にわたっていました。一項目は一ページから三ページ程度で、前後のつながりもなく、作者も異なるという文章の寄せ集めで、その内容は子どもが興味をもって読むとは言い難いものでした。

一九世紀末から二〇世紀初頭にかけて、それまでの教師中心による教育から児童中心の教育への転換がはじまり、欧米を中心に広く展開されるようになりました。この動きは、総じて「新教育運動」と呼ばれるものです。そのバイブルとも言われた『児童の世紀』（一九〇〇年）を著したのが、スウェーデンの女性思想家エレン・ケイです。第1章第2節、『ニルス』を訳出した小林哥津《かつ》のところでも触れたように、ケイは平塚らいてうに代表される女性解放運動や新しい教育運動にも大きな影響を与えました。

当時の公教育を批判したケイは、子どもの発達や思考に合わせた学校教育の必要性を説きました。一八八四年、雑誌に掲載した「本と教科書」(2)と題する論文で、当時の読本について痛烈に批判しています。「児童書や宗教教義や詩や自然科学や歴史からとった不安定な寄せ集めでできている」、子どもは「抽象的なものに対して魅力を感じない。作り話は好きではない」として、トム・ソーヤのような物語が子どもを惹きつけるのは、それが成長する人自身の物語であり、その内容が「生命と行動と驚嘆に溢れ、構想が幅広く無邪気であることに起因する」として、童話や文学作品などの効用を説いています。

なお、エレン・ケイは古い読本を批判したその論文を、のちに発行された『児童の世紀』に転載しています。その第二版（一九一三年）には、初版後の状況の変化をふまえて注釈を設けて加筆しています。そのなかで、「最近あらわれた唯一用いるべき教科書」として『ニルス』と『スウェーデン人とその指導者たち』を挙げています。(3)

読本作成委員会からラーゲルレーヴへの依頼

読本に対する批判は教育現場でも高まっていました。国民学校の先生を中心とする全国組織である「スウェーデン国民学校教員協会（Sveriges Allmänna Folkskollärarförening）」は、こうした読本批判や読本を改訂しようという声を受けて、一九〇一年に「読本作成委員会」を設置しました。新しい読本は当代の作家によって書かれるべきというのが、委員会の一致した考えでした。

(2)　エレン・ケイ／小野寺信・百合子訳『児童の世紀』所収、冨山房、一九七九年、三〇七〜三二三ページ。
(3)　前掲注（2）三一八ページ。

そこで白羽の矢が立ったのが、すでに国民的作家として名を成していたセルマ・ラーゲルレーヴだったのです。

ラーゲルレーヴに読本作成への協力を打診した手紙が送られたのは、その年の秋、ちょうど二部からなる大作『エルサレム』の第一部をもう少しで書き上げるところでした。彼女は、それまで子ども向けの作品は書いたことがありませんでした。しかし、もともと教師をしていたラーゲルレーヴは、読本批判をしたエレン・ケイに出した手紙に「古い読本への批判をありがとう」と記すなど、教育や読本問題に少なからぬ関心をもっていました。

ラーゲルレーヴは、『エルサレム』の第一部を仕上げたうえでじっくりと考えます。そして、第二部に取りかかる前に返事の手紙を書きました。その手紙で、「子どもたちが十分に知るべき最初のものは、自分たちの国である」と読本の目的に共感し、それから読本に対する自分の考えや、引き受ける場合の条件などを示しました。長い返信の最後は、「これまでにない厳しい試練となるでしょうが、私はこの本を自分の最高の作品の一つにしたいのです」という強い意志で締めくくられています。

この手紙の詳しい内容は第8章で触れるとして、一九〇二年一月、正式に執筆の契約が委員会との間で取り交わされています。

2 私たちの国についての本『ニルス』

鳥に乗って空を旅するストーリー

ラーゲルレーヴは依頼された「私たちの国についての本」を書くために、さまざまな方法でスウェーデン各地の情報を収集したうえで創作に入りました。情報収集も大仕事でしたが、そもそも骨格となるストーリーが浮かばず、たいそう思い悩みました。

『ニルス』には、学校用の本が書けずに悩む女性が故郷を訪れて、偶然出会った妖精から聞いた話がきっかけとなってストーリーを思いつくという話（原作第四九章）が出てきます。初訳者の香川が、『飛行一寸法師』を出す前にこの抄訳を〈家庭週報〉に掲載したことは第１章で触れました。この女性こそがラーゲルレーヴであり、出会った妖精がニルスなのです。

この話は当然フィクションですが、実際、彼女もモールバッカに帰郷して物語の糸口がつかめたのかもしれません。ガ

モールバッカの収穫後の畑（ヴェルムランド）

ンの群れとともにスウェーデンをめぐるという設定は、春にいなくなったガチョウが秋に家族を連れて戻ってきたという、かつて聞いた話にインスピレーションを得たと言います。

こうして、小さな少年がガチョウに乗って、スウェーデン縦断の旅をするというストーリーがようやく固まりました。スコーネ地方の小さな村に住む少年ニルスは、妖精トムテの魔法で小さくされたまま、ガチョウの背に乗ってガンの群れとともに北のラプランドを目指して北上し、そこで夏を過ごしたあと秋には南へ下り、最後には故郷に帰るという八か月近い旅のルートが設定されました。

鳥の眼、虫の眼、人間の眼

魔法をかけられたニルスの大きさは人の親指くらいということですから、カブトムシかバッタくらいでしょうか。ガチョウの背に乗れば「鳥の眼」で大地を見下ろし、地上に降りれば「虫の眼」で見上げ、そして心の眼は「人間の眼」、この三つの眼でニルスは「私たちの国」スウェーデンを見ていくのです。

ニルスは、スウェーデンの各地方を一つずつめぐりながらスウェーデンを一周します。それぞれの地域に特徴的な自然や気候、風土、産業、人々の暮らしが丁寧に描かれていきます。「鳥の眼」で眺めた各地の様子を、「人間の眼」で驚いたり、感心したりするのです。地上では、リスやネズミ、犬やシカなどといったさまざまな動物が登場し、子どもたちが夢中にならずにはいられない、スリリングでダイナミックな事件や冒険が次から次へと繰り広げられます。

　ニルスは「三つの眼」で見たことについて、悩んだり考え込んだりもします。そうして、もともとワンパクで役立たずのいたずらっ子だったニルスが、しだいに知恵と勇気、そして思いやりと優しさとを身につけた少年へと成長していくのです。

『ニルス』の刊行――学校から家庭へ、スウェーデンから世界へ

　一九〇六年一二月に『ニルス』の第一巻、そして一年後の一九〇七年一二月に第二巻が出版されて完結しました。以来、スウェーデンの子どもたちが学校で使用する教科書の一つ、「読本」として一九五九年まで半世紀余りにわたって版を重ねていき、両巻の累計発行数は五〇万部を超えました。また、当初から学校用読本とは別に一冊にまとめられ、一般向けの本としても発行され、大変な反響を巻き起こしています。

　ラーゲルレーヴは、執筆の依頼があった際、友人への手紙に「スウェーデンの外には出ていかない本だけれど、それより故郷のどの家にも置かれることのほうに価値があるのかもしれない」と記しています。

　彼女の言葉どおり、またたくまにスウェーデンのほとんどの家庭に『ニルス』は置かれるようになり、スウェーデン国民なら誰もが知る国民的な物語になったのです。さらに、彼女の予想に反して、デンマーク、ドイツをはじめとするヨーロッパ各国、アメリカですぐさま翻訳本が出版

されました。そして、一一〇年余りのちに日本でも『ニルス』が刊行されたのです。一〇〇年の時を超えて、『ニルス』は八〇か国以上の言語に訳されていると言います。[4]

以上が『ニルス』誕生の大まかな経緯です。次章では再び日本に戻って、戦後、どのような『ニルス』が登場したのかを見ていくことにしましょう。

（4） 中丸禎子「『ニルスのふしぎな旅』におけるスウェーデンの近代化とセルマ・ラーゲルレーヴの国家観」日本児童文学学会、二〇一四年。http://www7b.biglobe.ne.jp/~nakamaru_teiko/pdf/nils.2014.pdf

第5章

戦後日本における さまざまな 『ニルスのふしぎな旅』

講談社の絵本。河目悌二・絵、浜田広介・文（1956年）

1 漫画と絵童話からはじまった戦後の『ニルス』

戦後の『ニルス』

戦争が終わり、言論出版の統制が解かれると「一大出版ブーム」が到来しました。雑誌の復刊、新刊が相次ぎ、出版社の数も激増し、子ども向けの読み物や絵本も続々と出版され、廉価な文庫が多数創刊されました。

このような状況のなか、いくつもの『ニルス』が生まれました。たとえば、「もはや戦後ではない」と『経済白書』（一九五六年）に書かれた頃までに出版された『ニルス』は、確認できただけでも次のようなものがあります。

・一九四六年、世界名作童話『ニルスの冒険』千葉省三著・河目悌三絵、講談社
・一九四八年、面白漫画『ニルスの冒険』岡田晟著、児童図書出版
・一九四九年、『ニールスの不思議な旅』香川鉄蔵他訳・島村三七雄絵、学陽書房

千葉省三著（1950年）の表紙

・一九四九年、『ニールスの不思議な旅（続）』香川鉄蔵他訳・島村三七雄絵、学陽書房
・一九五〇年、世界名作童話全集６『ニルスのふしぎな旅』千葉省三著・河目悌三絵、講談社
・一九五一年、世界童話文庫９『ニルスのふしぎな旅』関淑子文・星野友兒絵、潮文閣
・一九五三年、カバヤ児童文庫４－２『ニルスのふしぎな旅』、カバヤ児童文化研究所
・一九五三年、岩波少年文庫57『ニールスのふしぎな旅（上）』矢崎源九郎訳、斎藤長三絵、岩波書店
・一九五三年、世界名作漫画文庫14『ニルスのふしぎな旅』夢田ユメヲ絵、曙出版
・一九五三年、世界絵文庫５『ニルスのふしぎなたび』山室静著・日向房子絵、あかね書房

夢田ユメヲ・絵（1953年）の表紙

かたびらすすむ著（1955年）の表紙

・一九五三年、世界童話文庫80『ニルスのふしぎな旅』関淑子文・日本書房
・一九五四年、岩波少年文庫72『ニールスのふしぎな旅（下）』矢崎源九郎訳、岩波書店
・一九五四年、講談社の絵本112『ニルスの冒険』浜田広介文・河目悌二絵、講談社
・一九五四年、世界少年少女文学全集22「ニルスのふしぎな旅」香川鉄蔵訳、創元社
・一九五四年、世界名作全集85『ニルスのふしぎな旅行』香川鉄蔵訳、講談社
・一九五四年、幼年文庫11『ニルスのふしぎなたび』奈街三郎文・林義雄絵、小学館
・一九五五年、おもしろ漫画文庫91『ニルスのふしぎな旅』かたびらすすむ著、集英社
・一九五七年、学級文庫二・三年生『ニルスのふしぎな旅』山田琴子文・中条顕絵、日本書房

山田琴子・文（1957年）の表紙

終戦から一年後に出版された『ニルスの冒険』は、太平洋戦争直前に出版された千葉による『ニルス』の再版です。「はしがき」の一部を修正しただけで、基本的には変わっていません。[1] ですから、新刊としての戦後第一号となる『ニルス』は、一九四八年に児童図書出版から出版された

「面白漫画」の『ニルスの冒険』となります。

いたずらっ子のニルスが、最後には優しいよい子になって、魔法も解けて家に戻るという「起承転結」の「起」と「結」は同じですが、中身は、当時アメリカで大人気となったアニメ『トムとジェリー』のような、ニルスと動物たちとのドタバタ騒動となっています。同じような漫画や絵童話は、各種の児童雑誌にも多数連載されました。(2) こうした底抜けに明るいだけのストーリーも、統制からの解放と平和の象徴だったのかもしれません。

とはいえ、曙出版の世界名作漫画文庫（一九五三年）では、ニルスの妹エルマが兄を追って活躍するなど、原作とはまったく異なる展開になっており、タイトルだけを借りた別物と言うべき作品となっています。

教育界から「有害、低俗」と非難される傾向のある漫画が出回る一方で、「学校にも家庭にも愛される良書」と銘打った集英社の世界名作長篇漫画シリーズ（かたびらすすむ著、一九五五年）では、『ニルス』のなかから一三の話がほぼ忠実に漫画で表現されています。

（1）一九四一年版の「はしがき」では「台湾から樺太までこのとほりの書き方で書いてみたい」としたのを、一九四六年版では「九州から北海道まで」と書き換えています。一九五〇年に「世界名作童話全集」の一冊として再び版を重ねる際は、旧仮名遣いを新仮名遣いに改めたほか、漢字の一部を平仮名にしたり、表現を分かりやすくしたりしています。

（2）たとえば、〈よいこ二年生〉（集英社、一九五二年）や〈一年生の学習〉（学研、一九五四年）などがあります。

絵童話『ニルス』――作者の想い

一九四九年に出版された香川鉄蔵らの訳書や、矢崎源九郎による新たな訳書（一九五三年・一九五四年）が出版されても絵童話や再話の数が減ることはなく、むしろ、それらをもとにしてさらに増えていったと言えます。やがて、各出版社による小学校高学年以上を対象とした翻訳児童文学全集の刊行と前後して、幼児や小学校の低学年向けに絵がふんだんに掲載された童話集が刊行され、その一冊として『ニルス』も出版されました。(3) また、当時流行した紙芝居にもなりました。

戦後一〇年余りの間に次々と誕生した絵童話の『ニルス』では、主人公のニルスは読者と同年齢の幼子として描かれ、ストーリーも大幅に単純化されています。漫画ほど極端ではないにしても、前述したように、なかには別の展開が挟まれているものもあります。それでも、日本の幼い子どもたちに『ニルス』をまず届けたいと考えた作者らの想いが「はしがき」に綴られています。

紙芝居「ニルスのぼうけん」（1959年）安井淡脚色、石井雅也画、教育画劇

……日本《にっぽん》の少年少女《しょうねんしょうじょ》たちにも、深《ふか》いよろこびや、美《うつく》しい夢《ゆめ》と共《とも》に、きよらかなより人間《にんげん》になるための教訓《きょうくん》を数多《かずおお》く汲《く》み取《と》ることが出来《でき》ることを確信《かくしん》いたします。（関淑子、一九五一年）

関淑子・文（1951年）の表紙

ここに出《で》て　くる、とりや　どうぶつの　せかいは、その　まま、私《わたくし》たちのよの中《なか》をたとえた　ものと、かんがえても　いいでしょう。ニルスは、からだは　こびとに　されましたが、さまざまな　くろうを　かさねて　いく　うちに、こころは　大《おお》きくそだって、ゆうきの　ある、やさしい　よい　子《こ》に　なるのです。（奈街三郎、一九五四年）

幼い子どもには、親が選んで本を与えます。戦争色もなければ日の丸色もない西洋のお話は平和と豊かさの象徴であり、親世代にとっては手軽に手に入る「憧れの世界」でもあったでしょう。

（3）たとえば、山主敏子編著、矢車涼・絵『ニルスのふしぎな旅』（児童名作全集51、偕成社、一九五七年）や、山本藤枝・文、小坂茂・絵『ニルスの旅』（たのしい名作童話42、ポプラ社、一九五七年）などが児童書の専門出版社から出版されています。

子どもたちは、いたずら好きの主人公が魔法で小さくなる、鳥に乗って空を飛ぶ、動物と話ができるという設定と、鳥やキツネにカワウソと、ページをめくれば動物たちが次々と登場する展開に間違いなく引き込まれていったことでしょう。

こうしていくつもの『ニルス』が誕生するなかで、戦後しばらくは、戦争期と同様、幼年向けの童話としての地位はさらに確固たるものになりました。さらに、その後出版されていく数々の翻訳児童文学全集に『ニルス』が収載されることを決定づけたのが、この時期に二社から出された直訳『ニルス』の復活でした。

2 直訳『ニルス』の復活

香川鉄蔵は共訳『ニルス』で

一九四九年、『ニールスの不思議な旅』（正続編）が学陽書房から出版されました。学陽書房は、前年に創業したばかりの小さな出版社でした。正編の訳者は香川鉄蔵・山室静、続編は香川鉄蔵・山室静・佐々木基一[4]の共訳とあります。読者対象は明示していませんが、小学校の高学年以上を想定していると見られます。

また、洋画家の島村三七雄《みなお》（一九〇四〜一九七八）による挿絵は、千葉版『ニルス』の河目悌

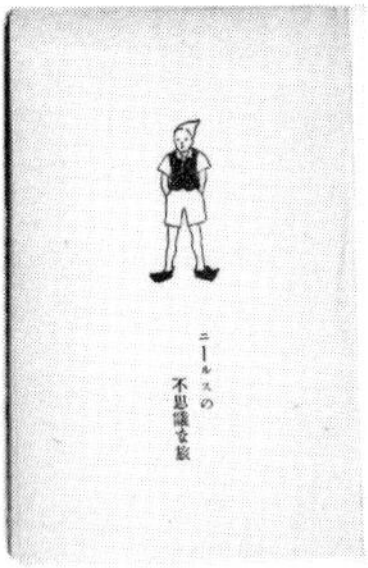

トビラ

香川鉄蔵・山室静他共訳『ニールスの不思議な旅』（1949年）の表紙と帯

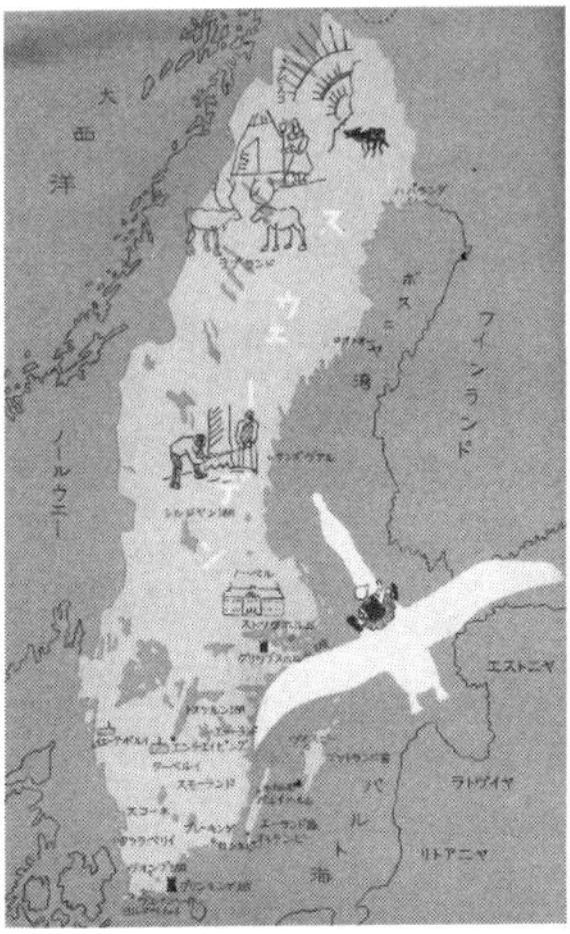

『ニールスの不思議な旅』（1949年）の地図と登場人物の紹介ページ（表紙、挿絵とも島村三七雄）

二によるものとはまったく趣を異にするもので、繊細で美しく、ニルスも原作どおり一四歳の少年として描かれています。

香川が一九三四年に自費出版した『不思議な旅』では、原作の第二巻については概略を記すにとどまっていましたが、この本では、第二巻の三四章中一四章が取り上げられており、原作に忠実な翻訳児童文学として、長編物語『ニルス』の全容が広く知られる礎となりました。この本の「はしがき」は、共訳者の一人である山室静《しずか》（一九〇六〜二〇〇〇）によって書かれており、出版の経緯について次のように記しています。

日本でも、早くからラーゲルレーヴさんと手紙でおつきあいしていた香川鉄蔵さんが、大正七年に第一巻だけを訳されたのをはじめに、短く書きかえた本なども出ています。しかし、こんな美しくて楽しい本は、もっともっと読まれてほしいのです。まして第二巻の方はまだ訳がないのと、第一巻も、出版されたのがずっと以前のことでもあり、廣くも行きわたらなかったのを残念に思って、第一巻の訳者香川さんにおすすめし、おねがいして、ここに共同で新訳を出すことにしたのです。

山室は北欧文学を中心とする文芸評論家として知られ、一九六〇年代を中心とする児童文学全集などにおいて、北欧の民話や『ニルス』を含む文学作品を訳したり、解説を書いたりもしてい

ます。(5)

矢崎源九郎の『ニルス』と、妻百重の『ニルス』

次いで、岩波少年文庫から矢崎源九郎訳の『ニールスのふしぎな旅』（上下巻）が一九五三年から一九五四年にかけて出版されました。矢崎源九郎（一九二二～一九七六）はアンデルセン、イプセン（Henrik Johan Ibsen, 1828～1906）など北欧文学の翻訳で知られる言語学者で、一九五〇年に東京教育大学（現・筑波大学）の助教授となって教育と研究に従事する傍ら、アンデルセンをはじめとする訳書を四五歳の若さで亡くなるまで次々と刊行していきました。管見のかぎ

(4)　文芸評論家である佐々木基一（一九一四～一九九三）は、山室静との関係で共訳に加わったものと思われます。なお、『ノーベル賞全集7』（主婦の友社、一九七一年）に掲載されたラーゲルレーヴ授与演説並びに受賞演説は佐々木の訳となっています。

(5)　世界絵文庫『ニルスのふしぎな旅』（あかね書房、一九五三年）で幼児向けに再話を出す一方、のちに『ニルス』を単独訳や再話で数種出しています。

矢崎源九郎訳『ニールスのふしぎな旅』岩波少年文庫（1953年）

ニルスが旅したルート（出典：矢崎訳『ニールスのふしぎな旅』下巻、1954年）

り、ラーゲルレーヴ作品はこの『ニルス』だけです。

原作の第一巻については全章を取り上げ、第二巻については「その後のニールス」と題して、二〇ページにわたってそのあらましを記しています。なかでも、ラーゲルレーヴが「小説家のおばさん」として登場する章（原作四九章）や、家に戻って魔法が解け、ガンの群れと別れる最終章（原作五五章）は丁寧に訳出されています。

なお、上巻には南部スコーネ地方を中心とした地図、下巻にはスウェーデン全図が付されており、それぞれに旅のルートが示されています。地図は、ドイツ語版に掲載されたものをもとにしたと思われます。

執筆当時、矢崎には就学前の子どもがいました。「はしがき」には、「訳したところをそばにいるわたしの子どもに話してきかせますと、それからどうなる？それからどうなる？と先をさいそくされました」と、子どもに続きをせがまれ、楽しく筆が進んだ様子を示すエピソードが記されています。

ところで、矢崎の妻である百重《ももえ》も、一九五七年に世界名作童話集『ニールスのふしぎな旅』（前谷惟光絵・同和春秋社）を出版しています。[6] 百重が童話の創作や翻訳の活動をはじめたのは、源

（6）挿絵がふんだんに入っている以上に特筆すべきことは、スコーネの風景写真が二枚入っていることです。もちろん、原書で使われているものではありません。

九郎と結婚してからのようです。同書の「あとがき」で、子どもとのことや出版の経緯について触れています。

小人《こびと》にさせられたニールスが、ガチョウのせなかにのっかって、スウェーデンの国じゅうの旅《たび》をするこのお話は、ずいぶんおもしろかったでしょう。うちの子供《こども》もいま四年生ですが、このお話がだいすきで、ちいさいときから、なんどとなく、わたしによんできかせてもらっていました。

…中略…

わたしは、こんなおもしろいお話《はな》しは、ひとりでも多《おお》くのみなさんに、よんでいただきたいと思いました。でも、この本の原書《げんしょ》は、とっても長くて、小さいみなさんには、むずかしいところがありますので、この本では、二三年生のみなさんにわかるように、やさしくみじかく書きなおしてみました。これならきっと、さいごまでよんでいただけるでしょう。どうぞ、なんどもなんども、読《よ》んでみてください。

矢崎百重訳『ニールスのふしぎな旅』(1957年)の表紙

四年生の「うちの子ども」というのは、夫の源九郎が『ニルス』の翻訳に追われていた当時、そばに座って話をせがんだ就学前の息子のことでしょう。そういえば、戦前、香川鉄蔵が『不思議な旅』を自費出版したのも、一〇歳になった息子に読ませたいということが動機の一つになっていました。

自分で本を読む年齢、つまり四年生（一〇歳）になった矢崎の息子(7)は、父源九郎が訳し、かつて母百重が読み聞かせた『ニルス』と、母が二、三年生向けに書いた『ニルス』のどちらを読んだのでしょうか。たぶん、両方でしょう。本や物語との付き合い方は、最終的には子どもが自然に選ぶものです。その環境を整えるのが大人の役割、それは訳者といえども同じだと思います。

一九五四年、講談社版『ニルス』と、創元社版『ニルス』

一九五四年は何種類もの『ニルス』が出版された年でした。講談社の絵本シリーズ『ニルスの冒険』、小学館の幼年文庫『ニルスのふしぎ

講談社版『世界名作全集85』（1954年）の函

（7）息子は矢崎滋。のちに俳優となって、舞台やテレビドラマで活躍します。

なたび』、そして矢崎訳『ニールスのふしぎな旅』（後編）、加えて、本格的な名作文学全集として刊行がはじまった講談社と創元社からも香川鉄蔵の単独訳で訳出章の異なる『ニルス』が出ています。

いち早く一九五〇年に配本がはじまった講談社版の『世界名作全集[8]』は、「純文学・大衆文学の境なく、一度読んだら一生忘れることができない魅力的な作品」を揃えた全集で、絵入りの函付きのうえに、カラーの口絵が巻頭を飾るという豪華な装本が目をひきました。日本中の児童は、この名作全集によって、世界の著名な作品をぐっと身近なものにすることができたと言われています。

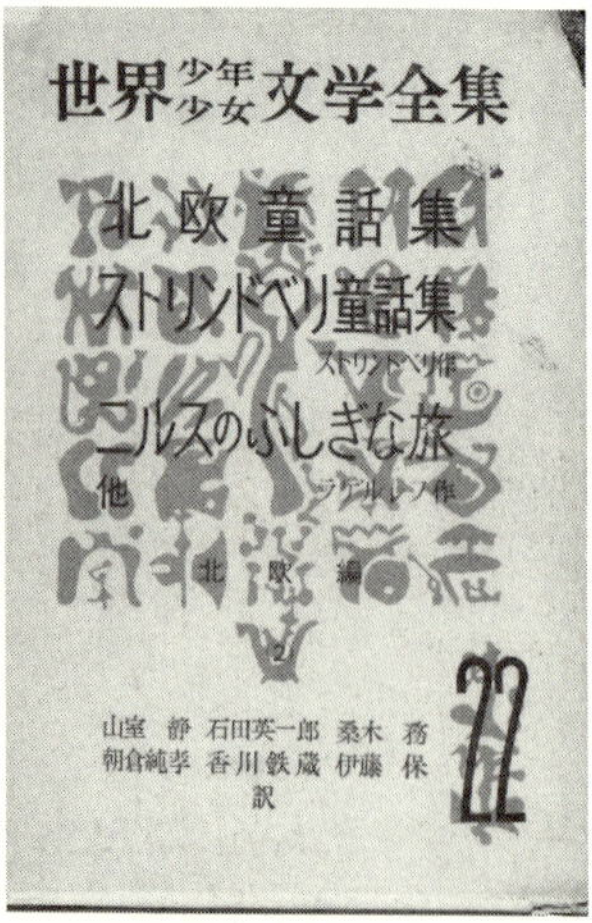

創元社版『世界少年少女文学全集22』（1954年）の函

一九五四年九月、その第八五巻となる『ニルスのふしぎな旅行』が出版されました。原作の第一巻二一章中、取り上げたのは一〇章とほぼ半分にとどまっています。第二巻については三四章中一八章と半分以上が取り上げられたことによって、第二巻の内容がこれまで以上に明らかになりました。

講談社版は、「一巻一作品」を原則としていました。それに対して、一九五三年に学校図書館法が制定されたのを機に出版が相次いだ「翻訳児童文学全集」は、北欧編、イギリス編というように地域別に編集されており、一冊に複数の作品が収録されるというのが一般的でした。

その先駆けとも言えるのが、一九五三年に配本を開始した創元社版『世界少年少女文学全集』です。「ニルスのふしぎな旅」は、講談社版より少し早い一九五四年四月に配本された第二二巻「北欧編」の（２）に、「北欧童話集」や「ストリンドベリ童話集」などとともに収載されました。講談社版とは逆に、原作の第一巻は全章を取り上げましたが、第二巻については三四章中九章にとどまっています。

一九五四年に発行された創元社版と講談社版、それぞれの編集方針や枚数制限などに対応しながらも、香川は両版の内容構成を変えることによって多くの章を紹介しようとしたのかもしれません。大判でカラー口絵も増え、ぐんと子どもたちに親しみやすい**つくり**になったのに加えて、全集に収められたことによって読者が一気に増えたわけです。

文庫に収められた挿絵のない『ニルス』

『ニルス』は、一般向けの文庫としても出版されました。まず、一九五八年に『ニールスのふし

（８）当初は一期一〇巻ずつ発行されましたが、予想以上に評判となって継続され、一九六一年までに累計一八〇巻を数える大ヒットシリーズとなりました。

ぎな旅』が角川書店から出版されました。訳者は、ドイツ文学者の石丸静雄（一九一二〜一九八八）です。[9] 一九四九年に発刊された角川文庫の一冊で、挿絵は一枚もありません。こうした一般向けの文庫に『ニルス』が一文学作品として収められていることからして、特筆すべき訳書と言えるのではないでしょうか。

石丸は「あとがき」で、「女史の名作の一つであるこの物語を訳すにあたって、訳者が一番困ったのは、長い長い原作をどのようにして一巻の文庫におさめるかということであった」と記しています。実際、原作の第一巻八章、第二巻七章と訳出箇所を大胆に絞っています。

子ども向けの物語としては破格の長編で、かつ特殊な構成、特別な成り立ちの『ニルス』をどのように訳していくかということは、邦訳にかぎらず、各国の翻訳者にとっては大きな問題となっていました。そもそも、いち早くハワードが英訳した『ニルス』は完訳ではありませんでした。とくに、第二巻についてはいくつかの章を割愛し、取り上げた章についても部分的に省略していました。各国語に訳された『ニルス』の多くは、このハワードによる翻訳箇所が一つの基準になったと見られます。

角川文庫として出版された『ニールスのふしぎな旅』の表紙

3 翻訳児童文学全集ブームと『ニルス』

童話全集から幼年文学全集に

幼年向けの童話としての『ニルス』は、小学校低学年向けの文学全集に引き継がれていきます。一九五六年に配本がはじまった宝文館の「世界幼年文学全集」は、監修者と編集者の名前は掲げられていますが、各作品の訳者や邦文作者の名前は示されていません。

その一五巻として、一九五八年に『ニールスのぼうけん』が出版されました。平仮名が中心となっており、語りかけるような親しみやすい文体で書かれています。序章で紹介した「ぎざぎざになったこんぶのようなはんとう」ではじまる『ニルス』がこれです。のちに出版社が岩崎書店に替わりますが、『にーるすのぼうけん』というタイトルで、『世界のひらがな童話20』（一

(9)　戦後、文化復興を掲げて新旧出版各社から文庫が発刊されました。ラーゲルレーヴの著作はこのほか同文庫から、『沼の家の娘』（一九五一年）と『幻の馬車』（一九五九年）が石丸訳で出版されています。

川端康成編『世界幼年文学全集15巻』（1958年）の表紙

九六五年）と『幼年名作としょかん19』（一九七七年）として版を重ね、長く親しまれました。

戦後、児童書を専門に出版するようになった偕成社は、小学校一年から三年生向けとして、一九六六年に『カラー版　世界の幼年文学』を創刊しました。名前のとおりカラーの挿絵をふんだんに入れ、「読むたのしさと見るたのしさ」を兼ね備えたものです。『ニルスのふしぎな旅』（一九六七年）は第五巻として、佐藤義美・文、若菜珪・絵で出版されています。ちなみに同書は、一九八六年にも改訂版が出版されています。

講談社による新たな全集「少年少女世界文学全集」

一九五五年、全国学校図書館協議会と毎日新聞社との共催による「全国青少年読書感想文コンクール」が創設されました。協議会が必読図書委員会を編成して推薦図書を選定するようになったため、子どもの読書や本選びについての本も多数出回るようになりました。

これを機に、一九五〇年代の後半から翻訳児童文学全集の創刊が相次ぎました。『ニルス』は多くの全集に収載されましたが、一冊に複数作品を収載するという形態であったため、縮訳、抄訳の度合いがいっそう高くなっていきました。

一九五八年、大日本雄弁会講談社は創業五〇周年を迎えて社名を「講談社」に改名し、新たな全集『少年少女世界文学全集（全五〇巻）』の配本を開始しました。「ニルスのふしぎな旅」（第三六巻北欧編2）は、一九六〇年、大畑末吉訳で収録されています。

大畑（一九〇一〜一九七八）は、アンデルセンやグリム童話の翻訳などで知られる北欧文学者です。『ニルス』は複数の作品が収められた同巻の半分近いページを占めましたが、訳されたのは、原作の五五章中一三章と大幅に絞られた形となりました。

この講談社版の刊行あたりから、一気に翻訳児童文学全集はブーム化していき、出版各社の全集の多くがこの抄訳スタイルにならいました。

講談社版『少年少女世界文学全集36巻北欧編２』（1960年）の表紙

国語教科書に掲載された『ニルス』

一九六〇年代は、国語の教科書においても翻訳児童文学が多く扱われた時代です。小学校の教科書には、世界で名作とされている作品の再話が必ず取り上げられました。国語の教科書は各学年上下二冊に分かれており、そのそれぞれに概ね一作品が掲載されました。

三省堂の『小学校国語三年下』（一九六一年〜一九六七年）の最終単元に「ニルスのふしぎなたび」が収載されています。教科書会社が教師向けに作成した『教授用資料』には、「心情を豊かにする童話や物語を読む」ことのための教材とし、「空想的な童話であり、冒険的な要素の多い中に主人公の動物たちに対する愛情がテーマになっていて児童が興味をつないで読み進めることができる」とあります。つまり、読書能力の向上を狙いとする読み物としての教材に位置づけているようです。

しかし、「きつねからがんを守った話」、「りすをニルスが救った話」、「笛を吹いて灰色ねずみを追い出した話」などが次から次へとあらすじだけを追うように続き、長い旅の間に親切で勇気ある賢い少年になり、家に帰ると元の人間の子どもに戻っていたという展開になっています。読書能力の向上を狙いにするとしても、どこの物語かも示されず、「北きょくの島ですずしい夏を過ごし、家に戻ると元の大きさに戻る」など、大幅な省略や改変が見られることに首をかしげてしまいます。

動物が擬人化され、ストーリーがダイナミ

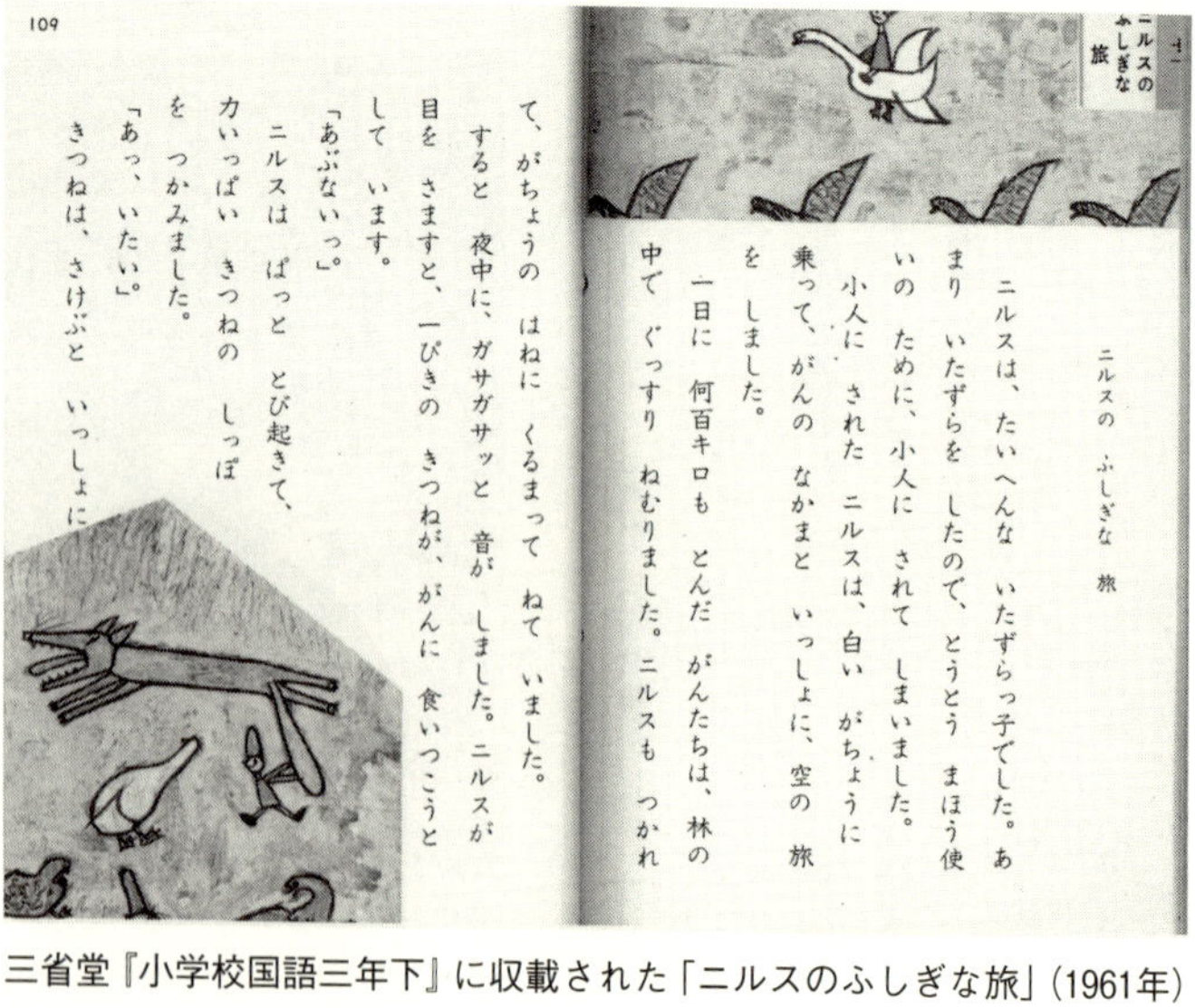
十一 ニルスの ふしぎな 旅

ニルスの　ふしぎな　旅

ニルスは、たいへんな　いたずらっ子でした。あまり　いたずらを　したので、とうとう　まほう使いの　ために、小人に　されて　しまいました。

小人に　された　ニルスは、白い　がちょうに乗って、がんの　なかまと　いっしょに、空の　旅を　しました。

一日に　何百キロも　とんだ　がんたちは、林の中で　ぐっすり　ねむりました。ニルスも　つかれ

109

て、がちょうの　はねに　くるまって　ねて　いました。

すると　夜中に、ガサガサッと　音が　しました。ニルスが目を　さますと、一ぴきの　きつねが、がんに　食いつこうとして　います。

「あぶないっ。」

ニルスは　ぱっと　とび起きて、力いっぱい　きつねの　しっぽを　つかみました。

「あっ、いたい。」

きつねは、さけぶと　いっしょに

三省堂『小学校国語三年下』に収載された「ニルスのふしぎな旅」(1961年)

ックな海外の長編物語の再話は、低学年の児童にも親しみやすく、ストーリーをたどりやすく、教師も扱いやすかったのでしょう[10]。小学校の教科書では、原作がある場合、そのまま掲載するのではなく、編集された再話となるのは当然です。とはいえ、エピソードをつないでストーリーをたどるだけといったつくりは、翻訳作品とはまったく違う教材であると言わざるを得ません。

読書の学習化と翻訳児童文学全集の大衆化

前述したように、講談社を筆頭として出版各社は多種多様な翻訳児童文学全集を続々と刊行していきました。ここでは、その後の傾向の典型例として、小学館の文学全集について見ていくことにします。

小学館は、当初『世界童話名作文庫』（一九六二年）や『幼年世界名作文学全集』（一九六三年）など、幼年向けの図書を中心に手がけていましたが、一九六四年、小学校高学年以上を対象とした『少年少女世界の名作文学（全五〇巻）』の配本を開始しました。「ニルスのふしぎな旅」（第三九巻北欧編2）は、一九六七年に西山敏夫・文、矢車涼・絵で原作の五五章中一五章が取り上げられました。児童文学作家の西山敏夫（一九〇五～二〇〇〇）は、

(10)　他社から発行された当時の同学年教科書を見ますと、「イソップ物語」、「みつばちマーヤ」、「ピノキオ」（光村図書）など、絵本や童話でお馴染みの作品が取り上げられています。さらに他学年では、「ガリバーのたび」、「フランダースの犬」、「ロビンソン＝クルーソー」なども収載されています。

短編童話を創作する傍ら、内外の古典の再話を数多く手がけていました。『ニルス』もその一つに挙げられ、こののちも何冊か西山の『ニルス』が出版されています。

同全集の編集方針を小学館は二つ掲げています。一つは「それぞれの国の児童文学を中心にした文学史を掲載」することで、『ニルス』では、山室静が巻末の「著者や作品について」において、「北欧文学の歩み」を計三〇ページにわたって詳述しています。

方針のもう一つは、「翻訳は各専門家の手で厳正に、文章表現は児童文学者の手によってかおり高く平易に」ということです。『ニルス』の場合は、「児童文学者」の西山が本文を書き、名前は挙がっていませんが、巻末文を担当した山室が翻訳の「専門家」としてチェックしたということかもしれません。

小学館は、同全集と並行して『カラー版名作全集少年少女世界の文学（全五〇巻）』も刊行しています。「名作選定委員会編」とありますが、編者名は示されていません。カラーの挿絵を大幅に増やすなど、いっそう子どもが親しみやすいつくりになっています。

一九六八年に出版された「ニルスのふしぎな旅」（第二〇巻北欧編）は、文章・挿絵ともに『少年少女世界の名作文学』（一九六七年）と同じ西山と矢車ですが、一一枚のカラー挿絵が新たに加わっています。その一方、山室による解説は削られ、八ページにわたる「読書のしおり」に代わっています。

さらに小学館は、『ワイドカラー版　少年少女世界の名作（全五五巻）』の配本を開始しました。

一九七三年に発行された「ニルスのふしぎなたび」（第四〇巻北欧編）は、西山の文はそのままで、挿絵が清沢治に代わっています。そして、作品や著者についての解説の代わりに、東京にある小学校の現職教頭が「読書ノート」と題して、学年別に読書の観点を示しています。たとえば、「二年生までのみなさんへ」（一部）には次のように記されています。

一、おもしろかったところを、おうちの人《ひと》にお話《はな》ししてあげましょう。
二、それぞれの場面《ばめん》のようすやニルスの気持《きも》ちをそうぞうしてみましょう。
○おとうさん、おかあさんが出《で》かけたるすにかがみにうつっている小人《こびと》を見《み》たときは、ニルスはどんな気持《きも》ちでしたか。
三、いたずらっ子ニルスが、おわりには、どんな子《こ》どもになりましたか。（三五四ページ）

これが、「五年生以上のみなさんへ」となると、次のようになります。

やさしいよい子《こ》になったニルスについて
親《おや》の手《て》におえないわがままだったニルスが半年間《はんとしかん》の旅《たび》で、すっかりかわり、すなおな反面《はんめん》勇気のある、しかもやさしい少年《しょうねん》に成長《せいちょう》しました。これはいったいどうしてでしょう。このことを考《かんが》えてみることが、この物語《ものがたり》の主題《しゅだい》を読《よ》みとることになり、この物語《ものがたり》について考《かんが》えるもっともたいせつなことでしょう。
ニルスがなぜ、やさしく思《おも》いやりのあるりっぱな少年《しょうねん》になったのでしょう。あなたの日常《にちじょう》生活《せいかつ》とくらべながらじっくり考《かんが》えてみてください。（三五七ページ）

低学年にも高学年にも、発達の段階によってさまざまな読み方ができるということでしょうが、これではまるで道徳の教科書のようです。夏休みの宿題である「読書感想文」も、これらを意識した構成になっているのでしょう。

いずれにしても、こうして翻訳児童文学全集は児童文学の世界に新たな流れをつくりました。当初は、海外の名作を翻訳家によってできるだけ原作に近い形で子どもたちに届けることに重きが置かれましたが、次第に話は短くなり、抄訳・縮訳の比重が増して、子どもが関心をもちやすく、読みやすいことが重視されていきます。挿絵は大きくカラー化し、描かれる動物は写実性が弱まってキャラクター化していきましたが、その一方で保護者向けの解説はむしろ拡大していきました。

やがて、読書の学習化という傾向が強まり、文学性・教養性よりも学習素材としての価値が重視されていきました。『ニルス』の場合は、いたずらで怠け者のニルスが、親思いで生き物を大事にするという心優しい健全な子どもに成長するといったストーリーが道徳的な要素に対する評価として大きくなっていったのです。

4 『ニルス』の挿絵

原書にはニルスが描かれた挿絵は一枚しかなかった

当初、ラーゲルレーヴが国民学校教員協会と執筆について交わした覚書（一九〇二年）には、五〇枚程度の挿絵を入れること、挿絵のモチーフは著者と発行者の双方が提案できることなどが記されています。しかし、創作の段階に入って、その方針は変更されました。

一九〇六年に発行された『ニルス』の原書には、ニルスが描かれた挿絵は口絵の一枚しかありませんでした。作者はヨン・バウエル（John Bauer, 1882～1918）で、描かれているのは物語の冒頭シーンです。自宅の庭に立つニルスは後ろ姿であるため、顔は分かりません。だからこそ、読者が自由に想像を膨らませたり、ニルスに自らを投影したりすることができたのでしょう。

バウエルが描いた挿絵は、この絵を含めて、原書の初版ではたった二枚しか採用されませんでした(11)。もう一枚は、原作一三章「小カルル島」に掲

原書でニルスが描かれた唯一の挿絵
バウエル画（1906年）

載されているもので、嵐の海でアザラシに襲われそうになるガンの群れを描いたものです。描かれている波しぶきなどは、写真かと見紛うほど精緻なものとなっています。

実は、原書には、ニルス以外に馬やシカなどの動物を描いた数枚の挿絵しか掲載されていませんのです。前述したように、ニルスが登場するのは口絵の一枚だけで、登場人物が描かれた挿絵はないのです。ということは、ラーゲルレーヴはニルスそのものを挿絵に登場させることに反対だったのかも知れません。ともあれ、どちらかといえば没個性的なニルスの後ろ姿が描かれた一枚が、読者を物語の世界に誘う入り口になったことは間違いないでしょう。

挿絵の代わりに、学校用の『ニルス』に多数入っているのが写真です。六〇枚近い写真の大半には撮影者名が入っており、本文に出てくる都市や村の景観、川や湖、滝といった自然景観、そして城や宮殿などの写真は、物語の舞台、つまりスウェーデン各地の様子を理解する助けとなっています。ただ、これがラーゲルレーヴのアイディアかどうかは分かりません。いくら本文中に地域の記述があるにしても、それらの写真は取って付けたような感じがして違和感をぬぐえません。一方、一般向けの『ニルス』にはそれらの写真は掲載されませんでした。想像の翼を広げて、物語としての『ニルス』の世界を楽しむにおいて写真は必要なかったということでしょう。

しかし、各国語に訳された『ニルス』では、さまざまな挿絵が描かれることになりました。それらでは、ニルスの姿も多数描かれています。ハワード訳による英語版第一巻の挿絵はフライ（二三二ページ注（7）参照）が描いていますし、それがフライの代表作品の一つとなっています。

『飛行一寸法師』には、原書と同じくバウエルによる口絵一枚だけが転載されています。表紙には、フライの挿絵に小さく描かれた宙を舞うニルスが使われています。なお、小林哥津《かつ》の『不思議の旅』には、前述したように、訳本として用いたハワードによる第二巻にヘイベルイ（三三ページ注（7）、四七ページ挿絵参照）が描いた挿絵がそのまま使われています。[12]

リーベックの挿絵

『ニルス』の挿絵の定番といえば、一九三一年にスウェーデンで出版された『ニルス』の挿絵でしょう。ベッティール・リーベック（Bertil. Lybeck, 1887~1945）によるその挿絵は、その後、各国版の『ニルス』に掲載される挿絵の構図などに大きな影響を与えるとともに、今日に至るま

（11）バウエルは、『ニルス』（第一巻）が出た翌年に童話集 *Bland tomtar och troll*（一九〇七年）を出版しています。『ニルス』の挿絵とは趣がまったく異なっており、お伽話に出てくる妖精たちの世界を描いた独特の画風で一躍彼は有名になり、「トロルといえばバウエル」と言われるほど、今もスウェーデンで親しまれている画家です。

（12）ハワード訳は、デジタルライブラリーで本文と挿絵が公開されています。http://digital.library.upenn.edu/women/lagerlof/nils/nils.html（1922）、http://digital.library.upenn.edu/women/lagerlof/further/further.html（1911）。『飛行一寸法師』の表紙は、フライによるイラスト"HE GRABBED THE BOY AND TOSSED HIM ... INTO THE AIR."に描かれたニルスをもとにしています。なお、スウェーデンのアーデルボリ（Ottilia Adelborg, 1855~1936）、オランダのペック（Anton Pieck, 1895~1987）などの画家による『ニルス』のイラストは人気が高く、今でもポスターやカードとして販売されています。

で世界中でもっとも採用されており、今なお人々に親しまれています。

口絵のニルスは、伸び盛りの、ちょっと生意気な少年といったところでしょうか。このほかの挿絵にニルスはあまり登場せず、描かれる場合でも、端に小さく描かれて見落としてしまいそうなものも少なくなく、挿絵の主役は動物や風景となっています。動物は精緻で誇張もなく、風景は今たどってもその場所が特定できるくらい写実的なものとなっており、ある意味、初版に掲載された写真と同じ役割を果たしていると言えます。

昔話も、都市の風景も、キツネとニルスの戦いも、同じ筆致で描かれるこの挿絵によって、現実の世界を舞台にして起こる非現実的で不思議な物語に違和感なく入り込むことができます。本文の邪魔をしないというリーベックの挿絵、

POJKEN

så fanns det rutor, som voro gröna i mitten och omgärdade med brunt: det var trädgårdarna, där gräsmattorna redan började grönska, fast buskarna och träden, som stodo omkring dem, ännu voro i nakna, bruna barken.

Pojken kunde inte låta bli att skratta, när han såg hur rutigt allting var.

もっとも有名なリーベックの挿絵（1931年）

リーベックが描いたニルス（1931年）

ラーゲルレーヴもおそらく気に入っていたのではないでしょうか。

ちなみに邦訳書では、香川鉄蔵による創元社版（一九五四年）で採用されているほか、香川鉄蔵・節（一九八二年）、菱木晃子（二〇〇七年）による完訳本でもリーベックの挿絵が多数掲載されています。

日本における挿絵のニルス

多くの日本人画家も『ニルス』の挿絵を描いていますが、同じ場面であったり、似通った構図のものが数多くあります。その大部分が、リーベックによる挿絵をもとにしているものと思われます。構図は参考にしていますが、リーベックの写実的な描法とは異なり、省略したり誇張したりして、各画家の作風につくり替えられています。

日本で初期の『ニルス』の挿絵を何度も手がけた画家といえば、昭和期を中心に小説や児童雑誌の挿絵画家として活躍した河目悌二《かわめていじ》が挙げられます（第３章参照）。〈幼年倶楽部〉に連載された「ニルスノバウケン」のカット、続く戦争を挟んで何度か単行本として出された『ニルス』の挿絵も河目によるもので、やはりリーベックの構図を参考にしたものと思われます。

河目の挿絵は、鳥やキツネなどといった動物の写実的な描き方や、赤い三角帽をかぶって白シャツにベスト、ニッカボッカに木靴というニルスの出で立ちなどは基本的に変わりませんが、ニルスの年齢が少しずつ違っています。連載や戦中戦後の単行本に描かれたニルスは、幼児からせ

河目悌二・画　講談社の絵本（1954年）の挿絵

島村三七雄・画　学陽書房版（1949年）の挿絵

いぜい小学校低学年くらいで、三頭身のぽっちゃり顔の少年となっています。

同じく河目による「講談社の絵本」シリーズの『ニルスの冒険』（一九五四年）は、「日本のアンデルセン」とも呼ばれる浜田広介の文が抑えめで簡潔なものとなっています。絵本と銘打っているとおり、主役は絵なのです。動物や風景がどちらかといえば写実的で、四八ページにわたる挿絵はフルカラーで迫力があり、モノクロのリーベックの挿絵とは趣がかなり違っています。肝心なニルスは、少し成長をしており、小学校の中学年くらいに見えます。

戦後、多数の作家によって何人ものニルスが生まれましたが、それまでと代わらず幼子として描かれました。本来の年齢、つまり一四歳に忠実なのは、学陽書房版（一九四九年）と講談社版（一九五四年）くらいでしょう。

学陽書房版の島村三七雄《みなお》による挿絵は優しくて美しいもので、ニルスは手足の長い痩せた少年として描かれています。ほかの挿絵も、他の作品では見られない、参考にした元絵がないと思われるオリジナルの絵が多数入っています。

一方、講談社版は表紙・口絵・挿絵とも山森元亀《げんき》によるもので、構図に関してはリーベックとの類似が認められます。また、本文の挿絵としてリーベッ

創元社版（1954年）の口絵に描かれたニルス。鶴岡政男・画

クのものが使われている創元社版（一九五四年）も、口絵は鶴岡政男（一九〇七〜一九七九）のオリジナル画で、しかもカラー印刷となっています。そしてニルスは、いたずらで腕白な少年からはほど遠い、色白の憂いを帯びた日本的な顔となっています。

異色なのは、戦後一九五〇年代に見られる絵童話のニルスです。当時、「低学年向けのたのしいひらがな名作」と銘打って出版された「世界絵文庫」（日向房子・絵、一九五三年）のニルスは、カールした金髪に、上着と半ズボンの揃いに蝶ネクタイ、そして靴下に靴と、育ちのよさそうなヨーロッパの都会育ちの坊やといった風情です。

一方、講談社の「一年生文庫」（若菜珪・絵、一九五七年）に描かれたニルスは、当時としては相当にしゃれたスタイルで、青と白のストライプのシャツに半ズボン、アーガイルチェックの靴下に革靴といった小意気な少年となっていました。戦後一気に流入してきたアメリカ文化への憧れが、こんなところにも影響したのでしょうか。ちなみに、極端に西洋化したこのようなニルスは、戦後一〇年ほどの間しか見られません。

「世界絵文庫」シリーズ（1953年）の表紙。日向房子・絵

第6章

『ニルス』を訳した人たちのその後

香川鉄蔵、1858年スウェーデンにて
（出典：『香川鉄蔵』1971年、口絵）

第1章で紹介した香川鉄蔵と千葉省三が、その後『ニルス』とどのようにかかわってきたかということは前章までで触れてきました。彼ら、そしてもう一人の訳者とされる小林哥津《かつ》は、それぞれその後どのような人生を送ったのでしょうか。ここで見ていきたいと思います。

1　香川鉄蔵のその後

香川ニルス翁のスウェーデン旅行

ラーゲルレーヴ生誕一〇〇年にあたる一九五八年の夏、七月七日から九月三日まで香川鉄蔵はスウェーデンを訪問しました。長年にわたるラーゲルレーヴやスウェーデン研究の功績を知ったラーゲルレーヴ協会が招待したもので、香川にとっては、七〇歳を目前にしての初めての海外旅行でした。

この年、スウェーデンの国鉄（ＳＪ）は、ラーゲルレーヴ生誕一〇〇周年を記念してスウェーデンを鉄道でめぐるという「ニルスの旅」ツアーを企画しました。ラーゲルレーヴ協会からその切符が贈られ、香川は『ニルス』の旅ルートをたどるように、スウェーデンを南から北まで鉄道で旅しました。

もちろん、『ニルス』に登場する場所を訪れ、街を歩き、丘に登って景色を確かめ、図書館や博物館、書店で資料の収集にも努めました。旧知のスウェーデン人らとも再会し、旧交を温めるとともに新たな出会いもありました。

行く先々で地元の名士らに出迎えられ、町中の歓迎を受けた様子が連日のように地元の新聞で報じられました。また、日本の雑誌でも、香川のこの旅は「ニルス老人のおとぎ旅行」と題して取り上げられています。香川がもっとも驚き、喜んだのは、西ヴェンメンヘーイの農家に案内されたときでした。そのときのことを、次のように述べています(1)。

するとと驚いたね、窓からニルスが首を出しているじゃないか、実際はニルスと同じ恰好をした少年だったが、小説のさし絵にあるのと同じ赤いトンガリ帽子、チョッキ、木靴、おまけに棒切れまで持っている。私は、ほう、といったきり、しばらくは言葉もなかった。急に四、五十年前の世の中にふみこんだ気がした。

ニルス少年と香川鉄蔵（1958年撮影）
（出典：『香川鉄蔵』1971年、口絵）

（1）〈新潮〉一九五八年一一月号、二四～二六ページ。

もちろん、ニルスではありません。ニルスに扮した少年がわざわざ香川を出迎えるという歓迎ぶりでした。この地方の伝統的な造りで、「ニルスの家」とされたその家は、その後も訪れる人のために公開されていましたが、火災で焼失してしまって現在は残っていません。

香川は、ラーゲルレーヴとの出会いというきっかけをつくってくれた恩師グンデルトとも再会し、彼の家に二泊しています。新潟県村松にあったグンデルトの居宅に香川が滞在した翌年、彼は熊本県に移り、旧制第五高等学校の講師となりました。いったん帰国しますが、再び来日し、一九二二年から一九二七年は茨城県の旧制水戸高等学校に講師として勤めました。この間、しばしば東京の香川宅を訪ねるなど、二人の交流は続いていたのです。

久々の再会に、二人は旧交を温めました。このとき語り合ったという中国の仏教書『碧巌録』の独訳に晩年のグンデルトは力を注ぎ、禅学の研究者としての地位を不動のものとしたのです。

旅日記の記念帖

帰国早々、香川は旅の記録を記念帖としてまとめ、*NILS HOLGERSSON-RESA genom SVERICE* を自費出版し、一一月には世話になった人たちに配っています。巻頭言で、スウェーデンへの訪問について「ラーゲルレーヴの伝記を書き、Gösta Berlings Saga, Jerusalem そして『ニルス』の完全なる和訳を果たすことを主目的として視察にまいった」とあります。完訳は夢ではなく、この時点でなお現実の目標だったのです。

旅行中、香川は実に精力的に各地を回りました。前述したように、ニルスの故郷スコーネの西ヴェンメンヘーイ村ではニルスに扮した少年の歓迎を受け、黒ねずみと白ねずみが戦ったグリミンゲ城や、ニルスが国王の銅像に追われたカールスクローナをはじめとして話の舞台を訪ねています。その様子をもう少し追っていきましょう。

ラーゲルレーヴが女学校の教師をしながら作家を目指して小説を書いていたランスクローナにも足を延ばしています。その後、ストックホルム、ウプサラ、スンズヴァル、ウメオと『ニルス』に描かれた地域に可能なかぎり立ち寄りながら、海岸沿いの鉄道で北へと向かってラップランドに入りました。

ニルスとガンの群れが夏を過ごしたケブネカイセ山は雲に隠れて写真は撮れませんでしたが、香川の目には、山もニルスやガンたちも見えていたことでしょう。そして、キルナでは、ラーゲルレーヴが一九〇四年に調査旅行に来たその足どりをたどったに違いありません。

このあと、国境を超えてノルウェーのナルビクまで出て、再びスウェーデンに戻ります。帰路は、内陸をヨックモッ

ラーゲルレーヴの故郷モールバッカ（ヴェルムランド）　前方に生家屋敷地

ク、エステルスンド、モーラ、ラトビク、レクサンドと、これも鉄道で南下しました。そして、ラーゲルレーヴが『ニルス』を書いた当時に住んでいた銅山の町ファールンも訪ねました。

最後に訪れた彼女の故郷モールバッカでは、特別に生家での宿泊が許されています。そして、この旅行の最大の目的であるカールスタッドで三日間にわたって行われた「ラーゲルレーヴの生誕百年記念式典」に出席しました。銅像の除幕式には、国王グスタフ五世の弟ウィルヘルム殿下（Carl Wilhelm Ludvig, 1884～1965）と並んで参列しました。

一か月半余りにわたる長旅から帰国した香川を出迎えた人々は、香川が出発前より若々しくなったことに驚きました。香川は笑って、「ニルスになってきたのだから若返るのは当然だろう」（前掲書、二二六ページ）と答えたそうです。

ラーゲルレーヴの銅像前で（1958年撮影）（出典：『香川鉄蔵』1971年）

『ニルス』に登場する日本人

『ニルス』の五二章「大きな屋敷」は、ネースの手工講習所を舞台にして繰り広げられます。ここは、手工教育をスウェーデン内外に広めたオットー・ソロモン（Otto Salomon, 1849~1907）が開いた研修施設で、ヨーロッパを中心に、国外からも多くの研修生が集まりました。香川は、この講習所も訪れています。というのは、この章に次のようなくだりがあるからです。(2)

……彼女(3)の片方《かたほう》のわきには、日本からきたのであろうか、黄色がかった肌《はだ》の、小がらな紳士《しんし》がすわっており、もう一方《いっぽう》には、ヨックモックからきた学校の先生がすわっている。そして最初《さいしょ》から、長いテーブルをかこんで愉快《ゆかい》に話がはずみ、みんなが友だちになっていた。

ここに登場する「小がらな紳士」が本当に日本から来た日

(2)　香川鉄蔵・節訳『ニルスのふしぎな旅（4）』偕成社文庫、一九八二年、二〇一ページ。
(3)　教員になって何年かたったまだ若い小学校の先生、村の教育委員会のすすめで講習を受けに来ているのです。

ネース手工講習所内にあるソロモンの屋敷

本人なのか、その真偽を確かめるために向かったのです。

当時の名簿などを丹念に調べた香川は、一八八八年の修了生名簿に「住所」が「Tokio」となっている二人を見いだしました。「Geuichi Nosiri」と「Makita Goto」です。[4] 前者は野尻精一（一八六〇～一九三二）、後者は後藤牧太（一八五三～一九三〇）でした。

一八八六年は文部省が小学校と師範学校に手工科という新しい科目を創設し、「我が国公教育におけるものづくり教育が開始された年」とも言われます。しかし、実施にあたってその理念や運用について一から調査研究する必要がありました。そこで文部省は、当時、イギリスに理化学科と手工科の調査のため留学中であった後藤と、師範学校を調査するためドイツに留学中であった野尻とを、ネースの手工講習所で開催されていた夏期講習会に参加させました。[5]

一八八八年八月一三日から九月七日まで、二人はネースに滞在し、第四三回講習会の後半の半分を受講しました。その間、ソロモンとの交流や対話もあったようです。[6]

ラーゲルレーヴはソロモンの妹と親しく、しばしばこのネースを訪れています。広い敷地に各種研修施設や宿泊所が点在し、中央にソロモンの大きな屋敷があり、ラーゲルレーヴはいつもその一室に滞在していました。集まった研修生を前に、講演を行うこともあったようです。おそらく、講習所でこの二人のいずれかを彼女は実際に見かけたのでしょう。

帰国後、講習所でのことについて、後藤は後輩に次のように語ったと言います。[7]

サロモンが下手な英語で講義をし、實地は助手が指導の任に當つた。受講者は英米人が最も多く、瑞典の教員及び露西亜人も居つた。婦人が多く、英國の女子師範学校長ヒュース嬢も行つて居つた。助手は一人は男で、一人は女であった。夏季に二度受講すれば、全課程を終る組織になつて居つた。

一八九〇年に帰国した後藤は高等師範学校の教授となり、専門の物理学とともに手工科を担当し、ネースで学んだ手工教育を日本に広め、「手工教育の開拓者」とも称されました。ちなみに、香川は東京高等師範学校附属中学校に在学していたときに、高等師範学校の教頭として式に臨む、大礼服を着た後藤の姿を記憶していました。ネースで名簿にその名を見つけた香川は、さぞ驚いたことでしょう。

(4)　香川はこのとき、「Genichi（玄一か源一か）」の誤植と判断していますが、人物の特定はしていません。筆者が現地で確認したところ、修了生写真で名前を探すと「S. Noshiri」とあることから、名簿は「Seiichi」の誤りと見なされます。

(5)　菅生均「後藤牧太の手工教育観に関する一考察」〈熊本大学教育学部紀要人文科学〉40、一九九一年、八九〜一〇〇ページ。

(6)　横山悦生「手工科成立過程期における日本とスウェーデンとの教育交流」〈名古屋大学大学院教育発達科学研究科紀要（教育科学）〉50-2、二〇〇三年、二七〜三九ページ。

(7)　伊藤信一郎『手工教育原義』東洋図書、一九二八年、一四三ページ。

一方、野尻は、ドイツで哲学や教育学を学んで一八八九年に帰国し、高等師範学校の教授、文部省視学官などを経て、一九〇八年、奈良女子高等師範学校（現・奈良女子大学）の初代校長となりました。

東京女子高等師範学校に次ぐ第二の女高師として創設された同校は、全寮制を取り入れたり、図画・音楽・手芸・裁縫などを生徒の長所に従って一科目を選択させたりするなど、独自の教育体制を打ち出しました。それは、「初代校長の野尻精一の個性と教育学者としての学識に追うところが大きかった」と言われています(8)。

ネースでの講習が直接帰国後に活かされた後藤ですが、一方の野尻もまた、男女の区別なく手工講習を受けた経験が女子教員を養成するという重要性の認識に少なからぬ影響を与えたように思われます。

完訳を夢見て

帰国後、スウェーデンで購入したり寄贈されたりした多数の書籍や資料をもとにしての研究という日々を送っていた香川ですが、やがて病を患います。一九六一年一一月、手術を前にした香川は、前年に亡くなった盟友、和辻哲郎の夫人である照に手紙を送っています。万一のことを考えてのことでしょうか、長年にわたる感謝の気持ちとともに、学生時代のこと、仕事のこと、ラーゲルレーヴのことなど、人生を振り返るようなことが記されていました。そこに、スウェーデ

ン訪問について次のように記されています。(9)

私は瑞典のセルマ・ラーゲルレーフの作品について、その life に関心を持ち尊敬を懐きました。一九五六（ママ）年に、多年の念願がかなひ、その国に招待され、彼女が住み、彼女がそこに生涯を閉じたモールバッカに、十日間も起居することを許され、（外国人として初めて）大きな屋敷にたった一人滞在し得たのは、私の生涯中最大のほまれであります。これは何ものにもくらべがたい幸福です。

一九六六年四月、香川はスウェーデン国際文化情報協会から、優れた翻訳とスウェーデン文化の紹介という業績に対して賞状が授与されました。その後も、病床にありながら最後まで精力的に活動を続けました。

一九六八年一〇月の日記には次のようにあります。二五年前に手放した『ニルス』の原書の初版を再び手にした香川は、『ニルス』へ想いを吐露《とろ》しています。(10)

（8）「自我の伸張を求める女性の覚醒がそこここにみられる時代の動きを、野尻が見逃さなかった結果であった」とも書かれています。（『奈良女子大学八十年史』奈良女子大学、一九八九年、一五ページ。）
（9）和辻照「香川さんのこと」『香川鉄蔵』香川鉄蔵先生追悼集刊行会、一九七一年、三三四ページ。
（10）注（9）前掲書、五五〜五六ページ。

十月十二日（土）　晴れ、暖か
待望一〇年以上にもなる「ニルスの旅」の初版到着。表紙も美麗でもとのまま、伴し、堅牢に製本し直してある。ただあちこちに鉛筆にて印がついているので、それをみつけてはゴムで消すにかなり時間がかかり、完全に終わったのは午前四時。……（中略）……。「ニルス」の旧版の挿絵及び写真甚だ有用。その大半を忘れ去っていた（一九四三年頃京大図書館に譲渡するまで、蔵書にあったのに）。伴し初版だけに写真印刷先ず可。（実物風景とて有用）。…（中略）…。「ニルス」の初版を撫し、心怡しい。挿絵がよい。此の著述は私には実に愉しい。訳本出版のできぬのがくやしい。

十年待った

一九六八年、川端康成が日本人として初めてノーベル文学賞を受賞しました。ストックホルムでの授賞式に先立ち、一一月二八日、スウェーデン大使館において、大使夫妻の主催で川端康成夫妻を迎えてのノーベル文学賞の祝賀会が開かれました。家族の付き添いのもと、香川鉄蔵は病を押してこの祝賀会に参加しました。

日記には、川端本人と「刺を通ず」、「川端夫人とも一寸談話す」とあります。挨拶をして名詞を交換した際、香川は川端と何か言葉を交わしたのでしょう。その夜、眠れなかったことが日記に書かれています。そして日記は、翌二九日、三〇日の出来事が短く記されて終わっています。

それから一〇日後の一二月九日の未明、香川は息を引き取りました。ノーベル賞の授賞式の前日、八一歳の誕生日を目前に控えてのことでした。

死を間近にしながらも祝宴に駆け付けた背景には、香川の特別な想いがあったからと考えられます。一九五八年にスウェーデンを訪問した際、香川は八月一六日にカールスタッドで催された北欧作家の大会の宴に招かれて参加しています。ノーベル賞を審査するスウェーデン・アカデミー会員のマルチンソン（Harry Martinson, 1904〜1978）の隣に座った香川は、「これは機会とばかりに、日本の作家もノーベル文学賞をあたえられてよいではないか、と率直に述べた」と言います。すると、「どのような人がおられるか」と尋ねられたようですが、一般的な希望を述べたまでと、あえて作家の名前は挙げなかったそうです。

こののち、一九六二年にマルチンソンは日本を訪れ、大使館でレセプションが開かれたのですが、あいにく香川は入院中で参加ができず、妻の八重子が出席して挨拶したそうです。「十年待った」と題された、香川が亡くなる一か月半余り前、一九六八年一〇月一八日に書いた小文[11]にある話です。

ちなみに、日本人がノーベル文学賞の選考審査に初めてにノミネートされたのは、奇しくも香川がマルチンソンに進言したこの一九五八年のことです[12]。

（11）注（9）前掲書、四二一〜四二二ページ。

マルチンソンは、のちに自身もノーベル文学賞を受賞した作家で、一九四九年にスウェーデン・アカデミーの選考メンバー一八人の一人となりました。一九六二年三月、世界一周旅行の途中に日本に立ち寄って二週間滞在したということですが、その間に記者会見を行うとともに、日本ペンクラブ例会に出席したり、スウェーデン大使館に作家約二〇名を招いて懇談したりしたということですから、さてはノーベル文学賞の下調べか、とマスコミでも取り上げられました。[13]マルチンソンは候補者の名前は挙げませんでしたが、新聞にはしっかり谷崎潤一郎、西脇順三郎、川端康成の三人の名前が挙がっていました（〈朝日新聞〉一九六二年三月一二日付）。先の文章で香川はこの騒ぎには触れていませんが、果たしてどう思ったのでしょうか。

「ニルス・ホルゲルソンの不思議なスウェーデン旅行」

香川の没後、一九七一年に彼の訳による『ニルス』が収められた『ノーベル賞文学全集（一八巻）』が主婦の友社から出版されました。同全集には、各受賞作家について、選考経過、授与演説、受賞演説、人と作品、そして著者目録とともに作品が一作掲載されています。ラーゲルレーヴについては『ニルス』が選ばれ、初めて原題に忠実な「ニルス・ホルゲルソンの不思議なスウェーデン旅行」という題名で香川訳が収載されました。そして、同巻に付された「月報」に掲載された「ラーゲルレーヴと私」が香川の遺稿となりました。

この年、遺稿集でもあり、追悼集でもある『香川鉄蔵』が香川鉄蔵追悼集刊行会によって発行されています。そこには、香川の遺稿とともに、生前香川と親交の深かった七〇名（内八名が外国人）を超える旧知による手記が載せられています。学生時代、大蔵省時代など、さまざまな場面で香川と接してきた人々から異口同音に語られたのは、裏表のない、私利私欲のかけらもない、ただ日本の平和と将来を慮り、学問に精進し、芸術と文化を愛した「香川の情熱」でした。

同書には、家族からのひと言も添えられていました。

「おじいちゃんは、とても勉強家で、朝早くから夜遅くまで、本を読んだり、書いたり、毎日勉強に明け暮れ、いろいろな外国語をよく知っておりました」という孫の一文にあるように、香川が「晩年に至っても天を衝く気質そのまま」（妻八重記す）に学究生活を貫くことができたのは、家族の理解と支えがあったからにほかなりません。

娘らは、香川が自宅で会合を開くといえば手伝いに駆け付け、外の会合に出るとなれば付き添い、秘書のようにして父を支え続けました。長男の節は、自宅に図書室を併設し、父の膨大な書籍類をそこに収容しました。それを見届けた香川は、翌月、静かにその生涯を終えました。

(12)　このときに挙がったのは谷崎潤一郎と西脇順三郎、これに一九六一年川端康成が加わりました。ノーベル賞の選考過程の詳細は、五〇年経った翌年に公開されます（大木ひさよ「川端康成とノーベル文学賞：スウェーデン・アカデミー所蔵の選考資料をめぐって」〈京都語文〉21号、二〇一四年、四二～六四ページ参照。

(13)　出席者として新聞に挙げられた作家名は、志賀直哉、川端康成、舟橋聖一、芹沢光治良、円地文子らでした。香川は、この会に招待されていたものと思われます。

2 日本人ニルス少年のスウェーデン旅行

前述のマルチンソン来日に関する新聞記事を探していたときのことです。次のような小さな記事が目に留まりました。

十二歳の少年に招待――スウェーデンから
十二歳の日本少年一人をスウェーデン国内旅行に招くと、東京・麻布のスウェーデン大使館が三十日午後、発表した。同国のノーベル賞受賞作家故セルマ・ラーゲルレーヴ女史の作品「ニルスの不思議な旅」が映画化されたのを機に、世界二十一カ国からこの物語の主人公と同年配の少年たちを九月はじめ同国に招こうというもの。〈朝日新聞〉一九六二年五月三一日付)

本章のタイトルからは逸れるのですが、この一二歳になる少年のスウェーデン旅行について少し紹介しておきましょう。

実写版『ニルス』映画完成を記念して

ニルスのようにスウェーデンを旅した日本人少年は東京の小学六年生、当時一二歳の崎田憲一少年です。この年、スウェーデンで実写版映画『ニルスのふしぎな旅』(14)が製作され、その完成記念試写会に世界二一か国から一二歳の「ニルス少年」が招待されたのです。この企画は、二週間のスウェーデン旅行付きという豪華なものでした。

主催はスウェーデン赤十字社、スウェーデン観光協会やスカンジナビア航空が後援し、完成試写会にはスウェーデン国王グスタフ六世アドルフ（Gustaf VI Adolf, 1882～1973）も出席するという、ある意味、国家的な一大イベントでした。

「一二歳」という条件は、ニルスの設定年齢である一四歳に近い、小学校の最上級学年としたからでしょう。また、一四歳とすると、世界では働いている子どもがいる

(14) 日本語でのタイトル『すばらしい空中旅行』は、〈キネマ旬報〉や〈映画ストーリー〉の新作映画紹介などでも取り上げられました。しかし、配給会社「昭映フィルム」が事業に失敗したため、正式には公開されなかったようです。

ガチョウの背に乗って空を飛ぶニルス
（出典：映画になった『ニルス』の写真絵本［1962年］）

実写版ニルス映画のポスター（スウェーデン）

ことに配慮したものと思われます。

ニルス少年の選抜は、それぞれの国で行われました。日本では、日本赤十字社に文部省（現・文部科学省）や外務省、スウェーデン大使館、朝日新聞社が加わり、「東京在住の一二歳の少年」という条件に応募した数百人の候補者から、書類選考や面接などの審査を経て、最終的に崎田少年が選ばれたのです。

選ばれた崎田少年と香川鉄蔵（写真提供：高橋茅香子氏）

二二か国二二人のニルスたち

夏休みも終わりに近い八月二九日、一行は東京国際空港羽田を発ち、北極航路でスウェーデンに入りました。ストックホルムには、オーストリア、ベルギー、デンマーク、イギリス、フランスなどのヨーロッパ諸国に加えて、アメリカ、旧ソビエト、トルコ、ブラジル、エジプト、タイなど計二一か国から一二歳の少年たちが集まりました。それに映画で主人公ニルスを演じたスヴェン（Sven Lindberg）少年も加わり、ニルスの故郷であるスコーネを起点に、ラーゲルレーヴの故郷モールバッカ、旅の北端キルナを回り、最後にストックホルムに戻って映画完成試写会に参加するという、二週間のまさに冒険旅行でした。

旅は、少年たちと付き添いの各国取材記者に、世話役をした赤十字社の社員を合わせて五〇名という大所帯です。日本から同行した取材記者というのが、その年の春に東京外語大学を卒業して朝日新聞社に入社したばかりの高橋茅香子《ちかこ》記者でした。基本的には、少年たちは集団で行動していましたので、同行するといっても、旅行の記事を書いたり、日本からの注文に応じて調べものをしたりといった記者としての仕事で、とにかく大忙しだったようです。

高橋記者は、その後、主に国際関係の部局で活躍し、一九九八年に退職してからは、得意の英語を活かしてカルチャーセンターの翻訳教室で教えるほか、訳書やエッセイも多数出版しています。そのエッセイ『英語で人生をひろげる本』（晶文社、二〇〇〇年）でもこの旅が取り上げられており、崎田少年らのことも出てきます。

　行儀よかったのは最初だけ。二日もすると、ふざけて取っ組み合いはするし、顔を洗っていればタオ

馬車でスコーネをめぐる一行（写真提供：高橋茅香子氏）

現地新聞〈DAGENS NYHETER〉
1962年９月１日付

ルで拭きおわるのを待って誰かが水をかけるし、大騒ぎ。おたがいに名前はなかなか覚えられないけれど、すぐにニックネームがついた。たいていは国の名前そのもの。…いつも元気で明るい憲一君は人気者だった。「ケニチ」「サキタ」「ジャパン」などとひっきりなしに声がかかる。（八二・八四ページ）

「ケニチ」こと崎田少年も黙ってはおらず、エジプトのアーマッド君なら「ミスター・エジプト」、ギリシャのアルギリス君なら「ノン・キリギリスのアルギリス」と切り返し、あっという間に仲良しになったことが、その年の児童雑誌〈たのしい六年生〉（講談社、一二月号）に取り上げられています。「ニューストーリー、ニルスになってスウェーデン旅行」（鶴見正夫）と題された記事には、崎田少年の小学生らしい手記も掲載されています。そのなかから、タイの「ニルス少年」のエピソードを一つ紹介しましょう。

バスでいろいろなところをおとずれた。中でも、映画に出てくるニルスの家に。はじめは、ただスウェーデンの農家を見学しに来たのかと思った。あとで映画をみてようやくわかった。日本の農家のようにわらぶきだった。ここで、タイのオーエンくんが、子ぶたを一ぴきもらった。オーエンくんは、にこにこしながら、ぶたをもらっていた。子ぶたは、まだなれないせいか、かん高い声でキーキーないていた（一一四ページ）。

数年前、崎田氏にお目にかかる機会がありました。訪れた各地の記憶は薄れているそうですが、それでも当時の写真を指さしながら、個性的な各国の「ニルス」たちのことをなつかしそうに話してくれました。うっかりしており、オーエンくんと子ぶたの一件については確かめそこないました。

崎田氏は大学卒業後、広告会社に就職して世界中をめぐり、退職後に趣味が昂じた写真はプロ級となり、被写体を求めて国内外を旅することが多いそうです。一方、オーエンくんをはじめとする各国の「ニルス」たちは、その後、どんな人生を送ったのでしょうか。

3　小林哥津《かつ》のその後

戦後の小林哥津

平塚らいてうや田村俊子らの記す青鞜時代の明るくて快活な小林ですが、野上弥生子の日記や娘の記したものから、結婚後には苦労が多かったとうかがえることは第1章で触れました。その後、どのような人生を送ったのでしょうか。

小林は、太平洋戦争中から戦後にかけて、大東高等女学校(15)において国語の教師として教鞭をとっていた時期がありました。戦後、落ち着いてからは、文学散歩という新しい分野を開拓した野田宇太郎（一九〇九〜一九八四）の同人誌〈文学散歩〉に寄稿したり[16]、添田知道（一九〇二〜一九八〇）が創設した同人誌〈素面〉に父、清親や青輅についての随筆を発表したり[17]と、文章を書き続けました。

清親に詳しい美術評論家の酒井忠康は、彼女の文章について「江戸弁のはつらつとした口語体」で「その口調はいささかも衒いなく、恬淡として」とその表現を評し、著書でたびたび彼女の文章を引用しています。

晩年になってからは俳句や水彩画にも親しみました。清親に関するそれまでの文章をまとめようと添田に原稿類を持ち込んだのが一九七三年の暮れ、その完成を待たずに、翌一九七四年六月に小林は亡くなります。添田は原稿類をまとめ、一九七五年に五〇〇部限定で『「清親」考』としてこれを出版しました。その「あとがき」に、娘らによる小林を偲ぶ文章が掲載されています。

家族が語る哥津像

長女の理子とは六歳離れた次女の喜子《ひさこ》が次のように書いています。

私は母の四十歳の時に生れた末っ子で、母の人生の後半、八十歳近い最後の日迄、殆ど傍らに在って、明治生れの強靱な女の生き方を隈無く見つめて来ました。子供の戦死、病死、夫の死、戦争と辛い事の多い人生だったけれど愚痴をこぼさず休みなく働いて、編物や染物をして頑張って来ました。母は歳月と言う波をくぐる程に柔かい優しい心の人となって老いて行ったようで、白髪の母と歩いていると、名古屋の料理屋の女中さんや志摩のホテルで行き逢った外人の御夫妻から優しい言葉をかけられるのでした。（一八一～一八二ページ）

晩年になってからはじめた水彩画に描かれた庭の花や野菜、果物の傍らには心のままに短い文章が添えられていたといいます。遺稿集となった『「清親」考』の装幀・装画には小林の優しい絵が使われました。心穏やかに、それでも「何か心を燃焼させることを求め」続け、「よく感じとり良さを見出す目をもって生きること、すぐ心から喜ぶ事、それが母の幸福でした」と喜子は結んでいます。

(15)　守谷東が創設したもので、戦後の学制改革により大東学園高等学校となります。

(16)　「川にそふた町で」（一八号、一九六三年）、「『明治』の隅つこ」（一九六六年）などがあります。

(17)　「青鞜」雑記（(1)～(5)）（一九六九年）などがあります。

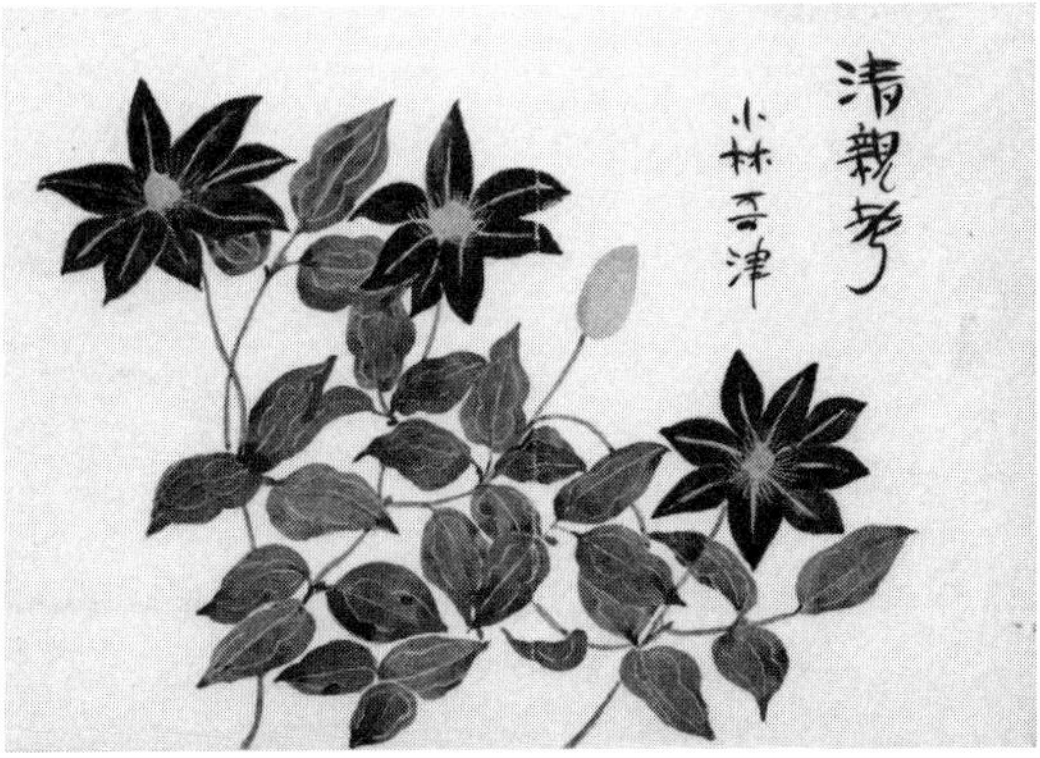

小林哥津『清親考』（1975年）の函

また、甥の菊野和夫は、「叔母は賑やかなことが好きで、陰気に黙り込んでいるという姿を見たことがない」、「接する人の心までも揺り動かさずにはおかないといった感じがする」と記し、最後に次のように書いています。

叔母はいつも生き生きとしていて、周囲の人にも生きることの楽しさを感じさせてきたように思う。そういう意味で叔母の印象はきのうのように新しい。それは私ばかりでなく、叔母に接した人すべての感慨であろうと思う。（一八〇ページ）

「ある穏やかな死」

小林が亡くなった翌月、七月二七日の朝日新聞に、「ある穏やかな死」と題するエッセーが掲載されました。前年一一月に出家した瀬戸内晴美（寂聴）が、四月からはじめた連載の一六回目でした。京都の嵯峨野に開いた寂庵での庭の移ろいや小さな出来事などが綴られている連載のなかで異色とも言えるこの回は、小林の訃報に接して故人を偲んだものとなっています[18]。

小林哥津さんは、始終「青鞜」の編集部にいて、この時代の若者のあらゆる動きを聡明な目に見つづけてきた。らいてうの恋も、野枝の恋も、哥津さんは最も身近でながめている。私は「田村俊子」を書き、「美は乱調にあり」を書き、この時代にひかれる度に、哥津さん一の可憐《かれん》な姿を作品の中にはめ込んできた。

次のような追悼文をコラムとして掲載した新聞[19]もありました。

婦人解放運動の青鞜社の同人で、雑誌〝青鞜〟の編集に最初から参加したのが、明治四十四年十八歳のときのこと。明治の版画家小林清親の娘で、チャキチャキの江戸っ子。俊子忌のときの明治の思い出話は、歯切れのいい東京弁で、内容のおもしろさとともに、ことばの美しさでいつも聞き惚れた。近づきがたいようなところがあったけれど、だんだん温情のある人とわかった平塚らいてう、十七歳くらいで赤い帯をしめていた伊藤野枝、岡田八千代、瀬川夏葉、長谷川時雨、中野初など明治から大正にかけて、婦人運動や文学界に活躍した女性たちが、つぎつぎとあらわれる話は女性史の生きた頁であった。

天賦の特性

青鞜社の概則第一条には、当初「本社は女流文學の發達を計り、各自天賦の特性を發揮せしめ、他日女流の天才を生まむ事を目的とす」とありました。

(18)『遠い風近い風』文春文庫、一九八二年、七二ページ。
(19)〈婦人民主新聞〉一九七四年七月五日付、一面。

青鞜というと自由奔放な生き方を貫いた「新しい女」たちに目が行きがちですが、そうした表舞台にはほとんど登場しなかった、ただし確実にそのなかでも冷静に、地道に、たおやかに生き抜いた小林哥津こそが、「天賦の特性」を発揮し、穏やかな陽光を人々に注ぐ、まさに「太陽」のような人だったのかもしれません。

残念ながら、小林が訳したはずの『ニルス』についての記述は、娘理子の一文を除けば、誰の追想にも、日記にも見いだすことはできませんでした。しかし、彼女の足跡をたどっていくうちに、そんなことはどうでもよいことに思えてきました。芸術家小林清親を父とし、大正時代に明るい青春を送り、「この時代の若者のあらゆる動きを聡明な目に見つづけ」、その後も筆を絶つことなく美しい文章を紡ぎ、周りの人々を魅了し続けてきた小林哥津という人物が、若いころに『ニルス』を読み、邦訳書を出したことだけは確かなのです。

それにしても、英訳書からの重訳とはいえ、第二巻が大正中期に翻訳出版されたことは意義深いことです。生態系や環境保全の問題を扱った「犬と麋」（原作二二章）や「一寸法師と熊」（原作二八章）をはじめとして、現代にも通じる諸課題が散りばめられた第二巻を、哥津はどのように読んだのでしょうか。ぜひ文章に残してほしかった、晩年の哥津を知れば知るほど、そう思うのです。

4　千葉省三のその後

断筆後

千葉省三は「ニルスノバウケン」を〈幼年倶楽部〉に連載した以降も再話や翻案の連載を手がけましたが、一九四三年に新潟県に疎開したころから作品を発表することがほとんどなくなりました。

戦後ほどなくして刊行された講談社の『世界名作童話全集』には、『ニルスのふしぎな旅』（『ニルスの冒険』の再版・六巻、一九五〇年）、『ろばものがたり』（二四巻、一九五一年）、『エスキモーのふたご』（三六巻、一九五三年）といった作品が収載されました。これらは、戦前に千葉が〈童話〉や〈幼年倶楽部〉に連載したり、その後、単行本化されたりしたものです。

一九五八年、千葉は、戦前に移り住んだ新潟から東京の小平に転居します。このころから千葉の作品に対する再評価の声が上がり、一九六二年には『少年少女日本文学全集』第一一巻（講談社）に「坪田譲治・千葉省三集」として創作童話一九作品が収められ、一九六五年には小学一年の国語の教科書（光村図書）に『チックタック』（『チックとタック』と改題）が掲載されました。

さらに一九六七年には、長年にわたる児童文学への功績により第二回児童文化賞（モービル石油主宰）を受賞したほか『千葉省三童話全集（全六巻）』（岩崎書店）が刊行され、その翌年には、全集が第一五回サンケイ児童出版文化賞の大賞を受賞しています。

児童文学者で日本児童文学者協会長も務めた関英雄（一九一二～一九九六）は、千葉に関する出版物の解説のほとんどを書いています。関は千葉について、「日本近代児童文学史上の、屈指の作家」であり、「郷土童話とよばれる作品で、いきいきした真の子どもの像を描いた最初の作家」であると評しています。千葉の作品は、大まかに郷土童話、幼年童話、再話（翻案）、大衆児童読み物の四つに分類することができますが、やはり一般に高く評価されてきたのは郷土童話と幼年童話なのです。

書かずじまいに終わった

最初に親しんだ千葉の作品が「八犬伝」

千葉省三記念館（鹿沼市）の資料室

や「エスキモーの双生児の話」であると語る関は、そうした再話や翻案における千葉の才筆も認めていました。関は子どものころに〈童話〉の熱心な読者となり、その後も千葉を身近に見続け、彼が創作の筆を絶ってからも交流を続けていました。関は、千葉が心を許し、本音で語れる数少ない人物であったと言えます。

「昭和四十年代のはじめのある日」と言いますから、千葉作品への再評価が高まった時期のことです。千葉が次のように語ったと、関は記しています。[20]

むかし〈ニルスのふしぎな旅〉を読んで、スエーデンと同じように細長い日本列島の端から端まで、子どもが冒険旅行する話を書きたかったが、書かずじまいに終わった。

一九七五年、千葉はその生涯を閉じました。八三歳でした。千葉が六歳から二一歳まで過ごした栃木県鹿沼市楡木のコミュニティセンター内に千葉省三記念館があります。地域の人々によって月一回、この地を舞台にした千葉作品を影絵や紙芝居、朗読といった会が開かれるなど、千葉は郷土の童話作家として親しまれています。

年中無休の資料室には、千葉が愛用していた着物や机、本棚、著書などが展示されており、壁

(20)「解説―童心主義文学の光と影―」『日本児童文学大系一五』ほるぷ出版、一九七七年、四一二ページ。

面に掲げられた写真と解説文でその生涯をたどることができます。(21)

『ニルス』にかかわる展示はありませんが、大きく引き伸ばされた写真、晩年の柔和な千葉の笑顔を見ていると、関に語った「書きたかったなあ」という千葉のつぶやきが聞こえてくるようでした。

---

(21) 千葉の生涯については、安野静治「永遠の児童文学作家千葉省三の生涯と作品」『かぬま歴史と文化　鹿沼市史研究紀要六』二〇〇一年、八六〜一二七ページが詳しく、作品一覧も掲載されています。

第7章

完訳への道

初完訳書である香川鉄蔵・香川節訳『ニルスのふしぎな旅』(1982年)

読書は、かつて子どもの遊びの延長にありました。外で遊べない雨の日や、日が暮れてから絵本や外国の物語の世界に多くの子どもたちが浸ったものです。友だちと貸し借りをしたり、近所の本屋で立ち読みもしました。読書という行為は、学校や学習とは切り離された世界で自分を解放することでもあったのです。

しかし、やがて学校がその世界に足を踏み入れてきたことで、読書は学習活動に組み込まれてしまいました。ひょっとしたら、このころから読書というものを「面白くないもの」と多くの人が感じるようになったのかもしれません。たしかに、誰かに強要されて本を読んでも面白いとは思えません。

そのような状況のなか、一九六〇年代に急速に普及したテレビが、子どもたちの学校外の時間を占めるようになっていきました。本に代わって、子ども向けのドラマやアニメに誰もが夢中になったのです。

それとともに、本や教科書の世界も変貌しはじめました。世界名作文学全集のブームは去り、教科書で海外の古い名作を取り上げることが少なくなったのです。そうして、誰もが知る外国のお話という日本独特の伝統も次第に薄れていき、ほかの数々の翻訳児童文学と同様、いつのまにか『ニルス』は、子どもたちに読まれることのないお話になっていったのです。

ところが、『ニルス』が再び注目され、それが完訳の刊行につながる出来事が起こりました。

1　テレビアニメになった『ニルス』

名作アニメドラマシリーズ

一九七〇年代、民放テレビのアニメドラマで海外の児童文学の名作が取り上げられるようになり、フジテレビの名作アニメドラマシリーズからは、一九七四年の『アルプスの少女ハイジ』、一九七五年の『フランダースの犬』、一九七六年の『母をたずねて三千里』、そして一九七九年の『赤毛のアン』などのヒット作品が次々に生まれました。いずれも原作は、世界の名作として、かつて子どもたちを魅了した文学作品です。

一方、一九七〇年代は、合体・変形ロボットのアニメ作品が次から次へと生まれた時代でもあります。ロボットアニメは少年たちの心をつかみ、テレビアニメというブームが到来しました。

こうした民放のアニメブームを追う形で、ＮＨＫでもアニメ番組の放映がはじまりました。対象とした視聴層は、民放のアニメよりも少し高い小学校の高学年ぐらいでしょうか。第一作の『未来少年コナン』（一九七八年四月～一〇月）は日本アニメーションが制作し、宮崎駿が初めて監督したテレビアニメです。そして、第二作の『キャプテンフューチャー』（一九七八年一一月～一九七九年一二月）は東映動画による委託制作でした。

NHKのテレビアニメシリーズ『ニルス』

NHKのテレビアニメシリーズの第三作目が『ニルスのふしぎな旅』でした。ドイツ（当時は西ドイツ）の「ベータ・フィルム」と「学研」との合作で企画されたものです。つまり、最初から海外配給を前提としてつくられたアニメで、制作を学習研究社（現・学研ホールディングス）が担当しました。それまで、主に教材映画をつくってきた学研ですが、テレビアニメを手がけるのはこのときが初めてでした。

実際にアニメを制作した「スタジオぴえろ」(1)は、大手の「竜の子プロダクション」を飛び出して、フリーでアニメ演出をしていた布川ゆうじらが設立したばかりの制作会社で、第一号作品が『ニルス』となりました。

布川に誘われて参加した鳥海永行《とりうみひさゆき》（一九四一〜二〇〇九）の言葉を借りれば、「『ニルスのふしぎな旅』をつくるために設立された、理想だけでできた会社」(2)ということです。布川らのグループが演出と作画を手がけたドイツとの合作アニメ『みつばちマーヤの冒険（パート2）』の実績が買われて声がかかったのですが、言うなれば、『ニルス』をつくるために制作グループを会社組織にしたというのが「スタジオぴえろ」でした。そうして、作品の質を追求し、採算を度外視したアニメづくりがはじまったのです。

スタッフには、当時『科学忍者隊ガッチャマン』、『昆虫物語みなしごハッチ』、『マッハGoGoGo』などの大ヒットを次々に世に送り出していた、今日のアニメカルチャーの草分け的な顔ぶれが揃っています。総監督は鳥海永行、作画監督は岡田敏靖、美術監督は中村光毅、そして「竜の子プロ」を辞めた押井守もこれに加わりました。

このころ、ドイツ語や英語による『ニルス』の全訳がありましたが、日本語による全訳はまだなかったため、プロデューサーであった神保まつえ（学研）は、ドイツ児童文学の翻訳・再話を多数手がけていた文学者の植田敏郎（一九〇八〜一九九二）に依頼して、未邦訳箇所のあらすじも確認していきました。そして、北欧の大自然のイメージが『ニルス』と結び付いて構想が湧いたと言います。

テレビアニメ『ニルス』ができるまで

ここでは、テレビアニメ『ニルス』ができるまでを見ていきましょう[3]。

制作にあたっては、まずアメリカのクリエーターが原作をもとにして一話毎の大枠を企画立案し、それをベースに「ベータ・フィルム」と「学研」が詳細を検討し、それを「スタジオぴえろ」が脚本・演出をしてのアニメづくりとなりました。各社とも、スタッフの制作に対する意気込み

（1）現在の会社名は「株式会社ぴえろ」。

（2）「我が弟子・押井守について、作品について」〈キネマ旬報〉No1204、一九九六年、三一ページ。

（3）『アニメ大百科／ニルスのふしぎな旅（1・2）』（原正次、学習研究社、一九八〇年・一九八一年）やDVD附属冊子、および布川氏らへのインタビューによる。

は並々ならぬものがありました。

「スタジオぴえろ」の美術スタッフは、「学研」とともに当時としてはめずらしい取材旅行にまで出掛け、スコーネを皮切りにニルスの旅のルートを辿りました。一二日間に及んだ取材旅行の走行距離は約二〇〇〇キロに及んだと言います。自然の様子から、街や港の風景、家、城、生活道具をはじめとして目につくものはすべて写真に撮り、図鑑や地図などといった資料を収集したりしました。

制作プロデューサーの布川は、「アニメーターには動物の動きや表情に対する洞察力と動物への深い愛情を、背景を担当する美術スタッフには、北欧特有の自然を豊かな色彩で描く表現力を求めました(4)」と語っています。

一方、総監督の鳥海は、ストーリー主義全盛の当時にあって、「ニルスが出会う自然の息づかいを描きたい。枯れた草、水に流れる花びらの姿、通り過ぎる鳥や獣が、リズムをもって動きまわる。そこに生命がありドラマがある」として、「一コマ一コマが詩であるべきだと思う。忘れられているアニメの一ジャンルを切り開いてみたいのだ(5)」と述べています。

鳥の顔はキャラクター化されても、地上を歩く姿、飛び立つ姿勢、空を飛ぶ羽の動きはリアルであることにこだわりました。また、ニルスをはじめとする登場キャラクターのほとんどが小さいだけに画面を占める背景の割合が高くなるため、緻密で繊細な背景を描くことは時間も手間もかかるという大変な作業だったと言います。

「ただの背景から、見せる背景、劇的な背景を作る」ことに挑み、「画面はリアリズムは避け、抽象化を心がけましたが、特徴ある風物はなおざりにはできませんでした」(6)と言うプロデューサー神保の言葉は、ラーゲルレーヴが読本制作の依頼を受けたときに返答の手紙に記した、「話はフィクションになっても、地方の描写は本物に」という言葉を彷彿させます。

　こうして、国も組織も異なる数多くのスタッフがさまざまな立場から制作にかかわって、テレビアニメ『ニルスのふしぎな旅』はつくられました。原作に通底する自然観に対する制作スタッフの理解と共感が作品の完成度を高め、作品に強いメッセージをもたせたと言えます。

テレビアニメ『ニルス』のヒット

「ニルスのふしぎな旅」は、一九八〇年一月から翌一九八一年三月にかけて毎週金曜日の夜七時三〇分から八時までの三〇分という、いわゆるゴールデンタイムに放送されました。七時の「NHKニュース」が終わると、画面は太陽が昇る朝焼けの空の絵に切り替わり、「Nils,《ニルス！》… Come on《カモン》 Nils!《ニルス！》 Come on up!《カモナップ！》」というささやきが流れたあと、軽やかなテーマソングが流れてきました。

(4) 前掲注(3)の四一ページ。
(5) 前掲注(3)の四一ページ。
(6) デジタルサイト「TVシリーズニルスのふしぎな旅DVD-BOX」冊子、二〇〇二年。

Oh, come on up, Nils 旅に出かけよう　準備なんかいらない　春を探しに　空を行けば　初めて見るものばかり

作詞をしたのは奈良橋陽子、歌っていたのは、当時人気絶頂のロックバンド「ゴダイゴ」のボーカリスト、タケカワ・ユキヒデでした。

多くの視聴者にとって、この番組が初めて出合う『ニルス』でした。放送がはじまるとすぐに大評判となり、常時一五パーセントから一六パーセントの高視聴率を維持し、NHKのアニメシリーズ最大のヒット作となったのです。

放映開始後、アニメの原画を挿絵にした各回のあらましを鳥海が書いたテレビアニメブック『NHK完全放映版ニルスのふしぎな旅』（立風書房、一九八〇年）も三回シリーズで刊行され、テーマソングなどのレコードやカセットテープも発売されました。さらには、アニメのイラストを配した玩具や文具など、今でいうところのキャラクターグッズも発売されましたが、そのいずれもが飛ぶように売れました。

テレビアニメブックの表紙（1980年）

テレビメディアの発信力は書籍の比ではありません。アニメの放映がきっかけとなって『ニル

ス』が再び注目され、広く世に知られることになりました。そして、それまでの『ニルス』像を大きく塗り替えることになったのです。

原作とアニメ

テレビアニメは、極端に地理的な内容に特化した章は除いたものの、原作の五五章中三五章という、それまでのどの翻訳本よりも多くの章を取り上げていました。とくに、下巻の次の四話は、それまでの翻訳本では取り上げられることのなかった話です。

二一話「お天気魔女のいたずら」（原作二四章「ネルケで」）
三一話「森の妖怪」（原作四〇章「ヘルシングランドの一日」）
四一話「湖の火まつり」（原作三一章「ヴァールボリ祭りの夜」）
四六話「銀いろに光る海」（原作五〇章「銀色の海の幸」）

また、次に挙げた話を扱っているのは、香川鉄蔵が訳した二冊（一九四九年と一九五四年の作品）[7]だけです。

（7）　原作の二二章は、矢崎源九郎訳（一九五四年）でも取り上げています。

一九話「あまえん坊の子ジカ」（原作二二章「カルルと灰毛の話」）
二〇話「ヘビの仕かえし」（原作二二章「カルルと灰毛の話」）
二三話「大洪水　白鳥の湖」（原作三三章「洪水」）
二五話「空からの救えん隊」（原作三五章「ウプサラ」）
三〇話「焼きたてパンの味」（原作四二章「オンゲルマンランドの朝」）
三二話「危いニルス山火事だ」（原作四二章「オンゲルマンランドの朝」）
三五話「父をさがすガチョウ番の子」（原作四五章「ラップ人とともに」）
四〇話「オオカミのしゅうげき」（原作四七章「ヘリェダーレン地方の伝説」）
四四話「閉じこめられたバタキ」（原作三〇章「男の子の分け前」）

香川の訳書（一九五四年）の「解説」において、児童文学者の那須辰造（一九〇四〜一九七五）は、原作に描かれた「スウェーデンの地理や歴史や、風俗や人情や、風景や伝説など」の「たいせつな点」が、それまでの童話では「はぶかれていた」と記していました。このことについては第8章で詳しく触れますが、テレビアニメでは、これまで省かれてきた、あるいは表現できなかった地理的な描写やスウェーデンの風土、那須の言葉を借りれば「たいせつな点」が「映像」という形で表現されたと言えるでしょう。

たしかに、背景となる風景や植生、建物などがリアルで丁寧に描かれていました。内容は自然と人間とのかかわりに注目しており、次から次へと起こる出来事を通しての自然や動物との共存を強調したつくりは、原作に通底する思想につながるものとなっていました。

もう一つ、アニメはニルスを原作どおりの少年に戻しました。原作にはないキャラクターのハムスターについては賛否両論があるでしょうが、主人公のそばにいつもいる脇役はアニメには欠かせない存在であり、外せない愛すべき人気者になりました。

このアニメは、ドイツのテレビでも放映されています。制作においては、動物の表現やそれぞれの風習の違いなど、思わぬところで両国の文化の違いが理由で問題が発生したこともあったと言いますが、その後、ドイツばかりでなく多くの国々で放映され、好評を博しています。

ＮＨＫでの放送終了後、日本国内では地方局やＢＳなどで繰り返し再放送がされました。一方、学研はいくつかの回を16ミリフィルムやビデオで学校向けに販売しましたが、一般に出回ることはありませんでした。

2　完訳『ニルス』の刊行

親子二代による完訳刊行――香川鉄蔵・香川節訳『ニルスのふしぎな旅』

一九八二年、ついに完訳『ニルスのふしぎな旅』（偕成社）が出版されました。この出版によって原作の全容が明らかになり、原作に込められた真のメッセージが、ストレートに読者に届くようになったのです。

訳者は、香川鉄蔵と香川節の連名になっています。香川鉄蔵に関しては、ここまでに何度も登場しましたのでお分かりかと思います。香川節も、実は第3章に登場しています。一九三四年に鉄蔵が自費出版した『不思議な旅』は、一〇歳になった長男に読ませたいというのが出版動機の一つでした。その長男が節なのです。節は、大学で歴史学を修めたのちに東京で高校教員となり、歴史や地理を教える傍ら、独学でスウェーデン語を学んで鉄蔵を手助けしてきました。

全訳の出版を強く望んでいた鉄蔵ですが、その実現はかなわず、一九六八年に亡くなりました。節は遺稿をもとにして原書の初版本をあたり直し、文体を現代風に改めるなどして完成原稿に整えて出版を目指しました。しかし、海外児童文学の名作ブームがすでに過ぎ、実現には至らず、時だけが過ぎていきました。

ところが、一九八〇年の年明けにNHKでアニメドラマの放送がはじまって事態が一変したのです。三月には、初版が二〇年以上前という低学年向けの再話『ニルスのふしぎなたび』（中条顕・絵、山田琴子・文、日本書房、小学文庫）が再版されたほか、山室静訳の『ニルスのふしぎなたび』（高野紀子・絵、少年少女講談社文庫）が出版されました。続いて、前述したように、立風書房からテレビ放送に合わせたアニメブックも発行されました。

このような状況の変化を受けて、香川節は再び完訳出版の意を強くし、児童書出版の大手である偕成社に完訳原稿を持ち込みました。偕成社は出版を即決し、初完訳の刊行となったのです。文体が現代風に書き改められ、日本の子どもたちには分かりにくいスウェーデン特有の事項については注釈が付けられたほか、「あとがき」では、本書の成立経緯や原作者について丁寧な解説が記されました。

完訳『ニルスのふしぎな旅』は四分冊で出版されました。出版当時、香川は取材に対して次のように語っています。(8)

「ラーゲルレーヴが、八〇年近くも前にこの本のなかで、自然破壊に対して警告を発しているのには驚きます。自然保護が叫ばれるいま、多くの人にほんものの『ニルス』を読んでほしい、自然や生きものを愛する心を『ニルス』から感じてもらえればと思います」

香川節は、その後もラーゲルレーヴやスウェーデン文化や歴史の研究に携わるとともに、地元の多摩で二〇年以上にわたって『ニルス』の読書会を主催するなど、九〇歳を超えてなお、ニルスやスウェーデンについての理解と普及に尽力してきました。(9) 初版から三五年余り、親子二代による完訳『ニルス』は、今なお店頭に並ぶロングセラーとなっています。

(8)〈アサヒタウンズ〉一九八三年四月二日付。
(9)窪田空穂系の柳瀬竜治《やなせとめじ》が一九二九年に創刊した「短歌草原」の編集発行を続けるなど、香川節は歌人としても長らく活動しています。

原作一〇〇周年――新完訳となる菱木晃子訳『ニルスのふしぎな旅』

ラーゲルレーヴの原作が誕生してから一〇〇年、香川鉄蔵・節訳による完訳出版から四半世紀経った二〇〇七年、児童文学翻訳家の菱木晃子による新完訳『ニルスのふしぎな旅』（上下巻）が福音館書店から出版されました。

一九六七年に配本がはじまった福音館の古典童話シリーズは、内外の古典的児童文学作品の全訳で、挿絵は原書初版のものを使うことを原則としています。『ニルス』も、挿絵は一九三一年版のリーベックのものが使用されています。さすがに原作の五五章は一冊には収まらず、各五〇〇ページ以上からなる上下巻での出版となりました。

菱木は、スウェーデン法の研究者である父、菱木昭八朗（一九二九～二〇〇四）の影響もあり、幼いころからベスコフ（Elsa Beskow, 1874～1952）やリンドグレーンなどが著したスウェーデンの絵本や児童文学に親しん

菱木晃子訳（2007年）の表紙

できました。そして、大学在学中にスウェーデンを訪れたことがきっかけで、児童書の翻訳家を志すようになったそうです。

大学を卒業してから、菱木はウプサラでスウェーデン語を学びました。翻訳を仕事とするようになったのは二〇代後半になってからで、スウェーデンを中心とする北欧の絵本や児童書の翻訳を多数手掛け、北欧の児童文学を紹介するための講演会活動も積極的に行っています。

『ニルス』との最初の出合いは、小学校一、二年のころ、父親がスウェーデンで買ってきてくれた写真絵本だったそうです。一九六二年、あの崎田少年が現地で観た実写版映画『ニルス』をもとにしてつくられた大判の絵本です。ニルスが空から眺めた景色の写真もふんだんに盛り込まれ、眺めているだけで楽しかったことを今も覚えていると言います。

原作誕生一〇〇周年を記念して、『ニルス』新完訳の依頼を出版社から受けた菱木は、八年の歳月をかけて訳を完成させました。ほかの本の翻訳もしながら、合間をぬってスウェーデンに出掛け、『ニルス』に描かれた各地を取材したうえで翻訳にあたりました。

菱木訳の絵本など児童書に親しんできた若い母親世代のなかには、この本が『ニルス』との

映画になった『ニルス』の写真絵本（1962年）の表紙。雪山はケブネカイセ山

初めての出会いというケースも少なくありません。翻訳児童文学者として名高い菱木の優しい文体と、一六〇枚にも及ぶリーベックの美しい挿絵からなるこの新完訳『ニルス』によって、原作一〇〇周年を機に『ニルス』の読者層は新たな広がりを見せています。

菱木訳の『ニルス』は、二〇〇八年に「児童福祉文化財特別推薦作品」（厚生労働省社会保障審議会）に選ばれました。そのほかにも、翻訳や児童書にかかわる多数の賞を受賞しています。また、二〇〇九年には、長年にわたるスウェーデン文化の普及への貢献に対して、スウェーデンから歴史ある北極星勲章が菱木に授与されました。

『ニルスが出会った物語』シリーズ

二〇一二年には、菱木訳を出版した偕成社から、『ニルス』のなかから六つの話を取り上げて、独立した話として絵物語『ニルスが出会った物語』シリーズが出版されました。古典童話シリーズとして出版した完訳書では、「あまり分厚い本に慣れていない読者は、見ただけで腰が引けてしまうかも」知れず、「より多くの方たちにニルスのお話に触れてもらえることを願って」企画したと言います。

菱木は、挿絵を担当した画家の平澤朋子、そして編集者とともに、どの話を絵物語にするのかについて協議を重ね、以下の六つの話を選びました。

・『まぼろしの町』（原作一四章「二つの都」）
・『巨人と勇士トール』（原作四六章「南へ南へ」）
・『風の魔女カイサ』（原作二四章「ネルケで」）
・『クマと製鉄所』（原作二八章「製鉄所」）
・『ストックホルム』（原作三七章「ストックホルム」）
・『ワシのゴルゴ』（原作三八章「ワシのゴルゴ」）。

伝説や神話をベースにした話もあれば、当時の国王や実際にある製鉄所の町が登場する話もあります。いずれも、『ニルス』のストーリーそのものには直接かかわってこない話です。どちらかといえば、ニルスは脇役となっているほか、なかにはニルスが聞いた話としてニルス自身が登場しないものもあります。

なお、二〇一一年には山崎陽子訳で『ニルスの旅――スウェーデン初等地理読本』（プレスポート）が刊行されています。実は、原作ではスウェーデンの全地方のなかで唯一取り上げられて

『ニルスが出会った物語シリーズ3』（菱木晃子訳／構成、平澤朋子・画、2012年）の表紙

いない地方がありました。ニルスの故郷スコーネの北に位置するハランド地方です。ほかの地方はそれぞれ章を設けてそこを舞台とした創作をしていますが、ハランド地方については「ハランズオースの尾根の上を飛んでスコーネに入った」と記すだけで、地方として取り上げていませんでした。

出版後に指摘を受けたラーゲルレーヴは、一九一〇年、『スウェーデン観光協会年報』に「ハランド物語」を追録しました。山崎はこれを訳出し、「補遺：ハランド物語」として訳書に収載しています。

第8章

ほんとうの『ニルスのふしぎな旅』

麦を刈りとったあとの農村風景（スコーネ）

1 日本人には分かりにくいところ？ でも、ほんとうは大切なところ

訳されてこなかった話

初訳からこの一〇〇年の間にいくつもの『ニルス』が日本で誕生したことをふりかえりました。原作全五五章のうち、第一巻に入る二一章までは戦前に全訳され、戦後も比較的多くの章が訳されてきましたが、第二巻に入る二二章以降については、完訳版が出るまで長い間一部の章しか取り上げられず、また章として取り上げられても、その一部を訳した抄訳が少なくありませんでした。

いったい、どのような内容が、どういう理由で訳されてこなかったのでしょうか。それを知る手がかりとして、前章で取り上げたさまざまな『ニルス』の「はしがき」を見てみることにしましょう。たとえば、戦後の直訳第一号となった『ニールスの不思議な旅』（一九四九年）では、共訳者の一人である山室静が次のように書いています。

何分にも厚い本二冊の長い作ですから、そっくりそのまま訳すと、この本くらいのページ数の本なら三冊にしても収めきれないくらいになってしまうのには困りました。ところが、何しろスエーデンの子供を相手にして書かれた本ですから、日本人にはちょっと興味の少い部分も

ところどころにあるのを幸い、それを除いて、まず二冊に収めることにしました。全訳と言えないのは残念ですが、それはまた追って必ず出しますから、まずこれを読んで、どうしてもラーゲルレーヴさんの書いたままの全体を読みたいという方は、その時を待って下さい。しかし、いくらか書きちぢめたために、ずっと読みやすく、いっそう面白い本になっていることは保証します。いまはこれで満足して下さい。

ほかの訳者も、「スウェーデンの歴史や風俗などで、日本のみなさんにはわかりにくいところや、おもしろくないところ」（矢崎）、「その国らしいこまかなところ」（浜田）、「大筋とあまり関係のない、またわが国の読者には親しみにくいと思われるような、スウェーデン国の歴史や伝統に関するこまかい話」（石丸）、「途中で聞いた郷土伝説や、いろいろ見たり、聞いたりしたこと」（香川鉄蔵）など、省いた箇所について説明をしています。そもそも、子どもが読むものとしては長編であるため、スウェーデンの歴史や地理、伝説など、ストーリー展開にはあまり関係しないものは省いたというわけです。

では、ほかの国ではどうだったのでしょうか。世界中でもっとも読まれている『ニルス』は、ハワードによる英訳版『ニルス』です。スウェーデンで『ニルス』が出版されて間を置かずにハワードが英訳して出版することがなければ、翻訳者が少ないスウェーデン語で書かれた『ニルス』が短い期間に何十もの言語に訳されて世界中に広まることはなかったでしょう。しかし、第５章で触れたように、そのハワード訳の第二巻も、実は全訳ではありませんでした。英訳初版（一九一一年）の「はしがき」には次のように記されています。

Further Adventure of Nils のスウェーデン語原書において、純粋に地理的な事柄のいくつかは英語版では削除しています。

特定の章を切り取り、章の一部を省略する際、著者から大きな助けを受けました。また、著者の承認を得て、単に地域に関する説明的な記述はカットしました。しかし、ストーリー自体はそのままです。

著者というのは原作者であるラーゲルレーヴのことです。つまり、割愛箇所はラーゲルレーヴに相談し、許可を得ているということです。ハワードによる英訳書の冒頭に掲げられたこの文章によって、彼が訳出した箇所が『ニルス』を翻訳するうえにおいて世界標準になったと考えられます。

日本では、香川や矢崎、山室をはじめとしてスウェーデン語からの直訳が出版されてきましたが、やはりこのハワードによる英訳版が日本における『ニルス』にも少なからず影響を与えてきたと思われます。先ほど挙げた「はしがき」に書かれた訳者らの説明も、ハワードのこの一文を根拠としているとすれば合点がいきます。

ラーゲルレーヴは、スウェーデンの子どもたちを対象にした「スウェーデンの外には出ていかない本」として『ニルス』を書きましたから、同書の狙いの一つである国土理解にかかわる箇所は、海外の読者からすれば必ずしも必要ではないと考えたのかもしれません。しかし、ほんとうにそうでしょうか。

省かれた「たいせつな点」

完訳版が出版されるまでに発行されていた数ある日本版『ニルス』のなかで、もっとも多くの章を取り上げたのは、一九五四年に出版された講談社版の『ニルスのふしぎな旅行』です。

巻頭に置かれた「この物語について」で訳者の香川は、ニルスが「旅行《りょこう》のさきざきの地理《ちり》・風《ふう》俗《ぞく》・産業《さんぎょう》などを、まのあたりに見《み》るにつけ、知識欲がさかんになって」いくことについて触れています。

この作品では、それまで訳出されていなかった第二巻の章が多数加えられているほか、独立した章として取り上げていない箇所についても要点が盛り込まれています。また、地名を挙げて地理的な描写が丁寧に訳されるとともに、ストーリーにはあまり関係しない各地の産業や人々の暮らしなどが新たに訳出されています。

この本の「解説」で、児童文学者の那須辰造が次のように書いています。

「ニルスのふしぎな旅行《りょこう》」は、童話《どうわ》ふうな物語《ものがたり》ですが、長《なが》さの点《てん》でも内容《ないよう》の点《てん》でも幼《おさな》い子どものために作《つく》られた童話ではないのです。たぶんみなさんがこれまで読《よ》んだ「ニルスの旅《たび》」は、幼児《ようじ》向《む》きに作りかえられたものだったのです。（三一六ページ）

那須は、話の舞台となるスウェーデンの地域性や北欧神話などに触れたうえで、さらに次のように書いています。

この「ニルスのふしぎな旅行《りょこう》」は、あるときスウェーデンの教育会《きょういくかい》から課外読物《かがいよみもの》を作《つく》ってほしいとたのまれて、スウェーデンの少年少女《しょうねんしょうじょ》のために書《か》いたのです。ニルスが南《みなみ》から北《きた》へ飛《と》んでいく間《あいだ》に、スウェーデンの地理《ちり》や歴史《れきし》や、風俗《ふうぞく》や人情《にんじょう》や、風景《ふうけい》や伝説《でんせつ》などいろいろなことがわかるように仕組《しく》まれています。みなさんがこれまで童話《どうわ》として読《よ》んだ「ニルスの旅《たび》」では、そういうたいせつな点《てん》がはぶかれていたのです。（三二二ページ）

繰り返しますが、『ニルス』はスウェーデンの国民学校用の読本として書かれました。執筆の依頼を受けた際、返事の手紙にラーゲルレーヴは、「子どもたちが十分に知るべき最初のものは、自分たちの国である」と書きました。那須が言う「たいせつな点」とは、「スウェーデンの地理や歴史や、風俗や人情、風景や伝説など」と読めますし、それらはラーゲルレーヴの言う「自分となるのです。

しかし、スウェーデンという国についての知識は、ほかの国の子どもたちにとってはそれほど「たいせつな点」とは言えません。だから、「その国らしいこまかなところ」は「日本のみなさん」には「わかりにくいところ」とか「おもしろくないところ」として省かれてきたわけです。無理からぬこと、とも言えます。

ただ単にラーゲルレーヴは、「スウェーデンの地理や歴史や、風俗や人情、風景や伝説」を知識として伝えることに価値を置いたわけではありません。それらに、自然や動物と人間社会とのあり方といった問題や、自然界のシステムといった普遍的な概念を織り込んでいるのです。それこそが、那須が言うほんとうに「たいせつな点」となります。

こうした概念的なことは抽象的な話では心に伝わりませんし、具体的な話をともなわないと腑に落ちないものです。香川が可能なかぎり原作に忠実な翻訳出版を目指したのも、そのことを理解していたからだと思います。

『ニルス』原書に掲載された写真「ルール川と森林」

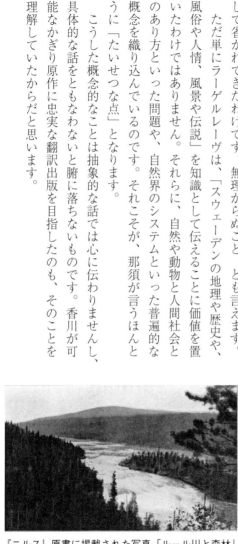

2 ラーゲルレーヴの手紙

国民学校の新しい読本づくりへの協力依頼に対して、ラーゲルレーヴが長い返事を書いたことはこれまでに繰り返し触れてきました。『ニルス』の根幹となるものは、その手紙にすべて記されており、その文面から読本への思いの強さが伝わってきます。改めて、詳しく見ていくことにしましょう(1)。

私は、子どもが新鮮で生き生きとした知識に触れ、知る必要がある第一のものは何か、と問いかけました。そして、子どもたちが十分に知るべき最初のものは、自分たちの国である、というのがその答えでした。……（中略）……今こそ、地図に命を吹き込み、子どもたちの想像力のために、森や湖、畑や牧草地、村、お城、農場、町で地図を満たすのです。ここが出発点であり、しっかりとした土台であると私は言いたいのです。

私は、地方ごとにラプランドの人々からスコーネの人々まで国全体の描写をしたいと考えています。動物や植物も取り上げますが、その地方でもっとも典型的だと思われるものにします。九歳の子どもが分かるように、鉱山、森、漁業、狩猟、木材運搬、農場、もちろん工場、都市、これらすべてにおける生活を取り上げるべきです。すべての都市を取り上げることはできませんから、いくつかの典型的な都市を選びます。歴史的な関心が寄せられている場所や、現在力強く栄えている場所も忘れてはいけません。

序章で述べたように、スウェーデンには、古くから「ランドスカープ」という伝統的な地方のまとまりがあります。ラーゲルレーヴが「地方ごとに」という「地方」とは、「ラプランド」や「スコーネ」などといったランドスカープを指しており、これ自体は当時のスウェーデンにとっても目新しいことではありません。しかし、従来のような自然と地名と産業を羅列したような平板な地誌とは異なることを強調しているのです。さらに、次のように述べていることが、従来の読本とはまったく異なる点となります。

これでは、まるで描写だけで成り立つ本になるように聞こえるかもしれません。しかし、それはまったくもって私の意図するところではありません。私は、それが本物の面白くて楽しい読み物になるようにしたいのです。つまり、私は地方ごとの小さなお話を通して国全体を描けるようにしたいのです。多くの地域の伝説や民謡から、漁師や船長から、歴史や自然科学から、

(1)　ラーゲルレーヴが送付した書簡集 *Selma Lagerlof Brev1*, Gleerups（一九六九年）、一九〇一年一一月二二日付書簡。

詩人や小説家から、あらゆる小さな話を頼りにしたいと考えています。しかし、どれも特定の地方、特定の場所に関係しており、事実を含んでいなければなりません。話がフィクションになっても、地方の描写は本物でなくてはなりません。

私は、ただしっかりとした出発点をもちたいだけなのです。それは、子どもたちに自分の国を知ってもらうということなのです。……祖国への愛と関心、自分の国についての親しみと美しいイメージを子どもたちに与えたいのです。

私は自分のあらゆる創作力と知識を必要とし、それはこれまでにない厳しい試練となるでしょう。私は、この本を自分の最高の一冊にしたいのです。

この手紙をラーゲルレーヴが書いた時点では、彼女の念頭に主人公のニルスもなければ、空を飛んで旅するという構想もありませんでした。しかし、読本としての本質はすでに完成していると言えるでしょう。

「子どもたちの十分に知るべき最初のものは、自分たちの国である」とまず力強く言い切り、具体的には、「地方毎の小さなお話を通して国全体」を描くことを挙げ、そこに暮らす普通の人びとを描くことの重要性を強調しています。すべてが「特定の地方、特定の場所に関係しており、事実を含んでいる」ことが大切であるとし、物語という形式を取りながらも、中身は実在の場所での事実に基づくという点で、いわゆる童話とは明確に区別されているのです。

子どもは、具体的な出来事からしか学びません。それが事実なのか、つくりごとなのか、ということは問題ではありません。子どもは、ワクワクしたり、ドキドキしたいだけなのです。肝心なことは、感情が揺さぶられるかどうか、ということです。ですから、事実や法則、教訓をただ並べ立てても、外国の歌やお経のようにしか感じないのです。仮に覚えることができても、そこには学びがないのです。

しかし、ラーゲルレーヴの手にかかれば事実と空想の世界との境目が消え、丸ごと物語となります。子どもたちは想像力を働かせて物語の世界に浸り、知らず知らずのうちに過去や現在、見知らぬ土地、そして自分以外の人々や動物たちに思いをめぐらせるのです。

感情をともなうこうした体験は、たとえそれが物語の世界のことであったとしても現実の体験に劣らぬ経験となり、そこで得た知見は知恵となります。ラーゲルレーヴがほんとうの『ニルスのふしぎな旅』において、「いつ」と「どこ」にこだわった理由はもうお分かりでしょう。

『ニルス』原書に掲載された写真「キュッラベリの岩壁」

3 『ニルス』に込められた想い

新読本の狙い

『ニルス』が書かれたのは二〇世紀の初頭です。当時のスウェーデンは、あらゆる面で近代化のただ中にあり、農業社会から工業社会への転換期でした。急激に増加する人口を賄うことができない農村を出て都市へ向かった人もいれば、夢を抱いて海を渡り、大陸ヨーロッパや遠くはアメリカへと人口の流動がはじまったときでもあります。

一方、誰も向かう者がいない北部には、手つかずの森林や無尽蔵の鉄が地中に眠っていました。ダイナマイトが発明されたことで開発が可能となりましたが、その開発には大量の労働力が必要とされました。

近代国家の形成期におけるスウェーデンにとって喫緊《きっきん》の課題となったのは、都市や国外への人口流出に歯止めをかけ、地方や農業を維持しつつ、未開の北部開発を進めていくことでした。そのためには、荒涼とした国土のイメージを払拭し、北部を含めて、スウェーデンの国土が希望と可能性に満ちたものであるという国土観への転換が必要だったのです。

学校教育においても、その使命、すなわち子どもたちに新しいスウェーデンの国土像をもたせ、郷土を愛するよき市民、国土を愛するよき国民としての自覚と誇りを育てることが求められました。国民学校教員協会の読本委員会がつくろうとした新しい読本も、スウェーデンの地理や歴史に対する理解を深めることを通して、子どもたちに祖国への親しみと関心、そして未来への明るいイメージをもたせることが一つの狙いとなっていたのです。

可能性を秘めた北の大地

読本委員会による当初の計画では、物語は北からスタートして南下していくはずでした。しかし、ラーゲルレーヴは、主人公ニルスの故郷をスウェーデン最南部のスコーネ地方のなかでも最南端のスミーエ岬にほど近い実在の西ヴエンメンへーイ村に設定し、そこを旅の出発地点として選びました。

スコーネ地方は比較的気候も温暖で、スウェーデンでも数少ない穀倉地帯が広がっている地域です。ニルスには、故郷のスコーネがスウェーデンで一番豊かであり、北部は何もない貧しい辺境というイメージしかありませんでした。しかし、旅を通して、北部の森林や地下に眠る資源、豊かな水をたたえて流れる川があることを知ります。そして、

『ニルス』原書に掲載された写真「イェリヴァレの鉱山入口」

谷間や川沿い、森の中に突如として現れる、空から見ると宝石のような村と、そこで暮らす誇り高き人々に出会ったことで、北部が可能性を秘めた豊かな大地であることを知るのです。

さらに、各地で伝統と最新技術とを組み合わせて、新しい産業が興りつつあることを目の当たりにしました。

開発か保全か

祖国への愛と関心を高めるという委員会の意図にラーゲルレーヴも共感し、受け入れました。ただ、彼女の想いはそれだけにとどまりませんでした。当時、問題になっていた移民や出稼ぎといった社会問題、さらには、当時においては社会問題として意識されていなかった環境問題にも目を向けています。

たとえば、湖の干拓派であった農家の幼子が行方不明となり、飼い犬と水鳥たちが助けるという話（原作一九章「大きな鳥の湖」）があります。実は、その舞台となってい

現在のトーケルン湖

自然保護区域になっているトーケルン湖のパンフレット

るトーケルン湖は、一九世紀中頃から幾度となく干拓が試みられ、一部は耕地化されたもののうまくいかず、結果的には湖の大半が残され、今では有数の鳥の楽園となっている場所なのです。

蛾の幼虫が大発生したことによって森が壊滅の危機に瀕した事件（原作二二章「カルルと灰毛の話」）も、実際にあった話です。もちろん、その原因が「ヘラジカにつれあいを踏み殺されたヘビの仕返し」というのはラーゲルレーヴの創作です。「平和の森」と名づけられたコールモルデンの森の一部は、その後、人間が手を加えることなく守られ、現在もその姿が保たれています。

当時、製鉄所は、富と科学と合理性をあわせもった、近代社会の先鋒を務める象徴的な存在でした。その製鉄所を舞台にして、クマとニルスとの緊迫感あふれる対決のなかに製鉄のプロセスを見事に組み入れた話（原作二八章「製鉄所」）には、近代化と環境保全との間に揺れるラーゲルレーヴの苦悩が表れています。ちなみに、話

世界遺産に指定されたエンゲルスベリー製鉄所

同じ施設を描いたリーベックによる挿絵（1931年）

の舞台になったベリイスラーゲルナ鉱山地帯のエンゲルスベリー製鉄所は、一九九三年にユネスコの世界遺産に登録されています。

このほかにも、『ニルス』に登場するさまざまな場所が世界遺産に登録されています。ファールンの大銅山地域（二〇〇一年）、ハンザ同盟都市ヴィスビー（一九九五年）、カールスクローナ軍港（一九九八年）、エーランド南部の農業景観（二〇〇〇年）などです。ラーゲルレーヴの目の確かさには、ただただ驚くばかりです。

4 ラーゲルレーヴはどのようにして『ニルス』を書いたのか

ところで、ラーゲルレーヴは『ニルス』をどのようにして書いたのでしょうか。これまでに述べたように、『ニルス』にはスウェーデン各地の様子がくまなく描かれています。想像力だけで、あのように生き生きした空からの景観描写ができるのでしょうか。創作力だけで、北から南まで国中のさまざまな出来事を、その場に居合わせたかのように書き表すことができるのでしょうか。それとも、自動車も飛行機も実用化されていない時代に、国内各地を自ら取材して回ったのでしょうか。

取り交わされた契約書

謎を解く鍵が、ラーゲルレーヴと読本委員会との間で取り交わされた契約書にあります。その第一条には「著者が手紙に書いた計画によって進める」とあり、第二条には「委員会のメンバーが発行者になる」ことが記されています。そして第三条には、次のように記されていました。

「発行者は資料を集めて著者に提供すること。これらの資料は、海外の文献、スウェーデンの物語のリスト、古い神話や歌、まだ記録されていない出来事、人や生業の詳細な説明などの話は国内の各地域から集めること」

つまり、執筆にあたって必要とされる情報や資料を、委員会がラーゲルレーヴに提供するということです。

委員会はまず、スウェーデンの地理や歴史、伝説、民話、動植物などに関する膨大な文献リストをラーゲルレーヴに送りました。とくに、動物や植物のことに関しては、こうした書物で一《いち》から学んだと言います。

「自分たちの国を知ろう」――スウェーデン観光協会年報

地方の記述において活用したと思われる文献の一つが『スウェーデン観光協会年報（*Svenska Turistföreningens Årsskrift*）（以下『年報』）です。スウェーデン観光協会は、「自分たちの国を知ろう」をスローガンに掲げて、学者らが研究者や学生に呼びかけて一八八四年に結成されました。協会が毎年発行する『年報』には、国内各地に関する紀行文や人々の暮らしや自然などについての随筆などが掲載されており、一冊約四五〇ページ、口絵や写真も多数入るという豪華本でした。

　協会のスローガンである「自分たちの国を知ろう」というのは、それまで未知であった、あるいは関心の外にあったスウェーデンという国を意識し、自らがスウェーデン国民であることを自覚しはじめた人びとの想いであり、生活圏を越えた非日常の世界に目が向きはじめた人びとの声でもありました。

　観光書というよりは、教養書として多数の読者を得たと思われます。ラーゲルレーヴはもともと『年報』の愛読者でした。とくに、掲載された各地の景観写真は、ラーゲルレーヴの想像力をかきたてるのには十分な資料となったことでしょう。

　学校用の『ニルス』に写真が多く入っていたことは第5章でも触れましたが、『年報』に掲載されていた写真が地方の景観描写のヒントになったとも考えられます。実際、『年報』から転載された写真もありました。

　ほかにも、地図類が空から眺めるという記述のもとになりました。たとえば、ヘルシングラン

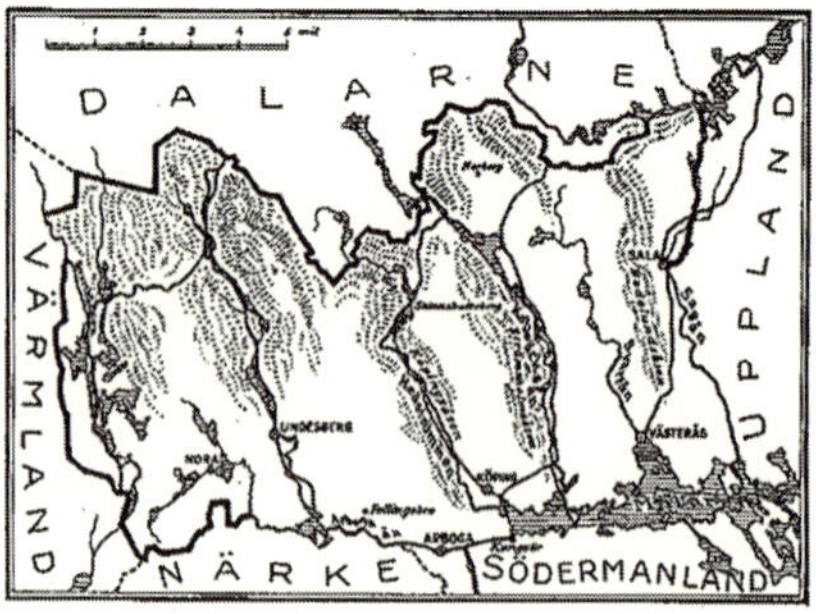

ヴェストマンランドの地図（出典：*HANDBOK till Nils*, 1918）

ド地方を「葉っぱ」に見立てて谷間を「葉脈」にたとえている箇所や（原作四〇章「ヘルシングランドの一日」）、谷と尾根が幾筋も並ぶヴェストマンランド地方を縞模様の「お母さんの上っ張りみたい」（原作二六章「財産の分配」）とニルスに言わせたのは、その地方の地図を眺めながら思い浮かんだラーゲルレーヴ自身のつぶやきなのかもしれません。

まだ記録されていない出来事の収集

読本委員会からの情報提供においてラーゲルレーヴが一番期待していたのは、「まだ記録されていない出来事」でした。それらを収集するために、一九〇二年夏、読本委員会は各地の会員、すなわち誰よりも新しい読本の発行を熱望していた教員らに依頼しました。

> この本のなかでは、わが国の自然、動物の世界と人々の生活の具体例を取り上げます。目的の一つは、これらの話をできるかぎりありのまま表現することであり、そのためには新しい材料を現地から得るしかありません。そこでみなさんには、詳しい知識をもつ分野を選んで、それについての詳細な報告をしてほしいのです。たとえば、自分で経験したことや見たことや、聞いたことなどです。
>
> 現在、実際に見られることはとくに重要です。……各自、もっとも関心のある分野を選び、そして、その地域の特徴であると思われることを提供してください。

そうして、「北部での穀物栽培、林業者の一日、クマやオオカミとの戦い、サーメと開拓者との関係、各地方の生活や気質を表しているような人物、その地域ならではの不思議な出来事」など、ラーゲルレーヴが挙げた二〇項目に関連する情報が各地の教員から彼女のもとに寄せられました。

収集された情報は、各教員が「自分で経験したことや見たこと、聞いたこと」ばかりです。これらの地域情報が『ニルス』の内容に反映され、それまでに文字化されていなかった伝承、民話や実話が掘り起こされ、『ニルス』のなかに違和感なく組み込まれたのです。

たとえば、子どもや孫らがアメリカに移住したまま帰ってこず、貧しい農家の老婦人が一人きりで息を引き取るという話（原作一七章「農家のおばあさん」）があります。今で言うところの「孤独死」です。当時、この話の舞台となったスモーランド地方をはじめとして、土地が痩せて農業が成り立たない地方では、若い人を中心に都市や国外に出ていく人が後を絶たないという状況が続いていたのです。

また、ストックホルムに出稼ぎに出た若いころから結婚後の今日までの暮らしについて語るダーラナ地方の老婦人の話（原作三一章「ヴァールボリイ祭りの夜」）などは、年月やストックホルムでの住所、給料の額までが詳細に記されています。

これらの話が、各地の教員らが実在する人物から収集したものであり、それらをもとにして話が創作されたとすると、すんなり納得することができます。

自ら調査旅行へ

ラーゲルレーヴは想像性の豊かな物語を書いていますが、その一方で徹底的な取材を行い、事実に基づいて書くというタイプの作家でもありました。『ニルス』の前に書き上げ、彼女の地位を不動のものとした『エルサレム』は、実際の旅行での見聞をもとにして書かれた作品です。

もちろん、『ニルス』を書くにおいても取材旅行に出掛けています。一九〇三年にはスウェーデン南部を、一九〇四年夏には北部を旅しました。とくに、北部への旅行は六週間にも及びました。当時住んでいたファールンから列車で北に向かい、ウメオからキルナを経てノルウェーのナルビクまで足を延ばしました。帰路には、ラプランドのアビスコに三日間滞在して、原野の自然に触れ、先住民族であるサーメ人にも接しています。

このアビスコにあるケブネカイセ山を目指してニルスはガンの群れとともに北へ旅し、夏をこの地で過ごします。北極圏の自然や建設中の鉱山都市のことは、書物や人の話だけでは満足することができず、鉄道が開通するのを待って自ら出掛けたのかもしれません。刻々と変化する建設途上のキルナの鉱山町や北の大地の様子（原作四四章「ガチョウ番のオーサと弟マッツ」、原作四五章「ラップ人とともに」ほか）などは、実際に自分の目で見て感じたからこそ書けた描写と言えます。

地図や写真はニルスが見た上空からの眺めとなり、文献で得た動植物に関する知識は、物語にさまざまな野生動物を登場させ、景観描写として地域の樹木や草花を加えました。教員たちから集めた各地の実在人物のライフヒストリーは老女や農夫による「語り」となり、自らの経験や現地調査で見聞きしたことは、幼い少女の体験やニルスの見聞として再現されました。これら出所の異なる一つ一つの事実は、彼女の想像力と創作力とによってフィクションに変異し、オリジナルの物語『ニルスのふしぎな旅』が誕生したのです。

自然と人間が共生する新しい国土像

ラーゲルレーヴは、最初の手紙で「子どもたちが知るべき最初のものは、自分たちの国である」と明言しました。「知るべき」は、「自分たちの国」を構成する大地のありよう、そして、それぞれの土地で生きる人びとの誠実でひたむきな生き様と言えます。急激に進む近代化を、彼女は諸手を挙げて礼賛《らいさん》していたわけではありません。新たな産業の発展や地域開発によって自然や各地の伝統や地域性が損なわれることに、強い危機感を抱いていたのです。

近代国家が求める新しい国土像の形成という要請を、ラーゲルレーヴは「地域の個性の尊重と地方の多様性の受容」、そして「自然と人間との共生」と読み替え、それらを根幹にして事実を描写しつつ、子どもたちの想像力を高めるフィクションでそれらを包んで物語としてつなぎました。事実と科学に裏付けられ、丁寧に描かれた物語は、結果として国土と郷土に対する認識を高め、生きとし生けるものと、それらを育む大地への愛と畏敬を抱かせる読本となりました。

スウェーデンの旅を終えて故郷に戻ったニルス、別れが近いことをまだ知らないニルス、そんなニルスにガンの群れの隊長アッカが、「あんたに話しておかなければならなかったこと」と前置きして、言葉を続けています。(2)

あんたがわたしの生活《せいかつ》で、なにかよいことをおぼえたとしたらだね、人間《にんげん》はこの世《よ》の中《なか》に自《じ》分《ぶん》たちだけで暮《く》らしているのだと思《おも》ってはいけないと考えるだろうね。あんたがたは大《おお》きな土《と》地《ち》をもっているのだから、すこしばかりのはだかの岩礁《がんしょう》や、沼《ぬま》や、湿地《しっち》、さびしい山《やま》や、遠《とお》くの森《もり》などを、わたしたちのような貧《まず》しい鳥《とり》や獣《けもの》が安心《あんしん》していられるように、わたしたちにわけてくれることは、じゅうぶんできるのだ、ということを考《かんが》えてもらいたいのだよ。

旅を導いてきたアッカの言葉には、ラーゲルレーヴの想いが表れています。ラーゲルレーヴが『ニルス』を通して一番子どもたちに考えて欲しいこと、それは「あんたに話しておかなければならなかった」このことではないでしょうか。製鉄所とクマの対立、「平和の森」における蛾の大発生、トーケルン湖の干拓計画など、それぞれテーマ性のある独立した話ですが、いずれもこのアッカの言葉につながっていると言えます。動物と人間との共生、言い換えれば、自然と人間との共生が『ニルス』に込められた最大のテーマなのです。

（2）香川鉄蔵・節訳『ニルスのふしぎな旅（4）』偕成社文庫、二四八ページ。

そして、ラーゲルレーヴのもう一つのテーマは、子どもたちの心の成長です。旅という時間のなかでニルスが成長していくように、子どもたちの心の成長を促すことにも成功しています。各地でのさまざまな体験のなかでニルスは、「自分はどこでどう生きていくのか」と何度も自らに問いかけます。読み進むにつれて、読者である子どもたちの心にもやがて湧いてくるはずです。「自分はどこでどう生きていくのか」と。

5 テキストとしての『ニルス』

ヒュスクヴァルナの小学校で

『ニルス』が完成したとき、ラーゲルレーヴ自らがヒュスクヴァルナにある国民学校の児童に物語を聴かせるという機会をもちました。物語の冒頭と「農家のおばあさん」（原作一七章）と「ターベリからヒュスクヴァルナまで」（原作一八章）を、生徒六〇〇人の前で朗読したのです。

約一時間半の間、歓声が静寂を破ることこそありましたが、それ以外、子どもたちは固唾《かたず》を飲んで話にじっと耳を傾けていました。このとき、子どもたちは朗読を聴いただけでその話を理解し、もっと聴きたいという気持ちにあふれていることを、ラーゲルレーヴ自らが実感したと言います。

ちなみに、この一八章で、ニルス一行はターベリからエンチョーピングを通ってヒュスクヴァルナ上空を通過します。空から見たそれぞれの都市や、周辺に広がる自然の様子が綴られるとともに、人々が空を見上げてガンの群れに問いかけ、ニルスが答えるというシーンが繰り返されます。ヒュスクヴァルナでニルスたちに声をかけたのは、ほかならぬこの学校の生徒たちなのです。


「どこへいくの！　どこへいくの！」

と、どなった。

「本も授業《じゅぎょう》もないところへ！」

と、ニルスは答えた。

「つれてってよ！　つれてってよ！」

と、生徒《せいと》たちはさけんだ。

「ことしはいけない！　来年《らいねん》、来年！」

と、ニルスはさけびかえした。

「ことしはいけない！　来年、来年！」(3)

---

(3)　香川鉄蔵・節訳『ニルスのふしぎな旅（2）』偕成社文庫、七三〜七四ページ。

このくだりを聞いた子どもたちは、思わず窓の外に広がる空に、ニルスの一行を探したことでしょう。

ラーゲルレーヴの友人で教員養成大学教授のオーランダー（Valborg Olander, 1861～1943）は、彼女の執筆活動を支えた一人です。オーランダーは国民学校で、読本としての『ニルス』の効果について検証を試みています。

朗読は、数か月から半年を空けて何回か行われました。すると、毎回ほとんど子どもたちは、前回話した詳細を覚えていて話すことができたと言います。そして、問いかければ、ストーリーに描かれた地方の様子や人びとの生活に関して子どもたちは答えたのです。

解説などを加えなくても物語が機能することの証明だ、と彼女は言います。つまり、私がここで講釈していることなど、子どもたちには不要だというわけです。

『ニルス』の教師向け指導書

このように言うオーランダーですが、のちに教員向けのハンドブック *HANDBOK till Nils*（一九一八年）を出版しています。これは『ニルス』を授業で使って指導するためのもので、おそらく教育現場からの要請により作成したのでしょう。この本でも、原則として事前に、話に関する解説をすべきでないことを繰り返し述べています。

「知識を与えるものとして読まれる生物や地理の教科書の一節のように、決してはじまりを取り扱わないように」と、従来の教科書やそれに基づく授業を批判しています。

たとえば、一九章「大きな鳥の湖」においては、話の舞台となるトーケルン湖を「物語の冒険にとって素晴らしい舞台」とだけ見なし、「さあ、エステルヨートランドでニルスに何が起こったかを読みましょう」とだけ言って読みはじめれば、子どもたちは「おまけのように知識を得る」と記しています。

湖や周辺の様子、住民のこと、地域の歴史について、子どもたちは初めて読んだときから理解し、説明することができるというのです。そして、読んだあとに「あの鳥たちについてもっと知りたくないですか？」というような問いかけをしたうえで、「初めて登場する動物について説明を加えるようにする」と述べています。

このハンドブックには、各章の地域の概要、登場する動物や植物、史跡などについての解説、展開における質問例なども記されています。それは教師の教材研究のためのものであって、それらを子どもたちに教え込むことを意図したものではありません。物語の根底に豊かな教材が横たわっているのかについて、教師に理解させるための指南書と言えるでしょう。

子どもたちは面白いストーリーだけを追っているのではなく、物語の世界にまるごと身を置き、言うなれば物語そのものを体験します。とするならば、日本人には「分かりにくい」とか「面白くない」部分を原作から割愛してしまうと、物語の世界が狭まり、省かれたことばかりでなく、オーランダーが「おまけのように得る」という知識、つまり那須が言うところの「たいせつな点」

が得られなくなってしまうような気がします。

日本におけるテキストとしての『ニルス』

たしかに、ラーゲルレーヴやオーランダーが言うように、『ニルス』を読む際、最初に地図を開いて確かめたり、それぞれ解説を加えたりすることは、子どもたちにとっては適切ではないでしょう。しかし、彼女たちの意図や予想をよい意味で裏切るように、『ニルス』は時空を超えて新たな意味をもつようになりました。そして日本では、一九八二年に完訳版が出版されたことによって原作の全容が明らかになり、『ニルス』は単なる児童文学作品を超える価値をもつようになりました。

一九〇六年に『ニルス』の第一巻が発表された当時、スウェーデンのある批評家が『ニルス』を「手引きとして機能する物語」と評しました。一方、日本では、完訳版の出版によって『ニルス』はさまざまな分野で注目され、関連する学問・科学の研究者によってテキストとしても用いられるようになりました。綿密な調査・情報収集に基づいて書いた著者ラーゲルレーヴの言葉を借りれば、それは「どれも特定の地方、特定の場所に関係した事実を含んだもので、描写は本物である」からです。つまり、事実に基づくフィクションであることに大きな意味があると言えるでしょう。

たとえば、地質学者の蟹沢聡史《かにさわさとし》は、作品に描かれたファールンやキルナの鉱山や製鉄所に着目し、専門の立場から『ニルス』を取り上げています。(4) また、北欧の手工教育を研究する横山悦生《えつお》は、ネースの手工講習所やオットー・ソロモンに関する論考があります。(5) そして、講習を受けた二人の日本人、後藤牧太、野尻精一についても詳しく調査をしています。

スウェーデンの農業経済史が専門である佐藤睦朗《むつお》が所属する大学のホームページに載る彼の自己紹介は『ニルス』の話ではじまっています。とはいえ、一九世紀の農村生活について研究する際の資料は『ニルス』ではなく、各地の地図や教区簿冊です。

――苦労して手に入れた史料を研究室の机に広げ、一九世紀のスウェーデンの田園風景に思いを馳せるのが、私の至福のときです。

『ニルス』を研究に用いるわけではないにしても、このように書く佐藤なら、きっと、スコーネの市松模様の畑のことも、スモーランドの岩だらけで耕作に不向きの土地のことも、『ニルス』を引き合いにして分かりやすく説明してくれることでしょう。

空から地域を眺め、描写するという『ニルス』の視点をヒントにして、高校地理の世界地誌の

(4)『文学を旅する地質学』古今書院、二〇〇七年参照。
(5)一六九ページ注（6）と同じ。

学習において地図を手がかりに、生徒自らがスウェーデン、アフリカの地域的特色を捉えるという実践もあります(6)。また、理化学研究所所長（当時）の玉尾皓平《たまおこうへい》は、『ニルス』誕生の取り組みに学び、科学技術の恩恵を伝える教材作成を呼びかけました(7)。『ニルス』は、当時の科学の成果や各地の地域情報を収集してつくられた一大地誌をベースとした物語です。当時の科学成果と地域の具体的な事実に裏打ちされた、想像力と壮大かつ綿密な構想力によって創作された物語なのです。その底流には、生き物とそれを育む大地に対する畏敬と愛情、自然と人間との共存、持続可能な社会の形成などにつながる思想があります。

（6）中野正人「地誌的分野の授業改善――『ニルス』に学ぶスウェーデン地誌」〈平成一八年度高等学校地理歴史科研究〉愛知県、八三～八八ページ。

（7）「よい教材で科学技術の恩恵を広く伝えよう」〈化学と教育〉60-6、二〇一二年参照。

第9章

『ニルスのふしぎな旅』で見る日本とスウェーデン

ストックホルム旧市街と上空を飛ぶ気球

1 戦争をやめた国と戦争をはじめた国

『ニルス』が書かれたころのスウェーデンと日本

かつて軍事大国としてその名を馳せた時代があったスウェーデンは、ナポレオン戦争（一七九六年～一八一五年）でロシアとの戦いに敗れ、一八〇九年にフィンランドを失って以降、戦争とは無縁な国となりました。

一九世紀中頃からはじまった近代化は、国土を見直すことからスタートしました。北部の未開地に鉄道を敷き、各地方の風土や資源に根ざした産業を育成し、伝統を守りながら人びとの暮らしを豊かにすることによって国力を高めることを目指したのです。ラーゲルレーヴに求められたのは、そんなスウェーデンの未来を担う子どもたちのための本でした。

『ニルス』の執筆中となる一九〇五年には、同君連合であったノルウェーとの連合も解消され、スウェーデンは真に、元々の国土と国民だけが財産という国になりました。それでも、「平和」というかけがえのない財産が二〇世紀の成長を後押ししてきました。

そのころの日本といえば、スウェーデンとは対照的な道を辿っていました。日本とスウェーデンは、ほぼ同じ時期に近代化がはじまりましたが、その進め方と方向性は一八〇度異なり、日本は大陸に市場と資源を求めて進出し、戦争を繰り返すことで領土の拡大を進めていったのです。

近代日本の教育と教科書

両国とも学校教育には力を入れましたが、その方向性もまた異なるものでした。

日本では一九〇〇年に小学校令が改正され、一九〇四年には小学校の「地理」、「歴史」、「修身」、「国語」に国定教科書制度が導入されました。地理の目的は、「本邦国勢ノ大要ヲ理会セシメ兼テ愛国心ノ養成ニ資スルヲ以テ要旨トス」とされ、高学年には「外国地理」が設けられましたが、それ以前に力を入れていた「郷土」や「人民ノ生活」の扱いは軽いものとなりました。

また、一九一〇年の改訂では、台湾、樺太、朝鮮、関東州、それに「附」として満州も加えて「日本地理」とされ、教科書の最終章「帝国地理概説」には、「かくて国威日に揚り、国力月に進みて、今や世界強国の列に加るに至れり」と記されています。

こうしたなか、「教科書を改革しよう」という動きがまったくなかったわけではありません。ただ、それを主導したのは文部省（現・文部科学省）でした。国定教科書制度が導入されたあとの大正期、文部省は高等師範学校や各地の師範学校に対して、国定教科書についての意見報告を改訂のたびに求めていたのです。

公表された報告書『國定教科書意見報告彙纂』第一～五輯（文部省圖書局）には、意外にも辛辣な意見が多く見られ、子どもの側からとらえ直そうという師範学校教員らの意識の高さがうかがえます(1)。

日本においても、それまでの知識注入型の教育から子どもの感性を第一とする新教育運動の高まりが見られる時期です。記述をできるだけ簡単にしようとするのは、かえって「其ノ記述ニ趣味ナク児童ヲシテ本書ニ親マシムル引力ナキモノ」にするものであり、児童の読書力に合わせれば、「児童ハ自ラ進ンデ本書ヲ読マントスルニ到ル」(前掲報告書、第一輯、一九一二年)といった意見が各校から出されました。

注目されるのは、「特ニ地誌ノ教材ハ一層文学的ニ記載シ教科書ヲ講読スルコトニヨリテ多少ノ感興ヲ起ス如ク編纂スルノ可ナルヲ認ム」(前掲報告書、第五輯、一九一九年)と、文学性を高めて読み物として興味をもたせるような編纂を具体的に提案している意見です。折しも、『飛行一寸法師』が出版されたころのことです。

太平洋戦争と教科書

一九三一年の満州事変以来、軍部を中心とした政治・経済体制が強化され、一九三七年には日中戦争がはじまりました。一九四一年三月、小学校は「国民学校」に名を変えました。初等科の「地理」は、国土および大東亜を中心とする学習に重きが置かれ、その他の外国は高等科に移されました。

戦時下『初等科地理』(一九四三年)の教科書が扱うのは、上巻は日本、下巻は大東亜、つまりアジアのみです。下巻冒頭の「一 大東亜」には、まず大東亜の地図が掲げられ、次のように書かれています。

日本は、この大海洋と大陸とを結ぶ位置《ゐち》にあつて、一見《いつけん》小さな島國のやうに思はれますが、よく見ると、北東《ほくとう》から南西《なんせい》にかけ、あたかもみすまるの玉のやうにつながり、いかにも大八洲《おほやしま》の名にふさわしい、頼《たの》もしい姿をしてゐます。北へも南へも、西へも東へも、ぐんぐんのびていく力にみちあふれた姿をしてゐます。（中略）

世界にためしのないりっぱな國がらであり、すぐれた國の姿をもったわが國は、アジア大陸と太平洋のくさびとなり、大東亜を導《みちび》きまもって行くのに、最《もつと》もふさはしいことが考へられるのであります。（二一〜二三ページ）

一章では、アジアの各地方へ進出した日本の様子が記され、二章以降で地方ごとに詳述されています。たとえばインドシナ半島についてですが、一章で次のように記しています。

（1）　村山朝子・中川浩一「大正期における国定小学地理教科書の展開」〈茨城地理〉11号、二〇一〇年、一一三五〜一一四八ページ。

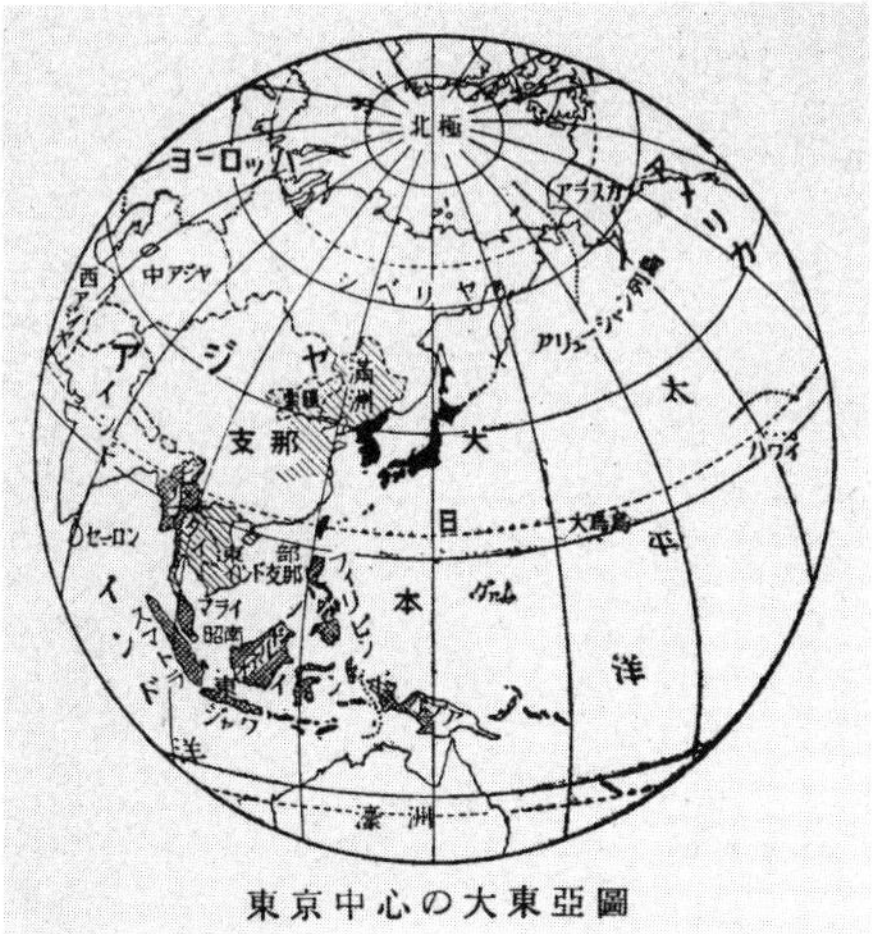

当時の教科書に載る地図（出典：文部省『初等科地理（下）』1943年）

インド支那の東部地方は、フランスと關係《くわんけい》の深い地方ですが、これも戦争前から日本の味方《みかた》となり、經濟的《けいざいてき》にもわが國と、しつかり結ばれてゐます。また西部地方のビルマは、わが國の攻略《こうりやく》によつて、すつかり英國の勢力が拂《はら》ひのけられ、住民達《ちゆうみんたち》は非常《ひじやう》にわが國を信頼《しんらい》し、みづから進んで大東亜の建設《けんせつ》に協力《けふりよく》してゐます。（五〜六ページ）

さらに、具体的に詳述している八章「インド支那」を見ると、「人々は、最近《さいきん》すべての方面で、日本を力と頼《たの》むやうになりました。日本からは、この人々の使ふ日用品を送り、日本へは、米や石油・石炭その他の物資を送りだします」（八六ページ）とか、「日本人は、昔アンナンやカンボジヤの各地に渡航《とかう》して、活躍したことがありました。今後は、他の南方諸国地方と同じく身體が丈夫で、心がけもりつぱな日本人が盛んに出かけて、この地方の開發《かいはつ》につくすことになるでせう」（九〇ページ）といった記述が見られます。

このように、「大東亜」と名付けたアジアは、未開だが可能性を有する市場と資源の宝倉《たからぐら》として書かれるとともに、日本を頼りにしている地方として、現地の人々の生活や人となりも含めて、虚実とり混ぜて書かれています。

千葉省三による『ニルスの冒險』が出版されたのは、太平洋戦争がはじまる半年前、一九四一年五月のことです。第3章でも触れたように、その「まへがき」に千葉は、「私はこの物語《ものがたり》を讀んだ時、まねでもよいから、私どもの日本の國を、このとほりの行き方で、書いて見ようかと考へたほどでした」と記していました。

しかし、千葉が実際に書くことはありませんでした。一方で、「地誌の教材を文学的に記載し」という大正期の教科書に対する師範学校の意見を、もしこの戦時下の『初等科地理』の教科書において採用していたらどうなったでしょうか。

「ニルスのように鳥とともに大東亜を旅する物語」――誰も、こんなことを思いつかなくて本当によかったと思います。

2　空から日本を眺めて

魔法のじゅうたん

一九六一年四月から一九六三年一〇月までの二年半、NHKで『魔法のじゅうたん』という番組が放映されました。なかでも、子どもたちが魔法のじゅうたんに乗って、日本各地をめぐるというコーナーが大評判となりました。

その案内役が、当時、NHKの専属劇団員として活躍していた黒柳徹子でした。黒柳らが乗ったじゅうたんとヘリコプターからの空撮映像を組み合わせたという、当時の最先端技術を駆使した映像が放映されていました。

出演する子どもたちは一般応募者から抽選で選ばれ、「アブラカダブラ」と念じる黒柳のおまじないで彼女と子どもらが乗ったじゅうたんがビルの屋上から浮き上がり、東京タワーを除けば平坦に見える東京の街並みや大きな川を見下ろすシーンからはじまります。そのあと、日本各地、富士山の測候所や阿蘇山の噴火口にも飛んでいきました。

視聴者のリクエストがあった場所に出掛けるという、子どもの夢をまるごと実現する番組となっており、子どもたちを魅了しました。

『ニルス』のような物語が日本にあるのかというと、残念ながら思いつきません。しかし、テレビ創成期のこの番組が、さしずめ『ニルス』の映像日本版と言えるのではないでしょうか。

空から眺めた日本とスウェーデン

ラーゲルレーヴなら、空から見下ろした日本の大地をどのように書き表したのでしょうか。そんなことを考えていたとき、書名に「空から」という言葉が入っているのが気になって、手にしたエッセー集にある次のくだりが目に留まりました(2)。

――島の周囲や畑の境の緑の濃いのは防風のために植えた木であって、島の周囲の木は松が多い。畑はほとんど色紙形になっている。

……島の畑の緑色がほぼ一定しているのはおなじようなものを作っているためで、作物が違えば緑色も違って来る。この島では何百年というほど作りつづけられた作物がまだ作りつづけられている。ところどころにやや濃い緑色の見られるのが夏ミカンの畑であろう。

山口県の大島について、航空写真をもとにして書かれたものです。耕地の形や畑の色にこだわる描写に、ニルスがガチョウの背に乗って、初めて空から眺めたスコーネ地方を市松模様やチェックの布地にたとえた次の場面が浮かんできました(3)。

……下界はいちめんに大きな布《ぬの》が広がったようで、それには大小《だいしょう》さまざまの市松《いちまつ》もようが、数かぎりなく染め出されていた。……いくら飛んでも市松もようばかりだ。いびつなのが有《あ》り、細長《ほそなが》いのがあり、形はまちまちだが、みなまっすぐな線《せん》でかこまれた四角《しかく》い形ばかりで、まるいのや、まがったのはひとつもない。

……最初《さいしょ》に目についた、明るい緑色《みどりいろ》の市松《いちまつ》は、去年の秋にまいた、ライ麦の畑で、冬じゅう雪をかぶっても、ずっと緑色をしていた。黄色がかった灰色《はいいろ》の格子縞《こうしじま》は、去年の夏にみのって

(2)　宮本常一『空からの民俗学』岩波書店、二〇〇一年、一四ページ。
(3)　香川鉄蔵・節訳『ニルスのふしぎな旅（1）』偕成社文庫、一九八二年、三五、三七ページ。

刈《か》った、麦の切《き》り株ののこっている畑。褐色《かっしょく》をおびた市松《いちまつ》は、枯《か》れたクローバーの原。黒いのは牧場《ぼくじょう》のあとか、すきをいれた休閑地《きゅうかんち》だ。はしの黄色い市松は、まごうかたないブナの森。

スウェーデンでもっとも肥沃な、最南部のごくかぎられた地域、スコーネ地方の穀倉地帯です。この地と対照的なのが痩せた土壌のスモーランド地方で、ニルスが見た地上の眺めは次のようなものでした(4)。

下界《げかい》を見ると、緑《みどり》や赤い色の不規則《ふきそく》な大きな柄《がら》に織《お》った、とても大きなじゅうたんが広がっていた。……あちこちがぼろぼろにやぶれ、ちぎれて、なくなったところさえあった。なによりも奇妙《きみょう》なのは、このじゅうたんが、鏡《かがみ》ばりの床《ゆか》にしかれていることで、その穴《あな》ややぶれめの下に、鏡がきらきらかがやいて見えることであった。
　ニルスがそのつぎに気づいたのは、太陽がまるまると天空《てんくう》にのぼってきたことである。みるまに、じゅうたんの穴《あな》や、やぶれめの下の鏡《かがみ》が、赤や金《きん》にかがやきはじめた。大きなじゅうたんに見えたのは地面で、大きな柄《がら》は、緑《みどり》のマツ林や、まだ葉の出ていない褐色《かっしょく》の幹《みき》ばかりの森、また、穴ややぶれめに見えたのは、かがやく入り江《いえ》や小さい湖《みずうみ》であった。

森林地帯に無数の湖沼が分布する様《さま》を、鏡とボロボロに破れたじゅうたんに見立てています。

スウェーデンの大部分を占める森林地帯の、典型的な空からの眺めを見事に表現しています。再び先ほどのエッセー集に戻りますと、水田が広がる初秋の福井平野を次のような描写で紹介していました。(5)

道のやや曲ったところのあるのは地形の関係であろうが、そのほかは矩形の水田とまっすぐな道のひろがりで、その水田の中のところどころにムラがある。ムラには立木が多い。初秋の頃は稲が黄に熟れる。空が晴れて太陽がキラキラと照っている野の風景はまったくすばらしいものである。そうした黄金色の海の中に村むらが島のように浮かんでいる。

収穫間近の稲田が広がる平野と点在する村を「黄金色の海の中に村むらが島のように浮かぶ」と表現しているのは、スウェーデンでは決して見ることのできない豊かな日本の原風景と言えます。

このエッセーを書いたのは、民俗学者の宮本常一（一九〇七〜一九八二）です。宮本といえば、日本各地を歩き回って村落調査を行い、膨大な記録・著作を残したことで知られています。「旅

(4)　前掲注（3）一九ページ。
(5)　前掲注（2）二六ページ。

の巨人」と言われ、生涯の旅の行程は地球を四周する一六万キロに及ぶと言います。紹介した二つの文章は、宮本が最晩年の一九八〇年、全日空の機内誌〈翼の王国〉に連載した「空からの民俗学」から抜粋したものです。

この連載は、北海道から沖縄まで一二地域の空撮写真をもとにして、そこに繰り広げられてきた人々の営みを読み解くものです。第一回の冒頭で宮本は、「空から見下ろす地上の風景は私に無限の夢をさそう」と記しています。日本中の村という村、島という島を歩き、人びとと触れあって、その生活をつぶさに見てきた宮本だからこそ、空撮写真に人が写っていなくてもその風景をつくり上げた人々の姿や思いが見えるのでしょう。『ニルス』のように、空から見下ろした大地を描写するには、やはり文学的センスだけでは無理なのかもしれません。

まねでもよいから書きたかった話

これまでに何度か触れたことですが、千葉省三は太平洋戦争直前に出版した『ニルスの冒険』の「はしがき」に、日本について、ニルスのとおりの行き方で「まねでもよいから、書いてみようかと考へた」と記しました。そして晩年には、「むかし〈ニルスのふしぎな旅〉を読んで、スエーデンと同じように細長い日本列島を、端から端まで、子どもが冒険旅行する話を書きたかったが、書かずじまいに終わった」と語ったと言います。

自らの創作童話を集めた『千葉省三童話全集』（岩崎書店、一九六七年）まで出している児童文学史に名を残す童話作家が、創作活動を開始してまもない一九二一年に「カルと仔麋《こおほじか》の話」という小品を発表してから半世紀、ずっと『ニルス』にこだわり続けていたことになります。「まねでもよいから……」、言い換えれば「『ニルス』のような物語」という場合、そこにはいくつかの意味が込められています。

・各地の様子や人々の生活、自然や生きものについて知ることができる物語
・国土を理解し、国や地域に対する誇りや愛情をもつことができる物語
・主人公の心の成長が描かれ、読者の人間性の成長に資する物語
・そして、何より本物の、面白くて楽しい物語

『ニルス』と同じような話が日本でも書けないだろうかと考えたのは、千葉だけではないでしょう。たとえば、『ニルスのふしぎな旅』（偕成社、一九五七年）を書いた山主敏子（一九〇七～二〇〇〇）は、巻末に掲載された「解説」で次のように記しています。

わたくしは、この物語《ものがたり》をよんだとき、日本《にほん》にはなぜ、このように美《うつく》しい日本《にほん》を、日本《にほん》の子供《こども》にも世界《せかい》の子供《こども》にもしらせるような、児童文学《じどうぶんがく》がないのだろうかと考《かんが》えました。日本人《にほんじん》も、も

っと日本《にほん》を誇《ほこ》りにおもってもいいはずです。日本《にほん》を愛《あい》することは、わたくしどもの生《うま》れたこの国《くに》を、よく知《し》ることからはじまります。今後《こんご》のわたくしども、児童文学《じどうぶんがく》にたずさわるものに、課《か》せられた役割《やくわり》の大《おお》きなことをおもいました。（二〇三〜二〇四ページ）

山主が言う「このように美しい日本」を「しらせるような児童文学」とは、「国を知り、国に誇りや愛情をもつことができる物語」ということでしょう。のちに日本児童文学家協会の理事長を務めることになる山主が言う「児童文学にたずさわるものに、課せられた役割」は、その後、誰かが担い、その役割を果たす物語は誕生したのでしょうか。

各地の様子を記した旅行記、紀行文といった類いのものは数知れません。つまり、記録やノンフィクションはたくさんあるわけです。けれども、現実の日本を舞台に繰り広げられる物語、しかも子どもが夢中になるような物語となるとなかなか思い浮かびません。

架空でありながらウソを感じさせないリアリティ

そもそも、日本の児童文学には冒険物語がないとも言われています。このことについて児童文学者の鳥越信《とりごえしん》（一九二九〜二〇一三）は、「架空リアリズム」という概念を用いて論じています。[6]

児童文学は、大きく「日常的物語（現実的物語）」と「空想的物語」の二つに大別され、前者には、たとえば『クオレ』や『ハイジ』などが挙げられます。それに対して空想的物語は、日常生活を支配する諸要素によっては支配されない世界を描いており、『ふしぎの国のアリス』や『ピーター・パン』などがそれにあたります。言い換えると、科学的にあり得ることだけが起こる世界を描いたものが日常的物語であり、科学的にあり得ないことが起こる世界を描いたものが空想的物語というわけです。

ところが、『宝島』や『トム・ソーヤ』などの冒険物語は、科学的にあり得るという点では日常的物語ですが、取り扱われている素材や事件そのものは非日常的、空想的であるという点で『クオレ』や『ハイジ』とは違います。それにもかかわらず、つまり架空でありながら、読者にウソを感じさせないリアリティが存在しているのです。素材や事件そのものはいわばウソのことなのに、ウソではない創作方法があるのだということをこれらの作品は物語っています。

読者にウソを感じさせないリアリティ、このリアリティの保証が児童文学の条件だと言います。物語で描かれた事件が真実であるかどうかは重要ではなく、真実だと受け取られることが重要なのです。欧米の優れた児童文学は、非日常的な架空の素材や事件を扱いながら読者にウソを感じさせないだけのリアリティをもっているのです。

（6）　鳥越信「冒険小説の未成熟：架空リアリズムの可能性」『日本児童文学の特色』講座日本児童文学3、明治書院、一九七四年参照。

香川鉄蔵は、『ニルス』を「事実とそらごととをたくみにおりなした美しい布」と表現しました。魔法で小さくされる、ガチョウに乗って空を飛ぶ、動物と話ができる、というように科学的にはあり得ない非日常的・空想的な物語です。にもかかわらず、リアリティをもっているのは、そこで起きる出来事が実際にあったことや実際に起こりうる日常的なことであり、その舞台が実在する場所だからです。

このことについてラーゲルレーヴは、「話がフィクションになっても、地方の描写は本物でなくてはならない。そうすれば、どの子どもも何か自分に覚えがあるものをきっと見つけられる」と、最初に読本執筆の依頼を受けたときの返信に書いています。

ところで、千葉省三の郷土童話は、自然や子どもの描写にきめ細やかなリアリティはあったが、物語性が弱かったと言われています。郷土や日本を舞台にするとリアリティを出すことはできたのでしょうが、そこに非日常的・空想的なストーリーを展開させることが千葉にはどうしてもできませんでした。考えに考えたのが、第3章で触れた、実際にあった出来事にヒントを得た『無人島漂流記』だったのではないでしょうか。空こそ飛ばないものの、主人公の少年善吉がニルスにどこか重なるような冒険物語です。

児童文学研究者の菅忠道（一九〇九～一九七九）は、『無人島漂流記』を「大正年代の児童文学には、ちょっと類例のない質量の豊かさを備え」、「簡潔な描写で運ばれる物語の起伏のおもしろさと迫真性は、主人公の少年の心理描写と相まって、今日、改めて再評価さるべき日本の近代

児童文学の高い水準の遺産といえる」と高く評価しました。(7)

3　スウェーデンにあって、日本にない「空飛ぶ冒険物語」

空を飛ばず、冒険しなくても生きていける「日本」

日本には、主人公が「空を飛ぶ」という話があるのでしょうか。映像の世界は別として、これまでに発表された物語では、あったとしても極めて珍しいものとなるでしょう。

そもそも古来日本では、土地を耕したり、近場で獲物を捕ったり、木の実などを採ったりすることを人びとは生業《なりわい》としてきました。気候は温暖で、土地は作物が育つだけの十分な養分を備えており、山には木があり、川には水が流れ、近隣で衣食住に必要な物資を賄うことが可能でした。

そんな日本では、日常生活において山を越える必要はまずなく、ましてや空を飛んでまでして行かなければならない場所もありませんでした。空を飛ぶ話が日本で生まれなかった、生まれにくいということは、こうした日本の風土に関係があると考えられます。このことは、冒険物語が少ないことにもつながっているのかもしれません。危険を冒しても、生きるための場所や食料を

---

(7)「解説――大衆児童文学史における千葉省三（一二）」『千葉省三童話全集　第六巻』一九六八年、一八三ページ。

求める旅が「冒険のはじまり」だとすれば……。

では、日本人にとって空とはどのような存在だったのでしょうか。まず空は、陽射しや雨といった恵みの源となります。さらに日本の空は、季節や天気によって実にさまざまな表情を見せます。日本人にとって、空は飛んだり移動したりする空間ではなく、暮らしとともにあり、明日のお天気を占ったり、時刻や季節を知ったりと、日々見上げる対象だったのです。

空を飛びたいスウェーデン人

一方、スウェーデンをはじめとする北欧では、痩せた大地から得られる物資はかぎられていました。雪と氷に閉ざされた大地を移動するのは、困難をともなうだけでなく時間もかかりました。それに比べて空は、もし飛ぶことさえできれば移動が可能となる自由空間です。だからでしょうか、北欧神話の神々は、牡山羊に引かせた車で天空を駆け、魔法の羽衣をまとって空を飛び、水陸両用の船を乗り回します。

スウェーデンの冬の空はどんよりと灰色で、一方、夏は突き抜けるような青一色、日本の空に比べると単調です。北欧の人びとにとって空は、見上げて変化を見るというよりも、神話の神々のように自由に滑空したり、そこから大地を見下ろしたり、大地の向こうを見通したいといった空間だったのかもしれません。

空を飛ぶことは、スウェーデン人にとっては夢にとどまるものではありませんでした。一七八三年にフランスのモンゴルフィエ兄弟（Joseph-Michel Montgolfier, 1740～1810・Jacques-Étienne Montgolfier, 1745～1799）が気球による飛行を成功させると、どこの国よりも気球ブームに沸いたのがスウェーデンでした。その後も、気球や飛行船の開発が進み、海峡横断などが試みられました。

　第2章で紹介した探検家アンドレーら三人のスウェーデン人は、一八九七年、気球に乗って北極探検に挑みました。残念ながら、途中で遭難死しますが、気球による北極への到達記録はその後一〇〇年余り破られることはありませんでした。また、ヘディンも『極地から極地へ――若者のために』において、世界の探険家について取り上げた二六節からなる第一章で、四節にわたってアンドレーの北極探検について触れています。

『八十日間世界一周』や『十五少年漂流記』などで知られるフランスのヴェルヌが、一八六三年に『気球に乗って五週間』(8)という小説を発表しました。三人のイギリス人が、気球に乗ってアフリカのナイル川源流を探検するという冒険物語です。アンドレーは、幼いころにこの小説を読んで、気球で空を飛ぶことを夢見たのではないでしょうか。

　ニルスはガチョウの背に乗ってガンの群れとともにスウェーデンを旅しますが、もしもアンドレーの気球による北極探検が成功していたら、ラーゲルレーヴは気球によるスウェーデン一周を

（8）手塚伸一訳『ヴェルヌ全集第七巻』綜合社、一九六八年。

考えたかもしれません。でも、それでは子どもの心をつかめないと思い直したことでしょう。ガチョウのモルテンは、何と言っても『ニルス』には欠かせない第二の主人公なのです。

ヨーロッパにおけるガチョウは、日本で言えばニワトリのような存在となります。大昔に家禽化され、近代までどこの家でも飼われて、卵はもちろん、肉は特別おいしいごちそうとなっていました。そして、羽根は暖かい羽毛布団にと、すべてが無駄なく使われてきました。ガチョウは、人間にとても身近で大切な家畜だったのです。

『イソップ童話』や『グリム童話』をはじめとして、ガチョウは物語にたびたび登場していました。伝説の『マザー・グース（Mother Goose）』、ガチョウ婆さんがガチョウに乗って自由に空を飛ぶように、ガチョウが人を乗せて飛ぶ物語は『ニルス』が最初ではないのです。

ガチョウの先祖はガン、水鳥ですから、空を飛ぶことを放棄した歴史はあるにしても、空を飛ぶDNAはどこかに残っているのでしょう。ラーゲルレーヴが「ガチョウに乗って旅する」という設定を思いついたのは、春にいなくなったガチョウが秋になって家族を連れて戻ってきたという、故郷で聞いた話がきっかけとも言われています。こんなエピソード、まんざらつくり話でもなさそうです。

「軽気球」に乗って

ラーゲルレーヴは、気球のことがやはり気になったと見えます。『ニルス』を書き上げたあと、

一九〇八年に *Luftballongen*（軽気球）[9]という短編を発表しています。空を飛ぶことに憧れる二人の少年が主人公の物語です。

この物語の冒頭、二人の少年が夢中になって本を読んでいます。前述した、ヴェルヌの『気球に乗って五週間』です。この本に触発された二人の夢は、飛行船を造って世界を探検して新たな発見をすることです。設計図をつくり、船体の材料について話し合うほど真剣でした。

『ニルス』における旅の方法について、ラーゲルレーヴは「ガチョウの背に乗って」という設定を思いつくまで随分と悩んだようですが、もしかしたら、この『軽気球』の冒頭のシーンが『ニルス』の構想をめぐらしているときの一案だったのかもしれません。

しかし、このお話、意外な展開を見せます。そのストーリーを簡単に紹介しましょう。

二月のある天気のよい日、ストックホルムの氷に覆われた入り江の野原で、二人は大勢の人たちに混じってスケートをしていました。そのときです。大きな軽気球が駅のほうから海のほうへ走っていくのが見えました。あこがれの気球を、二人は生まれて初めて見たのです。

（9）香川鉄蔵は『飛行一寸法師』を出版する前に、〈家庭週報〉にその邦訳を「風船」という題で六回（四三四〜四四一号、一九一七年）にわたって連載し、のちに香川節が一冊にまとめ、『軽気球』（一九八一年）として自費出版しています。また、『世界女流作家全集第七巻　幻の馬車北欧編』（モダン日本社、一九四一年）に西田正一訳で「軽気球」は収められています。

周りの大人や子どもは歓声を上げて一斉にスケート靴を履いたまま後を追いかけます。二人はその先頭を切って走ります。やがて人びとは追うことをあきらめますが、二人だけは追い続けます。しかし、ひたすら気球を見続けているため、氷の張っていない海が迫っていることに気づきません。ついには、海上に出た軽気球に向かっていっぱいに腕を広げたまま、二人は水の中に落ちて消えてしまいました。

悲しい結末なのですが、なぜか二人を不幸に思えないという、そんなお話です。

ちなみに、今日、首都ストックホルムでは気球に乗って市街地を観光することができます。海外から来た観光客に混じって、きっとスウェーデン人も乗っていることでしょう。

あとがきに代えて――『ニルスのふしぎな旅』への旅

日本には、本書で述べたようにいくつもの『ニルス』があります。多くの訳者によって繰り返し訳され、また絵本や漫画、アニメなどさまざまな作品がつくられてきました。それらに共通しているのは、『ニルス』を一人でも多くの日本人に届けたいという訳者や作者の強い想いです。読んだ人、観た人がそれを受け止めさえすれば、その人なりの『ニルスのふしぎな旅』が誕生するのです。

ただ、こうして日本における『ニルス』の一〇〇年を振り返ると、原作『ニルスのふしぎな旅』そのものの存在感の大きさに改めて圧倒されます。スウェーデンで生まれたこの物語は、いつの時代でも、どこの国でも、どんな人の求めにも応えうるだけの「大らかさ」と「しなやかさ」をもっていることが分かります。さらに、その時代に真の意味で必要とされるメッセージを提供し、変化とも受け取れる新しさと、いつの時代にあっても変わらない普遍の真理をあわせもつ作品と言えます。

ですから、『ニルス』を手に取りさえすれば、主人公のニルスと、どこかに潜んでいるであろうラーゲルレーヴの意図が、あなたを「ふしぎ」で「すばらしい」旅に誘ってくれることでしょう。これまで私が縷々書き連ねたことなどはお構いなく、想像の翼を広げて、ただひたすら旅の世界を楽しんでいただきたいです。

ニルスとともに空から大地に眼をやれば、自然の恵みや制約、そのなかで人々が築いてきた暮らしをあなたも俯瞰することになります。そして、地に降りれば、虫の目線で人々の暮らしを見直すこともできるでしょう。さらに、耳をすませば農夫や木こりの語りによって過去に遡ることもできるでしょうし、動物や植物のつぶやきも聞こえてくるに違いありません。

読み進めれば、実際にはあり得ない世界にどっぷりと浸っている自分に、そのうち気づくことでしょう。そして、時々、少し真面目に自分のこれまでとこれからのことを考えているはずです。ひょっとしたら、日本のこれまでと、これからのことがちょっと気になっているかもしれません。そして、読み終わるころには、あなたはスウェーデンについて詳しく知る人になっているはずです。もちろん、そうしたことは、意識することなく「おまけのように得る」ものですが。

訳したり、お話にしたりした人たちは、そのときの想いを「はじめに」で綴っています。おしまいに、そのなかから二つほど紹介しておきましょう。一つは、『ニルス』を読んでいない人のために紹介します。『ニールスのぼうけん』（川端康成編、宝文社、一九五八年）という本ですが、原文が子ども向けにすべて平仮名で書かれているため読みにくいので、ここでは漢字やカタカナに直して引用していきます。

この物語は、スウェーデンの子どもたちのために、スウェーデンの地理や昔からの言い伝えを教えるためにも書かれたのですが、あなたたちが読んでも、いつまでも忘れられない楽しい物語になるでしょう。

なによりも、いたずらっ子のニールスが、悪い者や強い者にいじめられている弱いリスや野ガモや、みじめに見捨てられている人たちを、すばらしい思いつきで助けていくのですから、ちょうどディズニーの漫画をみるような気持ちがして、楽しいはずです。

読みにくい土地の名前などたくさん出てきますが、それにはあまり気を遣わないで読んでいってください。はじめのほうを少し読んでおもしろくなれば、もうしめたものです。それこそ読み出したらやめられなくなるでしょう。

そうしてニールスの友だちになったことを誇りに思うでしょう。


最初から『ニルス』の全訳に挑戦しようという人も、まずは「読みにくい土地の名前に」には「あまり気を遣わないで」読んでみたらいかがでしょうか。もちろん、スウェーデンの詳しい地図に印を付けながら、というのも私は否定しませんが。

もう一つは、幼いころ、あるいは大きくなってから『ニルス』を読んだことがある人たちのために引用します。『にるすのぼうけん』（佐藤義美・文、一九五七年）という本からですが、ルビは省略して引用します。

> この童話は、スウェーデンの風土記でもあり、風物詩でもあります。今では、スウェーデンの子供ばかりでなく、世界中の子供に愛されています。
> この本で、にるすとともに空の旅をたのしんだ子供たちが、成長した後今一度全訳を読み、この物語にこめられた作者の願い――人間、動物を問わず、この世界を支配する真理は、愛と正義と秩序であること――を、学び知ってくれたらほんとうにうれしく思います。

「作者の願い」の受け止め方は、人それぞれでいいでしょう。ともあれ、『ニルス』を読んだことのある人も、改めて手にしていただければ、私もほんとうにうれしく思います。

最初にスウェーデンを訪れたのは一九九四年のことです。その年の八月終わりから翌年の春先まで滞在しました。

幼いころ、自宅の本棚には小学館の「少年少女世界の名作文学シリーズ」が並んでいました。三つ年上の兄のために揃えられたもので、重たくて、文字が小さいうえに漢字も多く、小学校に入学したばかりの私には読めるものではありませんでした。

ただ、ページをめくると目に飛び込んでくる挿絵に目を奪われました。それは、絵本やそれまでの読み物では見たこともない精緻な筆致で描かれた挿絵で、それだけで憧れとする外国の話の世界に入り込んでいきました。

長い話が読めるようになってからは『ハイジ』や『ガリバー旅行記』、そして『秘密の花園』などに夢中になった記憶があるのですが、実は、このシリーズに収録されている『ニルス』を読んだ記憶はありません。中高時代、文庫で夢中になったのは主に日本の近代文学作品で、その後、テレビアニメが放映されたころは大学生となっており、ここでも『ニルス』に出合う機会を逃してきました。

スウェーデンに初めて行くことになったとき、知り合いから「『ニルスのふしぎな旅』の国に行けるなんてうらやましい」と言われたのですが、この言葉にもピンときませんでした。最初の滞在地は、スウェーデン第二の都市イェーテボリでした。『ニルス』五二章「ヴェステルヨートランドのむかし話」の舞台でもあるのですが、そんなことは知る由もありません。

スウェーデンでの生活にも慣れた一〇月一三日のことです。現地の新聞の一面に掲載された「おめでとうございます」という日本語の見出しと、見覚えのある笑顔の写真が掲載されていました。大江健三郎がノーベル文学賞を受賞したのです。街に出ると、さっそく書店のショーウインドーには大江の写真とスウェーデン語訳の著書が飾られていました。店内にもコーナーが設けられ、「OE」と表紙に大きく書かれた緑の本と赤い本が平積みにされていました。

スウェーデンの管理人のカイサーから、さっそく質問攻めにあいました。イェーテボリ大学には日本語学科があり、聞けば、前の年に大江が大学に来て講演をしたと言います。カイサー曰く。「それがノーベル賞にきっと大きく影響している」

彼女の推理の信憑性はともかく、一二月にストックホルムで行われた授賞式などのあと、大江はイェーテボリに立ち寄って大学の講堂で再び講演会を行いました。大江はその前に、ラーゲルレーヴの故郷モールバッカを訪れています。本文でも触れましたが、受賞講演の冒頭に話された『ニルス』の話は、スウェーデンの人々を喜ばせるリップサービスではなく、本心からの言葉であったことがこの訪問からも明らかとなります。それゆえでしょうか、大江が記念講演で『ニルス』に触れたことは現地でも話題になりました。

宿舎のすぐ近くにあった市立図書館には各国の新聞が揃っており、日本で発行されている主要各紙も読むことができました。大江の受賞講演の内容は、三日遅れで図書館に届いた日本の新聞に全文が掲載されていました。少年期に「心底魅惑された書物」として『ニルス』を挙げた冒頭のくだりを読んだ私は、日本を発つ前に「『ニルスのふしぎな旅』の国に行けるなんてうらやましい」と友人から言われたことを思い出しました。実は、このときが私の『ニルス』との初めての出合いなのです。

私の専門は地理教育です。このときスウェーデンに滞在したのも、スウェーデンの地理教育について研究することを目的としていました（奥付の「著者紹介」参照）。数日後、イェーテボリ大学の教授が、『ニルス』が小学生のために書かれた地理の読本であることを教えてくれました。

そして、ニルスという名前はスウェーデンではありふれた名前であり、「ニルス」と言えば、スウェーデン人なら『ニルスのふしぎな旅』のニルスが頭に浮かぶくらい、誰もが知る物語であることを知りました。それを証明するように、書店にはハードカバーの分厚い『ニルス』もあれば、ペーパーバックの『ニルス』、絵本の『ニルス』も置かれていました。

帰国後、さっそく完訳版の『ニルス』に挑戦しました。数か月ずつ滞在したイェーテボリやストックホルムはもちろん、調査で出掛けたスモーランドやスコーネについても詳しく描かれており、歩いた街や眺めた風景が頭によみがえってくることに驚きを覚えました。

その後、幾度かスウェーデンを訪れ、『ニルス』に描かれた各地を回りました。ガイドブックがなくても、『ニルス』さえあればどこにでも行くことができました。『ニルス』に登場する小さな地名も建造物もそこにあり、リーベックが描いた挿絵と変わらぬ風景をあちこちで見ることができたのです。フィクションなのに、ニルスがひょっこりと顔を出すのではないかと思ってしまうことしばしばでした。

ラーゲルレーヴが訪れたころに開発がはじまったキルナ鉱山は、コンピュータ制御の地下鉱山として生産を続けていました。そして、ニルスがガンとともに夏を過ごしたケブネカイセ山の麓は、トレッキングを楽しむ人びとでにぎわっていました。また、クマとニルスが対決した製鉄所は世界遺産に指定され、干拓計画が何度も浮上したトーケルン湖は渡り鳥の聖地となっており、老婆が孤独死したスモーランドには世界的に有名なガラスメーカーの工場が集まっていました。

さらに、ニルスが人間の姿に戻ってガンの群れと別れるスミーエ岬には、ヨーロッパ諸都市の方角と距離を示した標識が立てられていました。『ニルス』の物語はこの岬で終わりますが、鳥たちはここからさらに海を渡って大陸に向かいます。そして、一緒に行きたい気持ちを胸に秘めつつ、ニルスは再び故郷ヴェンメンヘーイ村での生活をスタートさせるのでした。

しかし、私にとっては、このスミーエ岬から『ニルス』への旅がはじまることになりました。この旅、まだしばらくの間続きそうです。

末筆になりましたが、『ニルス』初完訳書を御尊父、香川鉄蔵氏の遺志を受け継いで刊行されました香川節先生には、長年にわたって多大なご教示、ご支援を賜りましたこと、深く感謝申し上げます。また、本書の出版に際してお世話になりました株式会社新評論の武市一幸氏にも御礼を申し上げます。

二〇一八年秋

村山朝子

スミーエ岬

参考文献一覧

日本における『ニルス』作品（発行年順）

・香川鉄蔵訳（一九一八）『飛行一寸法師』大日本図書。
・小林哥津子訳（一九一九）『瑞典のお伽話　不思議の旅』玄文社。
・千葉省三（一九二二）「カルと仔麋の話」〈童話〉２（11）、２（12）。
・飯沼保次訳（一九二三）『鵞鳥の愛（上）』東方社。
・香川鉄蔵・八重子共訳（一九三四）『不思議な旅』（非売品）。
・千葉省三、河目悌二・絵（一九三九〜一九四〇）「ニルスノバウケン」〈幼年倶楽部〉14（4）〜15（4）、大日本雄弁会講談社。
・千葉省三、河目悌二・絵（一九四一・一九四六）『ニルスの冒険』大日本雄弁会講談社。
・岡田晟（一九四八）『ニルスの冒険』面白漫画絵本、児童図書出版。
・香川鉄蔵・山室静・佐々木基一共訳、島村三七雄・絵（一九四九）『ニールスの不思議な旅（続編）』学陽書房。
・千葉省三（一九五〇）『ニルスのふしぎな旅』世界名作童話全集６、講談社。

・関淑子・文、星月友兒・絵（一九五一）『ニルスのふしぎな旅』世界童話文庫9、潮文閣。
・山田琴子・文、中条顕・絵（一九五二）『ニルスのふしぎな旅』学級文庫二、三年生、日本書房。
・山室静・文、日向房子・絵（一九五三）『ニルスのふしぎなたび』世界絵文庫5、あかね書房。
・夢田ユメヲ（一九五三）『ニルスのふしぎな旅』世界名作漫画文庫14、曙出版。
・カバヤ児童文化研究所（一九五三）『ニルスのふしぎな旅』カバヤ児童文庫4-2。
・矢崎源九郎訳、斉藤長三・絵（一九五三・一九五四）『ニールスのふしぎな旅（上）（下）』岩波少年文庫。
・浜田広介・文、河目悌三・絵（一九五四）『ニルスの冒険』講談社の絵本112。
・奈街三郎・文、林義雄・絵（一九五四）『ニルスのふしぎなたび』小学館の幼年文庫11。
・香川鉄蔵訳（一九五四）「ニルスのふしぎな旅」世界少年少女文学全集22（北欧編2）創元社。
・香川鉄蔵訳（一九五四）『ニルスのふしぎな旅行』講談社世界名作全集85。
・かたびらすすむ（一九五五）『ニルスのふしぎな旅』面白漫画文庫91、集英社。
・佐藤義美・文、若菜珪・絵（一九五七）『にるすのぼうけん』講談社の一年生文庫11。
・矢崎百重訳、前谷惟光・絵（一九五七）『ニールスのふしぎな旅』世界名作童話集、同和春秋社。
・石丸静雄訳（一九五八）『ニールスの不思議な旅』角川文庫。
・川端康成編、早坂信・絵（一九五八）「ニールスのぼうけん」世界幼年文学全集15、宝文館。
・安井淡脚色、石川雅也・画（一九五九）『ニルスのぼうけん』（紙芝居）教育画劇。

・大畑末吉訳（一九六〇）「ニルスのふしぎな旅」『少年少女世界文学全集36巻（北欧編２）』講談社。
・土家由岐雄・文、武田将美・絵（一九六一）『ニルスの冒険』講談社の絵本ゴールド版79。
・山室静編、山田三郎・絵（一九六二）『ニルスのぼうけん』世界名作絵文庫7、あかね書房。
・千葉省三・文、池田仙三郎・絵（一九六三）『ニルスのふしぎな旅』世界名作童話全集16、講談社。
・岡本良雄・文、矢車涼・絵（一九六三）「ニルスの旅」世界絵童話全集7、講談社。
・川端康成編、早坂信・絵（一九六五）「にーるすのぼうけん」世界のひらがな童話20、岩崎書店。
・佐藤義美・文、若菜珪・絵（一九六五）『ニルスのふしぎな旅』カラー版世界の幼年文学5、偕成社。
・大畑末吉訳、池田仙三郎・絵（一九六七）「ニルスのふしぎな旅」世界の名作図書館7、講談社。
・西山敏夫・文（一九六七）「ニルスのふしぎな旅」少年少女世界の名作文学39（北欧編２）小学館。
・西山敏夫・文、矢車涼・絵（一九六八）「ニルスのふしぎな旅」少年少女世界の文学：カラー名作20（北欧）小学館。
・西山敏夫・文、清沢治・絵（一九七三）『ニルスのふしぎなたび』ワイドカラー版　少年少女世界の名作40、小学館。
・香川鉄蔵訳（一九七一）「ニルス・ホルゲルソンの不思議なスウェーデン旅行」ノーベル賞文学全集18、主婦の友社。
・大畑末吉訳、山中冬児・絵（一九七七）『ニルスのふしぎな旅』玉川こども図書館。
・川端康成編（一九七七）『にーるすのぼうけん』幼年名作としょかん19、岩崎書店。

・山室静訳（一九八〇）『ニルスのふしぎな旅』少年少女講談社文庫。
・鳥海永行・文（一九八〇）『ニルスのふしぎな旅』NHK完全放送版、立風書房。
・香川鉄蔵・香川節訳（一九八二）『ニルスのふしぎな旅（1〜4）』偕成社文庫。
・升川和雄脚本、成川裕子・画（一九八二）『ニルスの不思議な旅』（紙芝居）教育画劇。
・上地ちづ子脚本、油野精一・画（一九八七）『ニルスのふしぎなたび（前編）（後編）』（紙芝居）童心社。
・山室静訳、井江榮・絵（一九九一）『ニルスのふしぎな旅』講談社青い鳥文庫。
・菱木晃子訳（一九九五）『ニルスのふしぎな旅（上・下）』福音館書店。
・山崎陽子訳（二〇〇七）『ニルスの旅――スウェーデン初等地理読本』プレスポート・北欧文化通信社。
・菱木晃子訳・構成、平澤朋子・画（二〇一一）『ニルスが出会った物語（1〜6）』福音館書店。
・市川能里・画（二〇一二）『ニルスのふしぎな旅』小学館学習まんが世界名作館⑩。

文献・雑誌・新聞一覧（アイウエオ順）

・安野静治（二〇〇一）「永遠の児童文学作家千葉省三の生涯と作品」〈かぬま　歴史と文化　鹿沼市史研究紀要〉6。
・石井光恵（一九九二）「雑誌『童話』に関する研究Ⅳ――『童話』一九二一年四月号〜一九二二年三月号と千葉省三」日本女子大学紀要家政学部39。
・伊藤信一郎（一九二八）「手工教育原義」東洋図書。

・石原剛（二〇〇八）『マーク・トウェインと日本――変貌するアメリカの象徴』彩流社。
・井手文子（一九七五）『『青鞜』の女たち』海燕書房。
・エドガー・アラン・ポー／谷崎精二訳（一九一三）『赤き死の仮面』泰平館書店。
・小山内薫（一九〇五）「彼得の母」〈帝國文學〉11-9。
・小澤征良（二〇〇八）『言葉のミルフィーユ』文化出版局。
・エレン・ケイ／小野寺信・百合子訳（一九七九）『児童の世紀』冨山房。
・小野由紀（二〇〇三）「野上彌生子の翻訳研究――「不思議な熊」（ラーゲルレーヴ作）の一考察」〈梅花児童文学〉11。
・大江健三郎（一九九四）「あいまいな日本の私　ノーベル賞記念講演の全文」〈日本経済新聞〉一九九四年一二月九日付。
・大江健三郎（二〇〇一）『私という小説家の作り方』新潮社。
・大江健三郎（二〇〇四）「伝える言葉」〈朝日新聞〉二〇〇四年六月八日付。
・大木ひさよ（二〇一四）「川端康成とノーベル文学賞：スウェーデンアカデミー所蔵の選考資料をめぐって」〈京都語文〉21。
・香川鉄蔵（一九二二）「或る子供たち」〈女性日本人〉3巻4号、政教社。
・香川鉄蔵（一九二三）「Strindberg の讀方に就て」〈文藝春秋〉1巻6号。
・香川鉄蔵（一九五八）『NILS HOLGERSSON-RESA genom SVERICE 1958』（非売品）。

・香川鉄蔵（一九七一）「ラーゲルレーヴと私」、高橋健二他編『ノーベル賞文学全集18　ラーゲルレーヴ　メーテルリンク　ヒメネス』主婦の友社、〈月報〉11。
・香川鉄蔵先生追悼集刊行会編（一九七一）『香川鉄蔵』（非売品）。
・香川節（二〇〇三）「父香川鉄蔵のこと」〈植民地文化研究〉2。
・金子民雄（一九九六）「スヴェン・ヘディン」、天沢退二郎編『宮沢賢治ハンドブック』新書館。
・蟹澤聡史（二〇〇三）「文学作品の舞台・背景となった地質学―4―宮澤賢治の『春と修羅』ならびにノヴァーリス『青い花』二人の若い詩人にして地質学者に共通するもの」〈地質ニュース〉589。
・上笙一郎（一九八八）『児童文化書書游游』出版ニュース社。
・神近いち（一九一四）「セルマ・ラガールーフ女史に就いて」〈番紅花〉1（5）。
・上村直己（二〇〇五）「熊本大学第五高等学校外国人教師履歴：附録」。
・蟹沢聡史（二〇〇七）『文学を旅する地質学』古今書院。
・川戸道昭他編（二〇〇五）『児童文学翻訳作品総覧第5巻（北欧・南欧編）』大空社。
・金田一京助他（一九六一）『小学校国語3年下』三省堂。
・講談社社史編集委員会編（一九五九）『講談社の歩んだ五十年』講談社。
・小林哥津（一九二四）「清親の追憶」〈中央公論〉39（6）。
・小林哥津（一九六九）「『青鞜』雑記（4）」素面三一。
・小林哥津（一九七五）『「清親」考』素面の会。

・小林理子（二〇一一）「母、小林哥津のこと」〈いしゅたる〉10。
・酒井忠康（一九七八）『開化の浮世絵師清親』平凡社。
・佐々木基一（一九五一）「解説」『地主の家の物語』小山書店。
・佐藤宗子（一九八二）「雑誌「童話」の再話について」『雑誌「童話」復刻版別冊』岩崎書店。
・児童文学翻訳大事典編集委員会編（二〇〇七）『図説児童文学翻訳大事典（第一巻）』大空社。
・柴野民三他編（一九八二）『雑誌「童話」復刻版別冊《解説・執筆者一覧》』岩崎書店。
・至文堂（一九六三）「座談会「青鞜の思い出」」〈国文学解釈と鑑賞〉9。
・ジュール・ヴェルヌ／手塚伸一訳（一九六八）『気球に乗って五週間』ヴェルヌ全集7、綜合社。
・小学国語編修委員会（一九六一）『国語3年下教授用資料』三省堂。
・新潮雑壇コーナー（一九五八）「ニルス老人のおとぎ旅行」〈新潮〉55－11。
・スヴェン・ヘディン／守田有秋訳（一九二六）『探検物語　北極と赤道』平凡社。
・セギュール／千葉省三訳（一九五一）『ろばものがたり』世界名作童話全集24、大日本雄辯会講談社。
・セルマ・ラーゲルレーヴ／イシガオサム訳（一九五五）『キリスト伝説集』岩波書店。
・セルマ・ラーゲルレーヴ／西田正一訳（一九四一）『軽気球』世界女流作家全集7、モダン日本社。
・菅生均（一九九一）「後藤牧太の手工教育観に関する一考察」〈熊本大学教育学部紀要人文科学〉40。
・菅忠道（一九六八）「解説―大衆児童文学史における千葉省三（二）」『千葉省三童話全集6』。
・鈴木徹郎（一九八八）「北欧児童文学」『児童文学事典』東京書籍。

・関秀雄（一九七七）「解説―童心主義文学の光と影」『日本児童文学大系第15巻　千葉省三集』ほるぷ出版。
・瀬戸内寂聴（一九六一）『田村俊子』文藝春秋社。
・瀬戸内寂聴（一九八二）『遠い風近い風』文春文庫。
・瀬戸内寂聴（一九八七）『青鞜』中公文庫。
・高橋茅香子（二〇〇〇）「『ニルスのふしぎな旅』を旅して」『英語で人生をひろげる本』晶文社。
・玉尾皓平（二〇一二）「よい教材で科学技術の恩恵を広く伝えよう」〈化学と教育〉60－6。
・田村俊子（一九一二）「お使ひの帰つた後」〈青鞜〉九月號。
・千葉省三（一九五九）「あのころのこと」『新選日本児童文学 第一巻大正編』小峰書店。
・千葉省三（一九六八）『無人島漂流記』千葉省三童話全集6、岩崎書店。
・鶴見正夫（一九六二）「ニュースストーリー、ニルスになってスウェーデン旅行」〈たのしい六年生〉12月号、講談社。
・冨樫徹（一九八〇）『完戸元平《ししどもとへい》』（私家本）。
・鳥越信（一九七四）「冒険小説の未成熟：架空リアリズムの可能性」『講座日本児童文学3（日本児童文学の特色）』明治書院。
・中野正人（二〇〇六）「地誌的分野の授業改善――「ニルス」に学ぶスウェーデン地誌」〈平成一八年度高等学校地理歴科研究〉、愛知県高等学校教育課題研究地理歴史研究班。

・中丸禎子（二〇一〇）「日本における北欧受容・セルマ・ラーゲルレーブを中心に」〈北ヨーロッパ研究〉6。
・中丸禎子（二〇一四）「『ニルスのふしぎな旅』におけるスウェーデンの近代化とセルマ・ラーゲルレーヴの国家観」日本児童文学学会。http://www.7b.biglobe.ne.jp/~nakamaru_teiko/pdf/nils.2014.pdf
・奈良女子大学（一九八九）『奈良女子大学八十年史』。
・野上彌生子（一九八六）『野上彌生子全集第Ⅱ期第一巻日記1』岩波書店。
・延岡繁（一九九九）「日本におけるスヴェン・ヘディン」〈中部大学人文学部研究論集〉1。
・濱川博（一九七八）「小林清親の娘哥津と平塚らいてう」『素顔の文人たち　書簡にみる近代文芸の片影』月刊ペン社。
・原正次（一九八〇）『アニメ大百科／ニルスのふしぎな旅1』学習研究社。
・原正次（一九八一）『アニメ大百科／ニルスのふしぎな旅2』学習研究社。
・平塚らいてう（一九七一）『元始、女性は太陽であった 上――平塚らいてう自伝』大月書店。
・平塚らいてう（一九七一）『元始、女性は太陽であった 下――平塚らいてう自伝』大月書店。
・深町真理子（二〇〇一）『翻訳者の仕事部屋』ちくま文庫。
・水戸高等学校同窓会（一九八二）『水戸高等学校史』。
・宮本常一（二〇〇一）『空からの民俗学』岩波書店。
・村山朝子（二〇〇五）『「ニルス」に学ぶ地理教育――環境社会スウェーデンの原点』ナカニシヤ出版。

・村山朝子（二〇一一）「地理読本『ニルスの不思議な旅』の成り立ち」〈茨城大学教育学部紀要（人文・社会科学・芸術）〉60。
・村山朝子（二〇一七）「邦訳『ニルスの不思議な旅』の系譜その1・その2」〈茨城大学教育学部紀要（人文・社会科学・芸術）〉66。
・村山朝子・中川浩一（二〇一〇）「大正期における国定小学地理教科書の展開」〈茨城地理〉11。
・文部省図書局（一九一二）『国定教科書意見報告彙纂』第一輯。
・文部省図書局（一九一九）『国定教科書意見報告彙纂』第五輯。
・文部省（一九四三）『初等科地理下』日本書籍。
・山根知子（二〇〇三）『宮沢賢治妹トシの拓いた道』潮文社。
・米地文夫（二〇〇六）「宮澤賢治「風野又三郎」とラーゲルレーブ『ニルスのふしぎな旅』――空飛ぶ旅の物語と環境教育」〈イーハトヴ自然学研究〉3、イーハトヴ自然学研究グループ（岩手県立大学環境政策講座）。
・らいてう研究会（二〇〇一）『『青鞜』人物事典――一一〇人の群像』大修館書店。
・ルーシー・フィッチ・パーキンズ／千葉省三（一九五三）『エスキモーのふたご』世界名作童話全集36、大日本雄弁会講談社。
・渡辺好明（二〇一七）『ヴィルヘルム・グンデルト伝』（私家本）

その他

・ＮＨＫ「魔法のじゅうたん」ＮＨＫ名作選みのがしなつかし https://www2.nhk.or.jp/archives/tv60bin/detail/index.cgi?das_id=D0009010083_00000 参照
・DVD-BOX 2002「ＴＶシリーズ ニルスのふしぎな旅 DVD-BOX」付録ブックレット
・〈家庭週報〉３６１〜３６３・３６６・３７０・３８１号（一九一六）、４４６号（一九一七）、４５４号（一九一八）、５１７・５２０号（一九一九）。
・〈青鞜〉1-11・12号（一九一一）、2-7・9・10・12号（一九一二）、3-1・4・5号（一九一三）。
・『雑誌「童話」復刻版』（一九八二）岩崎書店。1巻7号（一九二〇）、2巻11・12号（一九二一）、3巻1・2号（一九二二）、4巻4〜10号（一九二三）、5巻5号（一九二四）、5巻2〜6号（一九二四）、7巻4〜6号（一九二六）。
・〈幼年倶楽部〉一九三九年四月号〜一九四〇年四月号。
・（一九六二）*Nils Holgerssons underbara resa* berättad i bild av HANS MALMBERG Texten redigerad av TAGE och KATHRINE AURELL.
・Lagerlöf, S.（1906/1907）*Nils Holgerssons underbara resa genom Sverige,* Albert Bonniers.
・Howard, V.（1911）*Further Adventure of Nils*（デジタル版）Garden City, New York, Doubleday, poge & company.
・Hedin, S.（1914）*From pole to pole: A book for young people,* Macmillan & Co. Ltd.（初版は一九一一年）

- Olander, V（1918）*Handbok Till Nils Holgerssons underbara-resa genom Sverige,* Albert Bonniers.
- Howard, V.（1922）*Wonderful Adventure of Nils*（デジタル版）Garden City, New York, Doubleday, poge & company.
- Lagerlöf, S.（1931）*Nils Holgerssons underbara resa genom Sverige,* Albert Bonniers.

著者紹介

村山 朝子（むらやま・ともこ）

茨城大学教育学部教授。

1958年生まれ。

お茶の水女子大学文教育学部地理学科卒業。

奈良女子大学大学院文学研究科修士課程修了。

お茶の水女子大学附属中学校教諭、常磐大学・流通経済大学他の非常勤講師を経て、2004年茨城大学教育学部助教授、2009年より現職。

専門は社会科教育学・地理教育。中学校社会の教科書執筆に長く携わる。

主な著書に『ニルスに学ぶ地理教育―環境社会スウェーデンの原点―』（ナカニシヤ出版、2005年。人文地理学会賞・受賞）、『科学を文化に』（学術会議叢書18、財団法人日本学術協力財団、2011年、分担執筆）, *Geography Education in Japan*（Springer, 2015年、分担執筆）、『社会科 中学生の地理』（帝国書院、2016年、共著）などがある。

『ニルスのふしぎな旅』と日本人

――スウェーデンの地理読本は何を伝えてきたのか――

2018年11月20日　初版第1刷発行

著者　村山朝子

発行者　武市一幸

発行所　株式会社　新評論

〒169-0051
東京都新宿区西早稲田3-16-28
http://www.shinhyoron.co.jp

電話　03(3202)7391
FAX　03(3202)5832
振替・00160-1-113487

落丁・乱丁はお取り替えします。
定価はカバーに表示してあります。

印刷　フォレスト
製本　松岳社
装丁　山田英春

Printed in Japan
ISBN978-4-7948-1106-6